AtV

Nicht Vampire, Werwölfe und weiße Damen spuken in diesen schaurigen Geschichten, sondern Geister, die bis in die heutige Zeit am hellichten Tage umgehen und nicht so leicht auszutreiben sind wie ihre mitternächtlichen Verwandten. Sie sind Ausdruck unseres ungebrochenen Glaubens an das Übersinnliche und spiegeln die Dinge wider, die wir in uns und um uns fürchten.

Nebel aus dem Jenseits

10mal Gruseln mit
Clive Barker, Robert Bloch,
Graham Greene u.a.

Herausgegeben von
Martin Greenberg und
Robert Weinberg

Aufbau Taschenbuch Verlag

Titel der Originalausgabe
The Mists from Beyond

Aus dem Englischen und Amerikanischen

ISBN 3-7466-1144-X

1. Auflage 1995

Umschlaggestaltung Bert Hülpüsch unter
Verwendung eines Fotos von Weissing, Bavaria Bildagentur
Satz LVD GmbH, Berlin
Druck Elsnerdruck GmbH, Berlin
Printed in Germany

Inhalt

Charles Dickens
Der Mordprozeß

Selbst bei Menschen höherer Intelligenz und Bildung ist mir immer wieder aufgefallen, daß sie es einfach nicht über sich bringen, Erfahrungen psychologischer Natur anderen mitzuteilen, sofern es damit eine eigenartige Bewandtnis hatte. Fast alle befürchten, daß ihr Zuhörer für solche Dinge im eigenen Erleben keine Parallele und kein Verständnis finden könnte und sie folglich argwöhnisch betrachten oder sich über sie lustig machen würde. Ein Reisender, der normalerweise nicht aufschneidet, aber vielleicht ein äußerst seltsames Geschöpf gesehen hat, sagen wir, so etwas wie eine Seeschlange, würde ohne weiteres davon erzählen; der gleiche Reisende aber, den eine außergewöhnliche Vorahnung, eine Eingebung, ein wundersamer Einfall überkam, der eine Vision oder was man so nennt, einen Traum oder sonstigen auffälligen Sinneseindruck hatte, würde sich sehr schwertun, sich zu offenbaren. Ich glaube, es liegt an eben dieser Verschwiegenheit, daß solche Themen immer etwas Obskures an sich haben. Wir sind nicht daran gewöhnt, so selbstverständlich über Erfahrungen subjektiver Natur zu sprechen wie über Sachverhalte objektiver Natur. Bei derart unzulänglichem Wissen um solche Dinge nimmt es nicht Wunder, daß der allgemeine Erfahrungsschatz auf diesem Gebiet eher als absonderlich gilt und es tatsächlich auch ist.

Mit dem, was ich erzählen möchte, habe ich nicht die Absicht, eine spezielle Theorie aufzustellen, zu bekräftigen oder gegen eine solche anzugehen. Die Geschichte von dem Buchhändler in Berlin ist mir sehr wohl bekannt. Ich habe mich mit dem Fall der Witwe eines Hofastronomen befaßt, wie ihn Sir David Brewster überliefert hat. Auch habe ich jedes noch so winzige Detail eines viel merkwürdigeren Falles von Geistererscheinung im eigenen Freundeskreis verfolgt. Vielleicht sollte ich noch hinzufügen, daß die betroffene Dame nicht im entferntesten mit mir verwandt war. Eine zu Unrecht bestehende Vermutung in dieser Richtung könnte zu Rückschlüssen auf meine Person führen – nur bis zu einem gewissen Grad, versteht sich –, aber das entbehrt jeder Grundlage. Ich bin in keiner Weise erblich belastet, auch ist mir, so lange ich denken kann, nie vor dem zu berichtenden Vorfall etwas irgendwie Befremdliches erschienen noch habe ich seither etwas irgendwie ähnlich Befremdliches wahrgenommen.

Es spielt keine Rolle, wie viele oder wie wenige Jahre es her ist, daß in England ein Mord begangen wurde, der großes Aufsehen erregte. Wir erfahren mehr als uns lieb ist von Mördern, die einer nach dem anderen mit ihren Greueltaten Berühmtheit erlangen, und liebend gern würde ich die Erinnerung an ebendieses Scheusal begraben, geradeso wie es seinem Leichnam im Gefängnis von Newgate widerfuhr. Aber es will mir nicht gelingen. Ganz bewußt nehme ich davon Abstand, irgendwelche Bemerkungen zu machen, die Aufschluß über die Person des Verbrechers geben könnten.

Als man den Mord entdeckte, fiel zunächst kein Verdacht auf den Mann, der später vor Gericht stand. Vielleicht sollte ich besser sagen – denn ich kann gar nicht präzis genug in der Darstellung der Fakten sein –, nirgendwo in der Öffentlichkeit kam ein derartiger Verdacht auf. In keiner Zeitung wurde damals seine Person im Zusammenhang mit dem Mord erwähnt, folglich brachte auch keines der Blätter aus der Zeit eine Beschreibung des Täters. Dieser Umstand ist für meine Geschichte durchaus von Bedeutung.

Als ich beim Frühstück meine Morgenzeitung aufschlug, in der erstmalig von dem Mord berichtet wurde, fand ich die Sache so interessant, daß ich sie aufmerksam las. Ich las sie zweimal, wenn nicht gar dreimal. Man hatte den Mord in einem Schlafzimmer entdeckt, und als ich die Zeitung sinken ließ, war mir, als sähe ich ein Aufblitzen, eine Art Momentaufnahme, ein Vorbeirauschen – ich weiß nicht, wie ich es nennen soll, kein Wort trifft die Sache so recht – und besagtes Schlafzimmer schien durch mein Zimmer zu fließen, gewissermaßen ein Bild, das auf einen strömenden Fluß gemalt wird, so unmöglich das sein mag. Zwar sah ich es deutlich vor mir, doch im nächsten Augenblick war es auch schon verschwunden. Ich hatte es derart deutlich wahrnehmen können, daß ich geradezu mit Erleichterung feststellte, daß auf dem Bett keine Leiche lag.

Als das geschah, war ich nicht an einem zauberumwobenen Ort, sondern auf der Piccadilly, die Wohnung befand sich nicht weit von der Ecke St. James's Street. Es war für mich eine völlig neue Erfahrung. Ich hatte in meinem Lehnstuhl gesessen, ein eigenartiges Vibrieren war mit der Halluzination einhergegangen und hatte das Sitzmöbel in Bewegung versetzt. (Es sei hier angemerkt, daß es ein Sessel auf Rollen war.) Ich ging an eines der Fenster (es gab zwei in dem Zimmer, und das Zimmer lag im zweiten Stock), wollte meine Augen mit dem Leben und dem Verkehr auf der Piccadilly beruhigen. Es war ein strahlender Herbstmorgen, auf der Straße herrschte buntes Treiben. Ein heftiger Wind wehte. Er trieb abgefallene Blätter aus dem Park vor sich her, eine Bö ergriff sie und wirbelte sie in einer Spirale hoch. Die Spirale sank wieder in sich zusammen, die Blätter zerstreuten sich; da sah ich auf der gegenüberliegenden Seite zwei Männer, sie gingen von West nach Ost, einer hinter dem anderen. Der erste blickte wiederholt über die Schulter nach hinten. Der zweite folgte ihm in einem Abstand von vielleicht dreißig Schritt und hatte die rechte Hand drohend erhoben. Anfangs beschäftigte mich mehr die auffällige und stetige Drohgebärde, so in aller Öffentlichkeit und auf einer breiten verkehrsreichen Straße, und erst später wunderte ich mich, daß niemand davon Notiz nahm. Die beiden Männer bahnten sich ihren Weg mit einer geradezu schwebenden Leichtigkeit durch die übrigen Passanten, berührten praktisch kaum den Bürgersteig; niemand wich ihnen aus, streifte sie oder warf ihnen einen Blick nach. Auf der Höhe meiner Fenster starrten beide zu mir hoch. Ganz deutlich sah ich die zwei Gesichter, und ich wußte sofort, daß ich sie jederzeit wieder erkennen würde. Nicht, daß ich bewußt etwas Besonderes in ihren Gesichtern wahrgenommen hätte, lediglich, daß der, der vorneweg ging, einen ungewöhnlich finsteren Eindruck machte, während das Gesicht seines Verfolgers die Farbe von schmuddligem Wachs hatte.

Ich bin Junggeselle, und zu meinem Haushalt gehören noch mein Hausdiener und dessen Frau. Ich arbeite in der Filiale einer Bank und wünschte, meine Aufgaben als Abteilungsleiter wären so leicht zu bewältigen wie man allgemein annimmt. In jenem Herbst war ich an die Stadt gebunden, wenngleich mir ein Wechsel dringend nottat. Krank war ich zwar nicht, aber ich fühlte mich auch nicht gerade wohl. Der geneigte Leser mag sich selbst ein Bild von meinem Zustand machen, wenn ich sage, daß ich erschöpft war, mich mein eintöniges Leben depressiv machte und daß ich »leicht dyspeptisch« war. Mein weithin bekannter Arzt hat bestätigt, daß mein Gesundheitszustand damals keineswegs mehr als ebendiese Diagnose zuläßt; auf meine Bitte hin hat er mir das schriftlich gegeben, und ich berufe mich ausdrücklich auf ihn.

Die Begleitumstände des Mordes begannen sich langsam zu entwirren und beschäftigten die Gemüter in zunehmendem Maße; was mich betraf, so versuchte ich, mich von all dem fernzuhalten und möglichst wenig darüber zu erfahren, was inmitten der allgemeinen Erregung schwer genug war. Immerhin wußte ich, daß man gegen den mutmaßlichen Mörder Anklage auf vorsätzlichen Mord erhoben hatte und daß man ihn für den Prozeß ins Newgate-Gefängnis überstellt hatte. Mir war ebenfalls bekannt, daß man die Verhandlung auf die nächste Sitzungsperiode des Kriminalgerichts vertagt hatte; als Grund gab man allgemeine Befangenheit an und nicht ausreichende Zeit für die Vorbereitung der Verteidigung. Ich hätte auch wissen müssen, glaubte aber, es nicht gewußt zu haben, wann oder wann ungefähr die Sitzungsperiode anstand, auf die seine Verhandlung vertagt worden war.

Mein Wohnzimmer, Schlafzimmer und Ankleidezimmer liegen alle auf der gleichen Etage. Ins letztere gelangt man nur durch das Schlafzimmer. Es hat zwar eine separate Tür, die früher auf den Treppenflur führte. Aber bei der Installation des Bades wurden Rohrleitungen darüber hinweggelegt, und das blieb dann so. Im Zuge dieser Arbeiten hatte man auch die Tür vernagelt und mit Stoffbahnen verkleidet.

Es geschah an einem späten Abend in meinem Schlafzimmer. Ich gab meinem Diener noch etliche Anweisungen, ehe er zu Bett ging. Ich stand mit dem Gesicht zu der einzigen Verbindungstür zum Ankleidezimmer, und die war geschlossen. Mein Diener stand mit dem Rücken zur Tür. Während ich mit ihm sprach, sah ich, wie sie sich öffnete und ein Mann hereinschaute, der mich mit ernster und geheimnisvoller Miene zu sich heranwinkte. Es war ebender Mann, der auf der Piccadilly dem anderen gefolgt war, der mit der Gesichtsfarbe von schmuddligem Wachs.

Kaum hatte mir die Gestalt bedeutet, ihr zu folgen, da zog sie sich auch schon zurück und schloß die Tür. Ohne lange zu zögern ging ich hinüber, öffnete die Tür zum Ankleideraum und blickte hinein. Eine brennende Kerze hatte ich ohnehin schon in der Hand gehabt. Nicht, daß ich insgeheim erwartet hätte, die Gestalt dort vorzufinden. Nein, und sie war auch nicht dort.

Mir war klar, daß mein Diener einigermaßen verdutzt dastehen mußte; ich drehte mich zu ihm um und fragte ihn: »Derrick, können Sie sich so etwas vorstellen, mir war allen Ernstes, als hätte ich gerade einen ...«

Während ich noch sprach, tippte ich ihm mit dem Finger an die Brust, er zuckte zusammen, fing heftig zu zittern an und sagte: »Mein Gott, ja, Sir! Einen Toten, der Ihnen Zeichen machte!«

Nun glaube ich nicht, daß John Derrick, mein vertrauenswürdiger und mir zugetaner Diener, bei mir in Stellung seit über zwanzig Jahren, auch nur im entferntesten eine solche Gestalt gesehen hatte – bis zu dem Moment, da ich ihn berührte. Die Verwandlung in ihm war so verblüffend, daß ich fest davon überzeugt bin, daß sich diese Vision mit irgendeiner übersinnlichen Kraft von mir auf ihn übertragen haben muß, als ihn meine Hand streifte.

Ich bat John Derrick, uns einen Brandy zu holen, half ihm einen Schluck ein und war froh, mir selbst einen genehmigen zu können. Über das, was sich vor diesem nächtlichen Phänomen zutragen hatte, verlor ich ihm gegenüber kein Wort. Ich dachte noch einmal darüber nach, war mir aber ganz sicher, das Gesicht nicht schon früher gesehen zu haben, bis auf das eine Mal auf der Piccadilly. Ich verglich den Gesichtsausdruck der Gestalt von der Tür, als sie mich heranwinken wollte, mit dem des Mannes, der zu mir zum Fenster hochgeblickt hatte, und kam zu dem Schluß, daß er sich das erste Mal mir ins Gedächtnis einprägen wollte und sich beim zweiten Mal zu vergewissern suchte, daß ich ihn auf Anhieb wiedererkannte.

Sehr wohl war mir in der Nacht nicht, obwohl mir eine innere Stimme sagte, die Gestalt würde nicht wieder auftauchen. Bei Tagesanbruch fiel ich in einen tiefen Schlaf, aus dem mich John Derrick weckte. Er stand an meinem Bett, mit einem Schriftstück in der Hand.

Besagtes Papier war offensichtlich schon Anlaß zu einer Auseinandersetzung zwischen dem Überbringer und meinem Diener an der Haustür gewesen. Es enthielt die Vorladung für mich, bei der nächsten Sitzungsperiode im Kriminalgericht im Old Bailey als Geschworener tätig zu werden. Noch nie zuvor war ein solches Ansinnen an mich gestellt worden, und John Derrick wußte das nur zu gut. Er war in dem Glauben – ob aus gutem Grund oder aus anderer Eingebung heraus vermag ich jetzt nicht zu sagen –, daß diese Gruppe von Geschworenen normalerweise aus Leuten mit geringerer Qualifikation als der meinen zusammengestellt wurde, und so hatte er zunächst die Annahme der Vorladung verweigert. Der Gerichtsdiener hatte die Reaktion gelassen hingenommen. Er erklärte, daß mein Erscheinen oder Nichterscheinen ihm völlig gleichgültig sei; er hätte nur die Vorladung zuzustellen; wie ich damit umginge, sei meine Sache, nicht seine.

Ein oder zwei Tage war ich unentschlossen, wußte nicht, ob ich reagieren oder die Sache ignorieren sollte. Ich war mir in keiner Weise einer Befangenheit bewußt, einer Beeinflussung, fand auch nicht, daß mich die Sache irgendwo reizte. Ich bin mir vollkommen im klaren darüber, was ich da sage, wie ich auch jede andere Aussage hier mit vollem Bewußtsein mache. Letztendlich rang ich mich, eigentlich mehr als Unterbrechung meines monotonen Tagesablaufs, zu einer positiven Entscheidung durch.

Der festgelegte Morgen war ein naßkalter Novembermorgen. Über der Piccadilly hing dichter brauner Nebel, der gar bald schwarz und schließlich östlich von Temple Bar unerträglich wurde. Zum Glück waren die Zugänge und Treppen zum Gerichtsgebäude mit flackernden Gaslampen beleuchtet, auch der Gerichtshof selbst war damit erleuchtet. Ich glaube, bis zu dem Zeitpunkt, da mich Beamte in den alten Gerichtssaal führten und ich sah, wie voll besetzt der war, wußte ich nicht, daß schon an diesem Tag der Mörder vor Gericht stand. Ich meine auch, daß ich bis zu dem Zeitpunkt, da man mich unter beträchtlichen Schwierigkeiten in den alten Gerichtssaal schleuste, nicht wußte, welchem der beiden tagenden Gerichtshöfe meine Vorladung galt. Aber diese Überlegungen sind nicht unbedingt als bare Münze zu nehmen, meine Erinnerung kann mich da trügen.

Ich nahm bei den Geschworenen Platz und ließ meine Blicke durch den Gerichtssaal schweifen, soweit man bei den Nebelschwaden und der dicken Luft überhaupt etwas sehen konnte. Mir fiel der schwarze Dunst auf, der wie ein verdreckter Vorhang draußen vor den großen Fenstern hing, und ich hörte auch das gedämpfte Geräusch von Rädern auf der Streu aus Stroh und Gerberlohe, die auf der Straße lag; dazu kam das Stimmengewirr all der Leute, das ab und zu von einem schrillen Pfeifton, einem lauteren Lied oder Zuruf übertönt wurde. Bald darauf betraten die Richter, zwei an der Zahl, den Saal und setzten sich. Das Geraune erstarb ehrfurchtsvoll. Man erteilte die Weisung, den Angeklagten vorzuführen. Er erschien. Und sofort erkannte ich in ihm den ersten der beiden Männer von der Piccadilly.

Hätte man in dem Moment meinen Namen aufgerufen, ich fürchte, ich hätte nur ganz leise antworten können. Doch er wurde erst als sechster oder siebenter auf der Liste der Geschworenen aufgerufen, und da hatte ich mich schon wieder gefangen und konnte »Hier!« antworten. Aber nun stelle man sich folgendes vor. Als ich in die Geschworenenbank trat, reagierte der Angeklagte heftig erregt. Bis dahin hatte er alles aufmerksam verfolgt, wenn auch ohne sichtliche Teilnahme. Jetzt gab er seinem Anwalt ein Zeichen. Es war eindeutig, daß er mich anfechten wollte, und es entstand eine Pause, in der der Anwalt, die Hand auf der Anklagebank, mit seinem Klienten flüsterte, schließlich aber den Kopf schüttelte. Später erfuhr ich von ihm, daß der Häftling ihn verschreckt gebeten hatte: »Um Himmels willen, fechtet den Mann als Geschworenen an!« Aber da er keinen Grund nennen konnte und zugeben mußte, nicht einmal meinen Namen zu kennen, ihn zum ersten Mal beim Aufrufen gehört hatte und mich dann sah, wurde sein Antrag abgelehnt.

Ich habe vorhin dargelegt, daß ich nicht die leidige Erinnerung an den Mörder wieder heraufbeschwören möchte, auch ist ein detaillierter Bericht über den sich hinziehenden Prozeß für meine Erzählung nicht unbedingt erforderlich. Ich beschränke mich also auf die Dinge und Vorkommnisse in den zehn Tagen und Nächten, in denen wir als Geschworene gemeinsam von der Außenwelt abgeschirmt wurden, sofern sie unmittelbar etwas mit meiner persönlichen seltsamen Erfahrung zu tun haben. Was mir widerfuhr, will ich erzählen, nicht das Interessese für den Mörder wecken. Was in mir vorging, sollen Sie erfahren, nicht was im »Newgate Calender« gedruckt wurde.

Man wählte mich zum Obmann der Geschworenen. Am zweiten Verhandlungsmorgen, nach zwei Stunden Beweisaufnahme (ich hörte die Kirchturmuhren schlagen) ruhte mein Blick zufällig auf den anderen Geschworenen; ich ertappte mich dabei, daß es mir unerfindliche Schwierigkeiten machte, sie zu zählen. Ich zählte sie mehrere Male, kam aber nie damit zu Rande. Kurzum, ich hatte immer einen zuviel.

Ich stieß den Geschworenen neben mir an und flüsterte ihm zu: »Tun Sie mir den Gefallen und zählen Sie uns.«

Er wunderte sich ob dieses Ansinnens, wandte sich aber zur Seite und zählte. »Komisch«, sagte er plötzlich, »wir sind dreiz...; nein, das kann ja nicht sein. Nein. Wir sind zwölf.«

Mein Zählen an jenem Tag kam immer darauf hinaus, daß einzeln genommen die Zahl stimmte, zusammen genommen aber waren wir stets einer zuviel. Es war keine zusätzliche Person zu sehen, die das gerechtfertigt hätte. Aber von da an hatte ich im stillen das ungute Gefühl, daß die Gestalt wieder erscheinen würde.

Die Geschworenen waren in der London Tavern untergebracht. Wir schliefen alle in einem großen Raum, jeder hatte seine Pritsche, und wir waren ständig im Blickfeld eines Beamten, der vereidigt worden war, uns in sicherem Gewahrsam zu halten. Ich sehe keinen Grund dafür, seinen tatsächlichen Namen zu verheimlichen, war er doch ein intelligenter, ausgesprochen höflicher und verbindlicher Mann, der (wie ich erfreut war zu hören) in der City Ansehen genoß. Er war von angenehmer Erscheinung, hatte gütige Augen, einen beneidenswert schwarzen Backenbart, eine schöne sonore Stimme. Mr. Harker hieß er.

Wenn wir zur Nacht in unsere zwölf Betten stiegen, wurde Mr. Harkers Bett quer vor die Tür geschoben. Am

Abend des zweiten Tages, – mir war noch nicht zum Hinlegen zumute –, sah ich Mr. Harker auf seinem Bett sitzen, ging hinüber, setzte mich zu ihm und bot ihm eine Prise Schnupftabak an. Als Mr. Harker sich aus meiner Schnupftabakdose bedienen wollte und seine Hand dabei meine berührte, überkam ihn ein eigenartiger Schauer, und er fragte: »Wer ist das?«

Ich folgte seinem Blick, und wie ich mich im Raum umsah, entdeckte ich die Gestalt, mit der ich die ganze Zeit gerechnet hatte – der zweite der beiden Männer, die die Piccadilly hinuntergegangen waren. Ich stand auf, machte ein paar Schritte, blieb dann stehen und sah mich nach Mr. Harker um. Er war gänzlich unbefangen, lachte und sagte schmunzelnd: »Ich dachte schon einen Augenblick, wir hätten einen dreizehnten Geschworenen ohne Bett. Aber es ist wohl der Mondschein.«

Ich machte ihm gegenüber keinerlei Andeutung, forderte ihn aber auf, mich durch den Schlafsaal zu begleiten. Ich wollte sehen, was die Gestalt trieb. An jedem Bett der anderen elf Geschworenen blieb sie stehen, jeweils dicht am Kopfende. Sie ging immer von der rechten Seite an die Liegestatt und dann am Fußende vorbei zum nächsten Bett. Der Kopfhaltung nach zu urteilen, schien sie sinnend den Schlafenden zu betrachten. Sie schenkte weder mir Beachtung noch meinem Bett, das dem von Mr. Harker am nächsten stand. Dann verschwand sie wie auf einer schwebenden Treppe durch ein hohes Fenster, in das der Mond schien.

Am nächsten Morgen beim Frühstück gewann man den Eindruck, jeder hätte in der Nacht von dem Ermordeten geträumt, nur ich und Mr. Harker nicht.

Jetzt war mir klar, daß der zweite Mann, der die Piccadilly entlanggeschritten war, der Ermordete sein mußte, so als hätte mich seine unmittelbare Aussage zu dieser Auffassung gebracht. Aber auch das war einfach geschehen, in einer Art und Weise, auf die ich nicht im geringsten vorbereitet war.

Am fünften Verhandlungstag, man kam mit der Beweisaufnahme langsam zum Ende, wurde eine Miniatur des Ermordeten als Beweisstück vorgelegt; sie hatte bei der Entdeckung des Mordes im Schlafzimmer gefehlt, und man hatte sie später in dem Versteck gefunden, in dem man auch den Mörder aufgespürt hatte. Der Zeuge mußte sie vor aller Augen identifizieren, dann ging sie zur Richterbank und wurde von dort zu den Geschworenen weitergereicht. Ein Beamter in schwarzer Robe war mit der Miniatur gerade auf dem Weg zu mir, da erhob sich ungestüm aus dem Publikum die Gestalt des zweiten Mannes von der Piccadilly, entriß die Miniatur dem Beamten und übergab sie mir eigenhändig; bevor ich sie überhaupt betrachten konnte – denn sie war in einem Medaillon –, sagte er mit leiser und tonloser Stimme: »Ich war jünger damals, und aus meinem Gesicht war noch nicht das Blut gewichen.« Die Erscheinung wandte sich auch an den Geschworenen neben mir, dem ich die Miniatur dann weiterreichen mußte, blieb zwischen uns beiden stehen, ging weiter zum nächsten, stellte sich zwischen ihn und den nächsten und reichte so die Miniatur von einem Mitgeschworenen zum anderen, bis sie schließlich wieder in meine Hände gelangte. Keinem von ihnen wurde das Geschehene bewußt.

Bei Tisch, und vor allem, wenn wir gemeinsam in Mr. Harkers Gewahrsam saßen, hatten wir uns von Anfang an immer und ausgiebig über den Tag im Gerichtssaal unterhalten. An diesem fünften Tag, die Anklage hatte ihr gesamtes Beweismaterial ins Feld geführt und der Fall lag damit in seinem ganzen Ausmaß vor uns, war unser Gespräch erregter und ernster als sonst. Wir hatten ein Mitglied eines Kirchenvorstands unter uns – den denkbar blödesten Idioten, der mir je begegnet ist –, der die absurdesten Einwände gegen eindeutige Beweise vorbrachte und dem zwei Schwachköpfe, auch solche Gemeindeschmarotzer, eifrigst beipflichteten. Alle drei waren für die Geschworenenliste aus einem Bezirk aufgestellt worden, der einen denkbar schlechten Ruf hatte, so daß sie eigentlich selbst hätten vor Gericht stehen müssen, schuldig an fünfhundert Morden. Als diese Trottel sich am lautesten ereiferten – die Uhr ging auf Mitternacht, einige von uns machten sich schon zur Nachtruhe fertig –, sah ich wieder die Gestalt des Ermordeten. Verärgert stand er hinter ihnen, winkte mich heran. Sowie ich auf sie zuging und mich in ihr Gespräch einmischte, verschwand der Geist. Das war der Anfang einer ganzen Reihe solcher Auftritte, die sich alle in dem Raum abspielten, in dem wir isoliert gehalten wurden. Steckten meine Mitgeschworenen irgendwo und irgendwann die Köpfe zusammen, konnte ich auch den Kopf des Opfers unter ihnen erkennen. Sowie ihr Meinungsaustausch sich gegen ihn richtete, winkte er mich mit so ernstem Gesicht heran, daß ich nicht widerstehen konnte.

Man wird sich erinnern, daß mir bis zum fünften Tag, als die Miniatur ins Spiel kam, der Geist nicht im Gerichtssaal erschienen war. Jetzt aber, da der Prozeß ins Stadium der Verteidigung kam, gab es drei neue Momente. Zwei will ich gleich gemeinsam nennen. Die Gestalt war von nun an ständig im Saal, wandte sich jedoch nie direkt mir zu, sondern jeweils der Person, die gerade sprach. Ein Beispiel: dem Ermordeten war die Kehle durchschnitten worden. In der Eröffnungsrede des Verteidigers wurde vorgebracht, der Tote könnte sich selbst die Kehle durchschnitten haben. Im selben Moment stand der Geist beim Sprechenden, die schandbar zugerichtete Kehle entblößt (bisher hatte er die Stelle immer verdeckt gehabt), gestikulierte unentwegt vor der Gurgel, mal mit der rechten, mal mit der linken Hand, als wolle er dem Sprecher nachdrücklich bedeuten, daß weder die eine noch die andere Hand imstande gewesen wäre, dem eigenen Körper eine solche Wunde zuzufügen. Oder ein anderes Beispiel: ein Leumundszeugnis; eine Frau erkärte unter Eid, der Angeklagte sei der liebenswürdigste Mensch der Welt gewesen. Im Nu stand der Geist unten vor ihr, sah ihr direkt ins Gesicht und wies mit ausgestrecktem Arm und Finger auf das niederträchtige Aussehen des Angeklagten.

Das dritte Moment aber, das ich jetzt nennen will, hinterließ bei mir den nachhaltigsten Eindruck, es war am verblüffendsten. Ich will darüber nicht weiter theoretisieren, will nur genau schildern, was vorfiel, und es dabei belassen. Die Erscheinung als solche wurde von keinem der Betroffenen wahrgenommen; aber sowie sie sich ihnen näherte, wurden sie von merklichem Zittern oder einer spürbaren Unruhe erfaßt. Offensichtlich war der Geist an Gesetze gebunden, Regeln, die mir unerklärlich blieben, die ihm aber geboten, sich anderen nicht vollends zu offenbaren; und doch konnte er auf geheimnisvolle Weise, unbemerkt und stumm, ihr Tun und Denken beeinflussen. Als der führende Anwalt die Hypothese des Selbstmords aufstellte und der Geist dicht neben dem gelehrten Mann gräßlich an der durchtrennten Kehle herumfuchtelte, war es ganz deutlich, daß der Anwalt zu stammeln begann, einige Augenblicke lang den Faden seiner wortgewandten Rede verlor, sich mit dem Taschentuch die Stirn wischte und aschfahl wurde. Als die Leumundszeugin der Erscheinung gegenüberstand, war ebenfalls unverkennbar, daß ihre Augen der Richtung des ausgestreckten Fingers folgten und zögernd und deutlich verstört auf dem Gesicht des Angeklagten ruhten. Zwei weitere Beispiele mögen genügen. Am achten Verhandlungstag – es war nach der Pause, die es immer nachmittags für ein paar Minuten zur Entspannung und Erfrischung gab – kehrte ich gemeinsam mit den anderen Geschworenen in den Gerichtssaal zurück, kurz bevor die Richter wiederkamen. Ich stand noch in der Geschworenenbank und schaute mich um, dachte, der Geist wäre nicht zugegen, als ich zufällig hinauf zur Galerie blickte und sah, wie er sich nach vorn beugte und über eine sehr ehrsam gekleidete Frau lehnte, als wolle er sich vergewissern, ob die Richter schon ihre Plätze eingenommen hatten. Kurz danach schrie die Frau auf, fiel in Ohnmacht und mußte hinausgetragen werden. Ähnlich erging es dem ehrwürdigen, klugen und geduldigen Richter, der die Verhandlung leitete. Als der Fall zum Abschluß gebracht war, er seine Papiere nahm und sich anschickte, das Schlußplädoyer zu halten, kam der Geist des Ermordeten durch die Tür für die Richter, ging zum Pult Seiner Lordschaft und blickte ihm interessiert über die Schulter und auf die Notizen, in denen er blätterte. Im gleichen Augenblick veränderte sich dessen Gesichtsausdruck, er hielt im Blättern inne, das mir nur zu gut bekannte Zittern überkam ihn; er stammelte: »Wenn Sie mich bitte entschuldigen würden, meine Herren, nur für einen Moment. Irgendwie macht mir die stickige Luft zu schaffen.« Erst als er ein Glas Wasser getrunken hatte, erholte er sich wieder.

Sechs von zehn nicht enden wollenden Tagen mit ihrem monotonen Ablauf – immer die gleichen Richter und Geschworenen, ein- und derselbe Mörder auf der Anklagebank, die gleichen Anwälte am Verhandlungstisch, die ewigen Fragen und Antworten, die durch den Saal schallten, das ständige Gekratze der Feder der Richter, die gleichen Gerichtsdiener, die ein- und ausgingen, die gleichen Lichter, die immer zur gleichen Stunde angezündet wurden, falls das Tageslicht überhaupt ausgereicht hatte, ständig der Nebelvorhang draußen vor den Fenstern, wenn es neblig war, ständig das Prasseln und Tropfen des Regens, wenn es denn regnete, Tag für Tag auf den Sägespänen die gleichen Schritte und Gefangenenwärter, der gleiche Gefangene, die gleichen Schlüssel, mit denen immer die gleichen schweren Türen auf- und zugeschlossen wurden. Diese ermüdende Monotonie erweckte in mir den Eindruck, als sei ich schon seit Ewigkeiten Obmann der Geschworenen gewesen, als reichte Piccadillys Blütezeit bis Babylon zurück. Und dennoch büßte der Ermordete auch nicht eine Spur an Schärfe vor meinen Augen ein, auch gab es nicht einen Augenblick, in dem er mir vielleicht weniger deutlich als andere erschien. Ich sollte ebenfalls noch erwähnen, daß mir nicht ein einziges Mal auffiel, daß der Geist, den ich immer als den Ermordeten bezeichne, einen Blick auf den Mörder warf. Immer wieder fragte ich mich: »Warum tat er das nicht?« Aber Fakt ist, er tat es nicht.

Auch blickte er mich nicht mehr an, nachdem er mir die Miniatur gezeigt hatte; das geschah erst wieder kurz vor Ende des Prozesses. Es war abends, sieben Minuten vor zehn, als wir uns zur Beratung zurückzogen. Das dämliche Kirchenvorstandsmitglied und die beiden anderen Blödmänner machten uns so zu schaffen, daß wir zweimal in den Gerichtssaal zurückmußten, um uns bestimmte Stellen aus den Notizen des Richters noch einmal vorlesen zu lassen. Neun von uns hegten nicht die geringsten Zweifel ob besagter Passagen, ich vermute, auch niemand anderer im Gericht. Einzig und allein diese drei Schwachköpfe, die von nichts eine Ahnung hatten und nur Obstruktion treiben wollten, legten sich ebendeshalb mit uns an. Schließlich setzten wir uns durch, und zehn Minuten nach zwölf betraten alle Geschworenen wieder den Gerichtssaal.

Zu diesem Zeitpunkt stand der Ermordete auf der anderen Seite des Saales direkt gegenüber der Geschworenenbank. Als ich mich setzte, blickte er mich unentwegt an. Er schien befriedigt, und langsam zog er sich einen großen grauen Schleier, den er jetzt über dem Arm trug, über den Kopf und die ganze Gestalt. Ich sprach unser Urteil: »Schuldig«, und der Schleier zerfiel, nichts war mehr da, der Platz blieb leer.

Wie es Brauch ist, fragte der Richter den Mörder, ob er noch etwas zu sagen habe, ehe das Todesurteil gefällt würde, und er murmelte auch etwas Undeutliches. In führenden Zeitungen war am nächsten Tag die Rede von »ein paar umständlichen, nicht zusammenhängenden und kaum verständlichen Worten; angeblich sei es ein unfairer Prozeß gewesen, der Obmann der Geschworenen sei ihm gegenüber voreingenommen gewesen«. Im Klartext aber hatte er folgende Erklärung abgegeben: »Hohes Gericht, von dem Moment an, als der Obmann meiner Geschworenen in die Geschworenenbank trat, wußte ich, wie das Urteil ausfallen würde. Hohes Gericht, ich wußte, er würde mich nicht wieder loslassen, denn noch ehe man mich griff, stand er nachts an meinem Bett, weckte mich und legte mir einen Strick um den Hals.«

Ambrose Bierce

Eine Mittelzehe des rechten Fußes

1

Es ist allgemein bekannt, daß es in dem alten Manton-Haus spukt. In der ganzen Gegend gibt es wohl keinen vernünftigen, unvoreingenommenen Menschen, der an dieser Tatsache zweifelt. Nur unverbesserliche Skeptiker können sich einer so offensichtlichen Wahrheit verschließen.

Zweierlei Beweise gibt es für das Vorhandensein von Gespenstern in diesem Haus; nämlich die Aussagen glaubwürdiger und unparteiischer Augenzeugen, und dann das Haus selbst. Erstere mögen aus diesem oder jenem Grund abgelehnt werden; aber was jeder selbst beobachten kann, muß doch wohl Beweiskraft haben.

Seit mehr als zehn Jahren wird das Manton-Haus von keinem Sterblichen mehr bewohnt und verfällt mit all seinen Nebengebäuden von Jahr zu Jahr mehr. So bietet es schon von außen einen trostlosen und gespenstischen Anblick. Es steht an der einsamsten Stelle der Landstraße zwischen Marshall und Harriston, umgeben von den Resten einer morschen Umzäunung und wild wucherndem Gestrüpp. In den meisten Fenstern stecken nur noch Scherben der ursprünglichen Glasscheiben, als Zeichen des Unwillens der männlichen Jugend dieser Gegend über das unbewohnte Wohnhaus. Das Gebäude ist zweistöckig und fast quadratisch; die einzige Haustür befindet sich in der Vorderfront zwischen brettervernagelten Fenstern. Durch die ungeschützten Fenster des Obergeschosses haben Licht und Regen freien Zugang. Gras und Unkraut wuchern aus Mauerspalten. Kurz, das Gebäude sieht genauso aus, wie man sich gemeinhin ein Gespensterhaus vorstellt. Zweifellos hat zu den Gerüchten über die übernatürlichen Vorgänge in diesem Haus nicht unwesentlich ein tragisches Ereignis beigetragen, das sich vor etwa zehn Jahren an diesem Ort begab, als nämlich der damalige Besitzer und letzte Bewohner, Mr. Manton, eines Nachts seiner Frau und seinen beiden kleinen Kindern die Kehlen durchschnitt und noch in derselben Nacht aus der Gegend verschwand.

An diesem Haus fuhr an einem Sommerabend ein Wagen mit vier Männern vor. Drei von ihnen stiegen sofort aus, und einer davon band das Gespann an dem letzten Pfosten fest, der von dem alten Zaun übriggeblieben war. Der vierte Mann blieb im Wagen sitzen.

»Kommen Sie«, sagte derjenige, der die Pferde angebunden hatte, während die beiden anderen bereits auf die Haustür zugingen. »Wir sind am Ziel.«

Doch der Mann im Wagen rührte sich noch immer nicht. »Bei Gott!« knirschte er. »Das ist eine Falle! Und Sie sind mit im Komplott!«

Der andere zuckte die Schultern, und in seiner Stimme schwang so etwas wie Verachtung mit. »Erinnern Sie sich bitte, daß die Wahl des Ortes mit Ihrem Einverständnis der Gegenseite überlassen wurde. Wenn Sie sich allerdings vor Gespenstern fürchten ...«

»Ich fürchte mich vor nichts und niemand!« Damit sprang der Mann aus dem Wagen und folgte mit einem Fluch den andern.

Mit einiger Mühe öffnete man die Haustür, deren Schloß und Angeln verrostet waren. Dann traten alle ein. Drinnen war es dunkel, doch einer der Männer hatte eine Kerze und Streichhölzer mitgebracht und machte Licht. Dann öffnete er eine Tür zur Rechten, die in ein großes, leeres Zimmer führte. Dicker Staub bedeckte den Boden und dämpfte ihre Schritte. Von der Decke hingen Spinnweben wie zerfetzte Spitzenschleier herab und wehten leise im Luftzug. Der Raum hatte zwei nebeneinanderliegende Fenster, durch die man aber nichts weiter sehen konnte als die groben Bretter, mit denen sie von außen vernagelt waren. Es gab keine Feuerstelle und keine Möbel; außer dem Staub und den Spinnweben waren die vier Männer die einzigen Objekte, die nicht zum Gebäude gehörten.

Merkwürdig genug nahmen sie sich im flackernden Licht der Kerze aus, wie sie da in dem leeren Zimmer standen. Derjenige, der als letzter und nur widerwillig den Wagen verlassen hatte, stach durch seine auffallende Erscheinung besonders hervor. Er war groß und kräftig, ja athletisch gebaut, mit mächtigem Brustkasten und breiten Schultern, und er sah aus, als ob er über Riesenkräfte verfügte. Der harte Ausdruck seines Gesichts ließ auch keinen Zweifel daran, daß er von diesen Kräften durchaus Gebrauch zu machen pflegte. Er war glatt rasiert und sein ergrauendes Haar kraus und kurz geschnitten. Seine niedrige Stirn hatten Falten durchfurcht; die tief eingesunkenen, zu kleinen Augen blickten unstet und waren von unbestimmbarer Farbe. Zusammengewachsene Brauen, ein grausam geschnittener Mund und breite Kinnbacken gaben ihm ein düsteres und brutales Aussehen. Die Nase mochte angehen, denn von Nasen erwartet man nicht viel; doch seine bleiche Gesichtsfarbe verstärkte nur den abstoßenden Gesamteindruck. Der Mann war so bleich, daß er fast blutleer wirkte.

An den andern drei Männern war nichts Auffälliges zu bemerken. Es waren Leute, die man trifft und gleich wieder vergißt. Zwischen dem oben beschriebenen und dem vierten, der sich etwas abseits hielt, gab es offenbar keine freundschaftlichen Gefühle. Sie vermieden es sogar, einander anzusehen.

»Gentlemen«, sagte der Mann mit der Kerze und den Schlüsseln, »ich glaube, wir können anfangen. Sind Sie bereit, Mr. Rosser?«

Der etwas abseits stehende Mann trat vor und verbeugte sich lächelnd. »Und Sie, Mr. Grossmith?« Der große Mann verbeugte sich finster.

»Dann wollen Sie bitte Ihre Überkleidung ablegen.«

Ihre Hüte, Jacken, Westen und Halstücher hatten sie schnell abgelegt und durch die offene Tür in den Flur hinausgeworfen. Der Mann mit der Kerze nickte. Daraufhin brachte jener, welcher vorhin Mr. Grossmith zum Verlassen des Wagens aufgefordert hatte, zwei lange, mörderisch aussehende Jagdmesser zum Vorschein, die er aus ihren Lederscheiden zog.

»Sie sind genau gleich«, erklärte er und bot jedem der Kontrahenten eines davon an. Zu dieser Zeit hätte wohl auch der schwerfälligste Beobachter begriffen, worum es sich bei dieser nächtlichen Zusammenkunft handelte: Es sollte ein Duell auf Leben und Tod ausgefochten werden.

Jeder der beiden Kontrahenten ergriff ein Messer, untersuchte es sorgfältig und prüfte die Stärke von Klinge und Griff über dem angewinkelten Knie. Dann wurde jeder vom gegnerischen Sekundanten durchsucht.

»Wenn es Ihnen beliebt, Mr. Grossmith«, sagte der Mann mit der Kerze, »so stellen Sie sich jetzt bitte in jener Ecke dort auf.« Er wies nach der Ecke, die am weitesten von der Tür entfernt war.

Mr. Grossmith zog sich in die angewiesene Ecke zurück, nachdem sein Sekundant ihn mit einem Handschlag, aber ohne jede Herzlichkeit verabschiedet hatte. Sein Gegner bezog Stellung in der Ecke zunächst der Tür. Die beiden Sekundanten stellten sich neben der Tür auf.

In diesem Augenblick wurde die Kerze plötzlich ausgelöscht, so daß tiefe Dunkelheit herrschte. Ob dies ein Luftzug von der offenen Tür her oder eine absichtliche Bewegung verursacht hatte – die Wirkung war jedenfalls erschreckend.

»Gentlemen«, sagte eine Stimme, die unter den veränderten Umständen seltsam fremd und bedrohlich klang, »Gentlemen, rühren Sie sich nicht von der Stelle, bis Sie das Zufallen der Haustür hören.«

Dann waren eilige Schritte zu vernehmen, das Schließen der Zimmertür, Schritte im Flur, und schließlich fiel die Haustür krachend ins Schloß, daß das ganze Haus erzitterte.

Wenige Minuten später begegnete ein Bauernjunge einem

leichten Wagen, der mit halsbrecherischer Geschwindigkeit in Richtung auf das Städtchen Marshall fuhr. Der Junge berichtete, er habe hinter den beiden dunklen Gestalten auf dem Kutschbock eine dritte, stehende Gestalt bemerkt, die sich über die beiden andern beugte und sie offenbar mit eisernem Griff, aus dem sie sich vergeblich zu befreien suchten, am Genick festhielt. Diese dritte Gestalt erschien ganz in Weiß gekleidet und war zweifellos auf den Wagen gesprungen, als dieser an dem Geisterhaus vorbeifuhr. Da der Junge sich schon früherer Erfahrungen mit übernatürlichen Erscheinungen rühmen konnte, hatte sein Wort besonderes Gewicht. Die Geschichte erschien sogar im Lokalblatt, begleitet von einer Aufforderung an die obenerwähnten Herren, sich zu melden und ihre nächtlichen Erlebnisse im Lokalblatt zu schildern. Unnütz zu sagen, daß die Aufforderung unbeantwortet blieb.

2

Die Ereignisse, die zu diesem Duell im Dunkeln geführt hatten, sind schnell berichtet. Eines Abends saßen drei junge Männer in einer ruhigen Ecke des einzigen Hotels von Marshall, rauchten und unterhielten sich über dies und jenes. Die drei Männer hießen King, Rosser und Sancher. An einem anderen Tisch, aber in Hörweite, saß ein vierter, etwas älterer Mann, der ihnen fremd war. Sie wußten nur, daß er an diesem Nachmittag mit der Postkutsche angekommen war und sich unter dem Namen Grossmith in die Gästeliste des Hotels eingetragen hatte. Seit seiner Ankunft hatte er mit keinem Menschen gesprochen, außer mit dem Hotelangestellten, und mied in auffallender Weise jeden Umgang mit anderen Gästen. Seine eigene Gesellschaft schien ihm vollauf zu genügen, was in Anbetracht seiner wenig einnehmenden Persönlichkeit als ein Zeichen von zweifelhaftem Geschmack angesehen werden mußte.

»Ich hasse jede Art von Mißbildung bei einer Frau«, erklärte King gerade. »Gleichgültig, ob es sich um eine angeborene oder erworbene Mißbildung handelt. Ich bin nämlich der Meinung, daß jeder körperliche Makel auch einen seelischen oder geistigen Defekt mit sich bringt.«

»Das heißt also«, erwiderte Rosser ernst, »daß Sie niemals eine Frau heiraten würden, die des moralischen Vorzugs einer Nase ermangelt?«

»Wenn Sie so wollen – ja«, war die Antwort. »Aber im Ernst, ich habe einmal eine reizende junge Dame sitzengelassen, weil ich zufällig erfuhr, daß ihr eine Zehe amputiert worden war. Sie können mein Verhalten grausam nennen. Aber ich weiß, ich wäre mit ihr niemals glücklich geworden und hätte auch sie unglücklich gemacht.«

»So aber«, warf Sancher ein, »hat sie einen Herrn mit großzügigeren Ansichten geheiratet und endete mit durchschnittener Kehle.«

»Ah, Sie wissen, auf wen ich anspielte! Ja, sie heiratete Manton. Ob er großzügiger dachte, weiß ich nicht. Aber ich halte es durchaus für möglich, daß er ihr nur deshalb die Kehle durchschnitt, weil er es nicht verwinden konnte, daß ihr die mittlere Zehe des rechten Fußes fehlte.«

»Seht euch mal den Kerl dort drüben an!« sagte Rosser leise und schickte einen Blick zu dem Fremden hinüber.

Der Kerl verfolgte offenbar mit großer Aufmerksamkeit ihr Gespräch.

»Das ist eine Unverschämtheit!« murmelte King. »Was sollen wir tun?«

»Da gibt es nur eines!« meinte Rosser und erhob sich. Dann wandte er sich an den Fremden. »Sir, ich muß Sie auffordern, Ihren Stuhl zu nehmen und sich ans andere Ende der Veranda zu setzen. Offenbar ist die Gegenwart von Gentlemen eine völlig ungewohnte Situation für Sie!«

Der Fremde sprang auf und trat mit geballten Fäusten und zornbleichem Gesicht auf seinen Beleidiger zu. Auch die beiden anderen waren aufgestanden. Sancher trat zwischen die Streitenden.

»Sie waren voreilig und ungerecht«, sagte er zu Rosser. »Dieser Herr hat nichts getan, was eine solche Sprache rechtfertigen würde!«

Aber Rosser war nicht bereit, auch nur ein Wort zurückzunehmen. Nach der Sitte des Landes und der Zeit blieb also nur eine einzige Lösung möglich.

»Ich verlange Genugtuung, wie sie einem Gentleman zusteht!« sagte der Fremde, der sich etwas beruhigt hatte. »Da ich keinen Menschen in dieser Gegend kenne, wären Sie vielleicht, Sir«, und er verneigte sich gegen Sancher, »so freundlich, mein Sekundant zu sein und mich in dieser Angelegenheit zu vertreten?«

Sancher übernahm die Verpflichtung, wenn auch widerwillig, denn er empfand ebensowenig Sympathie für den Fremden wie seine Gefährten.

King hatte während dieses ganzen Wortwechsels kein Auge von dem Fremden gelassen und kein einziges Wort gesprochen. Mit einem Nicken gab er sein Einverständnis, als Rosser ihn darum bat, sein Sekundant zu sein. Das Treffen wurde für den folgenden Abend festgesetzt; und die näheren Umstände kennen wir bereits.

Ein Duell mit Messern in einem dunklen Raum war damals im Südwesten gar nicht so ungewöhnlich. Wie dünn die Decke von »Ritterlichkeit« war, unter der sich die Brutalität eines Sittenkodex versteckte, der solche Begegnungen möglich machte, werden wir noch sehen.

3

In der strahlenden Mittagssonne hatte das alte Manton-Haus nichts von einem Spukhaus an sich. Es schien irdisch und ganz von dieser Welt zu sein. Der Sonnenschein liebkoste es zärtlich, ungeachtet seines schlechten Rufs. Gras und Unkraut wucherten in fröhlicher Lebensfülle, in den Bäumen zwitscherten die Vögel, und selbst die glaslosen Fenster des Obergeschosses sahen hell und freundlich aus. Über den steinigen Feldern flirrte die Hitze, und alles bot ein Bild lebendiger Heiterkeit, wie sie mit den düsteren Schatten des Übernatürlichen unvereinbar ist.

So bot sich Manton-Haus dem Sheriff Adams und seinen beiden Begleitern dar, die aus Marshall gekommen waren, um es in Augenschein zu nehmen. Einer der Männer war Mr. King, der Stellvertreter des Sheriffs; der andere ein Bruder der verstorbenen Mrs. Manton, ein Mann namens Brewer. Nach dem Gesetz untersteht ein Besitztum, dessen Eigentümer tot oder verschollen ist, bis zur Klärung der Erbfolge dem Sheriff. Sein heutiger Besuch stand im Zusammenhang mit einem gerichtlich geltend gemachten Erbanspruch des Mr. Brewer. Es war ein reiner Zufall, daß dieser Besuch am Tag nach jener Nacht stattfand, in der Mr. King das Haus zu einem ganz andern Zweck aufgeschlossen hatte. King war nicht aus freiem Antrieb hier; er hatte vielmehr die Anweisung, seinen Vorgesetzten zu begleiten, und hielt es für geraten, diesem Befehl nachzukommen.

Der Sheriff war etwas überrascht, als er die Tür nicht versperrt fand. Auf dem Fußboden im Flur stieß man auf einen Haufen Kleidungsstücke: Dort lagen zwei Hüte, zwei Jakken, ebensoviele Westen und Halstücher. Alles war in gutem Zustand und nur leicht von dem Staub des Fußbodens beschmutzt. Auch Mr. Brewer zeigte sich überrascht; nur Mr. Kings Gefühle sind nicht bekannt.

Mit neuem und noch verstärktem Interesse entriegelte und öffnete der Sheriff die Tür zur Rechten, und die drei Männer traten ein. Auf den ersten Blick schien das Zimmer leer; doch als ihre Augen sich an das Dämmerlicht gewöhnt hatten, sahen sie in der entferntesten Ecke eine menschliche Gestalt. Es war ein Mann, der in der Ecke kauerte. Etwas in seiner Haltung ließ die Eindringlinge schon an der Schwelle stocken. Der Mann hockte auf einem Knie, hatte den Kopf zwischen die Schultern gezogen, die Hände wie Klauen verkampft schützend vors Gesicht gepreßt, den Mund wie zum

Schreien geöffnet und einen Ausdruck namenlosen Entsetzens in den starren, unglaublich weit aufgerissenen Augen. Der Mann war tot. Außer einem Jagdmesser, das offensichtlich seiner Hand entfallen war, konnten sie nichts weiter in dem Zimmer entdecken.

Der dicke Staub, der auf dem Boden lag, war nahe der Tür und entlang der Türwand von einem Gewirr von Fußspuren aufgewirbelt. Der tote Mann hatte auch eine deutliche Spur hinterlassen, als er von der Tür bis in seine Ecke gegangen war.

Instinktiv hielten sich die drei Männer an diese Spur, als sie sich der Leiche näherten. Der Sheriff griff nach einem Arm des Toten, der bereits steif wie Holz war und unter dem Griff des Sheriffs ruckte.

Bleich vor Erregung starrte Brewer in das verzerrte Gesicht des Toten und rief: »Gott im Himmel – das ist ja Manton!«

»Sie haben recht«, murmelte King. »Ich kannte Manton. Damals trug er allerdings einen Vollbart und längeres Haar. Aber das ist er!«

Er hätte hinzufügen können: »Ich erkannte ihn schon im Hotel. Ich sagte es Rosser und Sancher, und daraufhin spielten wir ihm diesen furchtbaren Streich. Als Rosser uns auf den Fersen aus diesem dunklen Zimmer folgte, vergaß er in der Aufregung seinen Rock und mußte in Hemdsärmeln mit uns fahren. Wir wußten die ganze Zeit, mit wem wir es zu tun hatten. Wir erkannten ihn, diesen Mörder und Feigling!«

Aber Mr. King hütete sich, dergleichen zu sagen. Er, der mehr wußte als die andern, versuchte für sich allein, das Geheimnis von Mantons Tod zu enträtseln. Daß er offenbar kein einziges Mal seine Ecke verlassen hatte; daß seine Haltung weder auf Angriff noch auf Verteidigung hindeutete; daß er sein Messer hatte fallenlassen; daß er offenbar vor Entsetzen über irgendeinen Anblick gestorben war – alle diese Umstände konnte auch Mr. King nicht begreifen.

Während er sich abmühte, die Situation zu erfassen, fiel sein Blick von ungefähr auf etwas, das ihn trotz des Tageslichts und der Gegenwart lebendiger Gefährten mit kaltem Grauen erfüllte. Im Staub der vielen Jahre, der den Fußboden bedeckte, zeichneten sich deutlich dreifache Fußspuren ab, die von der Tür her quer durchs Zimmer bis zu Mantons Ecke führten. Es waren die Spuren nackter Füße. Die beiden äußeren stammten offenbar von zwei kleinen Kindern, die in der Mitte von einer Frau. Von der Stelle, an der sie endeten, gab es keine Umkehr; alle Fußabdrücke wiesen in dieselbe Richtung.

Im selben Augenblick bemerkte auch Brewer die Spuren. Schreckensbleich beugte er sich hinunter und wies mit beiden Händen auf den letzten Abdruck des rechten Frauenfußes.

»Da! Seht doch!« schrie er fassungslos. »Die Mittelzehe fehlt – es war Gertrude!«

Gertrude aber war die ermordete Mrs. Manton, die Schwester von Mr. Brewer.

Fritz Leiber

Der Rußgeist

Miss Millick konnte sich nicht erklären, was mit Mr. Wran los war. Andauernd machte er die seltsamsten Bemerkungen, wenn sie bei ihm drin war und Diktat aufnahm. Heute morgen erst hatte er sich unvermittelt zu ihr umgedreht und gefragt: »Haben Sie schon mal einen Geist gesehen, Miss Millick?« Sie hatte nervös aufgelacht und geantwortet: »Als ich klein war, erschien mir manchmal eine Gestalt in weiß, wenn ich in der Bodenkammer schlief, die kam dann immer aus dem alten Schrank und stöhnte. Ich hatte vor so vielen Sachen Angst, damals.« Und er hatte gesagt: »So einen Geist meine ich nicht. Ich meine ein Gespenst von hier und heute, das Gesicht verschmiert mit dem Ruß der Fabriken, in seinem Innern das Hämmern von Maschinen. Eins von denen, die über Kohlehalden geistern und nachts durch verlassene Bürogebäude wie das unsere hier schleichen. Einen echten Geist. Nicht so einen aus Büchern.« Sie hatte nicht gewußt, was sie dazu sagen sollte.

So war er sonst nie gewesen. Schon, er hatte seine Scherze gemacht, aber nicht so makabre wie eben. Insgeheim fragte sich Miss Millick, ob er womöglich ein bißchen Nestwärme bei ihr suchte. Zwar war Mr. Wran verheiratet und hatte ein Kind, aber trotzdem, sie hatte so ihre Tagträume. Keine besonders aufregenden, aber doch so, daß sie ihr im Kopf herumspukten. Und nun stellte er schon wieder so eine merkwürdige Frage.

»Haben Sie sich schon mal Gedanken gemacht, wie ein Geist aus unseren Tagen aussehen könnte, Miss Millick? Versuchen Sie doch mal, sich das vorzustellen. Ein verrußtes, schwer zu beschreibendes Gesicht, alles steckt da drin, das hungrige Verhärmtsein eines Arbeitslosen, die neurotische Unruhe eines Menschen, der nicht gebraucht wird, die zapplige Spannung des gestreßten Arbeiters der Großstadt, der sorgenbeladene Unmut eines Streikenden, der abgebrühte Opportunismus des Streikbrechers, das aggressive Gejammer des Bettlers, die unterschwellige Furcht des Zivilisten vor Bombenanschlägen und tausend andere verzerrte Gefühlsmuster. Das eine überlagert das andere, vermischt sich auch irgendwo, wie übereinandergestülpte, halbdurchsichtige Masken.«

Miss Millick überlief es kalt, und sie flüsterte: »Eine gräßliche Vorstellung. Wie können Sie sich nur so etwas Grauenhaftes ausmalen.«

Verstohlen spähte sie über den Schreibtisch. Ihr fiel ein, daß sie mal etwas über Mr. Wrans Kindheit gehört hatte, was geradezu Abnormes, sie wußte nur nicht mehr, was. Wenn sie jetzt nur irgendwie reagieren könnte – über die Verfassung lachen, in der er war, oder ihn fragen, was mit ihm los sei. Aber so wechselte sie nur die Ersatzstifte in der linken Hand und fuhr mechanisch über ein paar Schnörkel ihrer Kurzschriftnotizen im Block.

»So und nicht anders würde ein Geist oder die lebendige Vision davon aussehen, Miss Millick«, fuhr er unbeirrt fort, ein starres Lächeln auf dem Gesicht. »Er würde der Welt, wie sie ist entspringen. Das Verworrene, das Schäbige, das Verwerfliche, genau das würde er verkörpern. Alles, was nicht stimmt. Und völlig verdreckt und verschmiert würde er aussehen. Ich glaube nicht, daß er weiß oder schmächtig ist und sein Unwesen auf Friedhöfen treibt. Der stöhnt auch nicht. Eher murmelt er unverständliches Zeug, packt einen am Ärmel. Wie ein kranker, mürrischer Affe. Was würde so ein Wesen von einem Menschen wollen, Miss Millick? Ein Opfer? Ehrfurcht? Oder einem nur Angst einjagen? Wie könnte man sich seiner erwehren?«

Miss Millick gluckste nur nervös. Was es war, konnte sie selbst nicht fassen, aber in Mr. Wrans sonst ganz normalem, flachwangigem Gesicht eines etwa Dreißigjährigen war ein eigentümlicher Ausdruck, wie es sich so gegen das verstaubte Fenster abhob. Er drehte sich um und starrte auf die graue Industriestadt mit ihren Bahngleisen und Fabriken. Als er seinen Faden weiterspann, klang seine Stimme wie von weit her.

»Als nichtmaterielles Wesen könnte es einem natürlich zunächst nichts anhaben. Man muß ein besonderes Gespür haben, um es überhaupt zu bemerken und sich seiner Anwesenheit bewußt zu sein. Aber über kurz oder lang würde es auf unsere Handlungen Einfluß nehmen. Würde einen das eine machen lassen, aber von anderen Dingen abhalten. Obwohl nur in der Vorstellung existent, würde es überall seine Finger mit im Spiel haben. Könnte sich sogar dieser oder jener geistlosen Köpfe bedienen und damit auch anderen Schaden zufügen, je nach Lust und Laune.«

Miss Millick wand sich vor Unbehagen und überlas noch einmal ihre Stenonotizen; sie hielt sich an die Lehrbücher, die das empfahlen, wenn beim Diktieren Pausen entstanden. Das Tageslicht reichte nicht mehr recht, und sie hoffte, Mr. Wran würde sie bitten, das Licht anzuschalten. Ungewollt überkam sie ein Juckreiz, ihr war, als ob ihr Ruß auf die Haut rieselte.

»Die Welt ist aus den Fugen, Miss Millick«, hörte man wieder Mr. Wran, der immer noch am Fenster stand. »Dazu angetan, einer neuen Welle von Aberglauben Raum zu geben. Es ist an der Zeit, daß Geister, wie immer man sie auch sonst nennen mag, die Herrschaft übernehmen und Angst und Schrecken verbreiten. Schlimmer als die Menschen können sie gar nicht sein.«

»Aber ...«, Miss Millicks Zwerchfell zuckte, und ihre Gekicher wirkte albern, »so etwas wie Geister gibt es doch überhaupt nicht.«

Mr. Wran drehte sich um.

»Natürlich nicht, Miss Millick«, stimmte er ihr laut und mit gönnerhaftem Tonfall zu, als hätte sie die ganze Zeit so ein Zeug geschwätzt und nicht er. »Wissenschaft, gesunder Menschenverstand und Psychiatrie, alle sind darauf bedacht, den Beweis zu erbringen.«

Sie hielt den Kopf gesenkt und wäre vielleicht sogar errötet, wenn sie nicht so ratlos gewesen wäre. Ein stechender Schmerz in den Beinen ließ sie hochfahren; sie hatte eigentlich nicht aufstehen wollen. Gedankenlos fuhr sie mit der Hand an der Schreibtischkante entlang.

»Sehen Sie nur, Mr. Wran, was ich hier von Ihrem Schreibtisch hole«, sagte sie und zeigte ihm die schwarze Dreckspur. Sie versuchte, unbeholfen spaßhaft zu klingen, als sie ihn sanft tadelte. »Kein Wunder, daß die Briefe, die ich Ihnen reinbringe, immer so angeschmuddelt rauskommen. Man sollte mal ein Wörtchen mit den Reinemachefrauen reden. Die machen Ihr Zimmer nur so husch-husch.«

Sie hoffte auf eine normale scherzhafte Erwiderung. Stattdessen blieb er ganz zugeknöpft, sein Gesichtsausdruck wurde hart.

»Wo waren wir doch stehengeblieben«, gab er schroff zurück und nahm das Diktat wieder auf.

Als sie sein Zimmer verlassen hatte, sprang er auf, ging mit dem Finger prüfend über die schmutzige Stelle des Schreibtischs und runzelte ärgerlich die Stirn angesichts der fast schwarzen Schmierflecken. Er riß eine Schublade auf, nahm einen Lappen heraus, wischt hastig die Tischfläche ab, knüllte den Lappen zu einem Knäuel und warf ihn in die Schublade zurück. Drei oder vier andere Lappen lagen da bereits, einer wie der andere voller Ruß.

Dann ging er zum Fenster und schaute lange in die Dämmerung, versuchte das Meer von Dächern auszumachen und den Blick auf jeden Schornstein, jeden Wassertank zu konzentrieren.

»Eine Neurose. Kann gar nicht anders sein. Psychischer Druck. Halluzinationen«, redete er sich ein; seine müde, unsichere Stimme hätte Miss Millick aufschrecken lassen. »Diese gräßliche Verwirrung der Sinne taucht wieder auf, in anderer Form. Was anderes kann es nicht sein. Wenn es nur nicht so verdammt echt wäre. Selbst der Ruß. Gut, daß ich zum Psychiater gehe. Ich glaube, ich brächte es heute nicht mal fertig, in die Hochbahn zu steigen.« Seine Stimme wurde leiser, die Worte verloren sich, er rieb sich die Augen, und automatisch begann es in seinem Gedächtnis zu rumoren.

Angefangen hatte es in der Hochbahn. Auf dem Heimweg in der vollen Bahn war es ihm in einer bestimmten Kurve zur Gewohnheit geworden, den Blick über eine kleine Dächergruppe schweifen zu lassen. Ein schmuddliges tristes Konglomerat von Dachpappe, geteertem Kies und verrußtem Klinker. Schornsteine aus rostigem Blech mit kegelförmigen Kappen suggerierten die Vorstellung ehemaliger Horchposten. Auf einer Wand ganz dicht an der Bahn stand eine verwaschene Reklame für ein uraltes Schmerzmittel. Oberflächlich betrachtet waren es düstere Dächer, wie es sie tausendfach in jeder Stadt gab. Aber er sah sie immer in der Abenddämmerung, entweder im rauchverhangenen Halbdunkel oder rötlich getönt von den schwachen Strahlen eines verschwommenen Sonnenuntergangs, oder naß von Regenschauern, die in Windstößen gespenstisch darübertrieben; manchmal auch bedeckt mit Fetzen schmutzigen Schnees. Jedesmal war der Anblick ungewöhnlich finster und bot der Phantasie Spielraum; geradezu schön in seiner Häßlichkeit, aber nicht malerisch schön. Öde und doch bedeutungsschwanger. Unbewußt assoziierte Catesby Wran mit diesem Bild die unangenehmen Seiten des frustrierten, bedrückenden Jahrhunderts, in dem er lebte, dieses zerrütteten Jahrhunderts mit all dem Haß, der Schwerindustrie und den weltweiten Kriegen. Der kurze tägliche Blick in das Halbdunkel wurde fester Bestandteil seines Lebens. Komischerweise sah er nie morgens dorthin, denn da saß er im allgemeinen auf der anderen Seite des Abteils und war in seine Zeitung vertieft.

Eines Abends, es ging schon auf den Winter zu, fiel ihm auf dem dritten Dach von den Schienen aus gerechnet so etwas wie ein unförmiger schwarzer Sack auf. Er dachte nicht weiter darüber nach, registrierte ihn schlechthin als ein zusätzliches Etwas zu dem ihm vertrauten Anblick, und sein Gedächtnis speicherte das für später. Doch schon am nächsten Abend hatte er das Gefühl, seine Erinnerung trog ihn in einem bestimmten Detail. Tatsächlich war das gewisse Etwas nun ein Dach näher, als er angenommen hatte. Seiner Farbe und Struktur nach, auch den Schmutzflecken nach zu urteilen, war es mit Kohlengrus gefüllt – das wiederum schien unsinnig. Einen Abend später dann hatte es wohl der Wind an einen verrosteten Ventilator geweht, das aber hätte nicht geschehen können, wenn es wirklich so schwer war. Vielleicht war es auch nur mit Laub gefüllt. Catesby ertappte sich dabei, daß er mit einer leicht bösen Vorahnung dem nächsten Abend entgegensah, an dem er daran vorbeifahren würde. Der Gegenstand, der ihm nicht mehr aus dem Sinn ging, hatte irgend etwas nicht Stimmiges an sich; das sackartige Gebilde hatte eine Ausbuchtung, fast konnte man darin einen mißgestalteten Kopf erkennen, der um den Ventilator lugte. Sein ungutes Gefühl täuschte ihn nicht, denn am Abend darauf war das Ding auf dem ersten Dach, wenn auch auf dem hinteren Ende, als sei es eben erst über die niedrige Ziegelbrüstung gefallen.

Am darauffolgenden Abend war kein Sack mehr da. Catesby war leicht verärgert, als er augenblicklich ein Gefühl der Erleichterung spürte, war doch im Grunde genommen die ganze Sache viel zu banal als daß sie überhaupt irgendeine Reaktion gerechtfertigt hätte. Daran änderte auch nichts, daß seine Phantasie mit ihm durchgegangen war und er sich eingebildet hatte, daß das Ding langsam weiterkroch und sich über die Dächer vorarbeitete. Jede normale Vorstellungskraft würde ähnliches bewerkstelligen. Bewußt schob er den Gedanken von sich, daß seine Phantasie geradezu abnorm ausgeprägt war. Und trotzdem, als er ausgestiegen war und nach Hause ging, ertappte er sich dabei, daß ihm die Frage keine Ruhe ließ, ob das sackartige Gebilde wirklich verschwunden war. Er glaubte, eine schmutzige Schleifspur wahrgenommen zu haben, die über den Kies zum vorderen Teil des Dachs führte, den eine Brüstung halb verdeckte. Einen kurzen Augenblick sah er sich von einem widerwärtigen Bild gefangen – eine tintenschwarze, bucklige Gestalt kauerte hinter der Brüstung und lauerte.

Als er das nächste Mal das ihm vertraute quietschende Schlingern des Wagens in der Kurve spürte, versuchte er, nicht hinauszuschauen. Er ärgerte sich über sich selbst und warf rasch einen Blick nach hinten. Noch im Umdrehen wurde er blaß. Das Dach entschwand schon, er hatte gerade noch Zeit gehabt, flüchtig hinzusehen. War da nicht wie ein Schatten ein Stück Kopf gewesen, etwas, das über die Brüstung stierte? Unsinn, versuchte er sich zu beschwichtigen. Selbst wenn er etwas gesehen hatte, gab es tausenderlei Erklärungen dafür, die aber auch rein gar nichts mit etwas Übernatürlichem oder gar mit einer echten Halluzination zu tun hatten. Morgen würde er richtig hingucken und die Sache vernünftig erklären können. Wenn nötig, würde er das Dach persönlich inspizieren, auch wenn er nicht recht wußte, wie er es finden sollte und ihm der Gedanke mißfiel, daß er da einer törichten Vorstellung auf den Leim ging.

Er konnte den Heimweg zu Fuß an jenem Abend nicht recht genießen; später ließ ihn die Vision der Gestalt im Traum nicht los und tauchte auch am Tag darauf im Büro immer wieder auf. Da hatte er dann das erste Mal versucht, seine Nerven zu beruhigen, indem er nur so zum Scherz ernsthafte Bemerkungen über das Übernatürliche zu Miss Millick gemacht hatte, die total verblüfft reagierte. Es war auch an dem gleichen Tag, daß er eine wachsende Antipathie gegenüber Schmutz und Ruß empfand. Alles, was er anfaßte, war irgendwie sandig, und unwillkürlich wischte und polierte er an seinem Schreibtisch herum wie eine alte Frau, die von einer Angst vor Bakterien besessen ist. Sein Verstand sagte ihm, daß sich im Büro nichts verändert haben konnte und alles so wie immer war, daß er auf den Staub, den es immer gegeben hatte, nur empfindlicher reagierte als sonst, aber er mußte sich eine zunehmende Nervosität eingestehen. Schon lange, ehe die Hochbahn sich der Kurve näherte, spähte er angestrengt in das trübe Zwielicht und war entschlossen, jede Einzelheit auszumachen.

Später wurde ihm bewußt, daß er einen unterdrückten Aufschrei von sich gegeben haben mußte, denn der Mann neben ihm sah ihn verdutzt an, und die Frau vor ihm strafte ihn mit einem vorwurfsvollen Blick. Er zitterte am ganzen Körper und bekam das Zittern nicht unter Kontrolle; er war aschfahl und wußte es wohl. Besessen starrte er die Mitreisenden an, versuchte, seine Sicherheit wiederzuerlangen, die er völlig verloren hatte. Es waren die gewohnten Leute mit dem undurchdringlichen Gesichtsausdruck, die immer auf dem Heimweg im Zug saßen, an die er sich klammerte. Er hatte doch nicht etwa einem von ihnen gezeigt, was er da gesehen hatte – das verschmierte Gesicht, entstellt durch den Sack und den Kohlenstaub, die knochenlose Hand, die ihm unmißverständlich zuwinkte, als wolle sie ihn an eine bevorstehende Verabredung erinnern – er schloß die Augen. Schon waren seine Gedanken beim morgigen Abend. Schon sah er die lange Schlange mit hellen Fenstern, vollgestopft mit Menschen in die Kurve gehen – da sprang eine undurchsichtige monströse Gestalt mit einem Schwung vom Dach, ein unbeschreibliches Gesicht preßte sich ans Fenster, verschmierte es mit nassem Kohlenstaub, riesige Pfoten patschten an die Scheibe.

Er konnte die besorgten Fragen seiner Frau abwehren. Am nächsten Morgen faßte er einen Entschluß und machte noch für den gleichen Abend einen Termin bei einem Psychiater fest, den ihm ein Freund empfohlen hatte. Es kostete ihn etliche Überwindung, denn Catesby wehrte sich aus gutem Grund gegen alles, was mit psychisch Abnormem zu tun hatte. Einen Psychiater aufzusuchen bedeutete, ein Erlebnis aus der Vergangenheit heraufzubeschwören, über das er nicht einmal mit seiner Frau recht gesprochen hatte. Nun aber, nachdem er sich einmal zu dem Entschluß durchgerungen hatte, fühlte er sich merklich erleichtert. Der Psychiater, redete er sich ein, würde der Sache beikommen. Er hörte ihn schon sagen: »Einfach eine Sache der Nerven. Vielleicht sollten Sie einen Augenspezialisten aufsuchen, ich schreib Ihnen den Namen auf, und von diesen Pillen hier nehmen Sie alle vier Stunden zwei«; und so weiter und so fort. Es war geradezu beruhigend und ließ ihm die Befragung durch den Psychiater, dem er sein Inneres enthüllen müßte, weniger schmerzhaft erscheinen.

Als dann aber die rauchgeschwängerte Abendstimmung aufzog, war die Nervosität wieder da, und er ließ das Verwirrspiel mit Miss Millick geschehen, trieb es auf die Spitze, bis er sich eingestehen mußte, daß er nicht andere, sondern sich selbst in Schrecken versetzte.

Er würde seine Phantasie besser bezähmen müssen, sagte er sich, als er immer noch ruhelos auf die massiven, düsteren Umrisse des Geschäftsviertels sah. Hatte er doch den ganzen Nachmittag damit zugebracht, eine Art Welt des Aberglaubens aus dem Mittelalter heraufzubeschwören. Das führte zu nichts. Dann ging ihm auf, daß er länger so am Fenster gestanden haben mußte, als er gedacht hatte, denn hinter der Scheibe in der Tür war es dunkel, und draußen im Vorzimmer war alles still. Miss Millick und die anderen waren offenbar gegangen.

In diesem Moment machte er die Entdeckung, daß er heute abend keinen Grund haben würde, besagte Kurve zu fürchten. Es war eine schaurige Entdeckung, die er da machte. Auf dem im Schatten liegenden Dach gegenüber, vier Stockwerke unter ihm, sah er das gefürchtete Etwas, es kollerte und rollte über den Kies, warf einen Blick nach oben, sah ihn und entschwand in die Dunkelheit unter den Wassertank.

Hektisch packte er seine Sachen zusammen, hastete zum Fahrstuhl, versuchte, der panischen Angst Herr zu werden, die ihn zum Rennen zwingen wollte; Halluzination und milde Form der Psychose erschienen ihm ein wünschenswerter Zustand. Wie immer es ausgehen mochte, er setzte alle Hoffnung auf den Psychiater.

»Sie meinen also, Sie werden zunehmend nervöser und ... hm ... zerfahrener, wie Sie es nennen«, sagte Dr. Trevethick und lächelte unverbindlich, aber freundlich. »Haben Sie irgendwelche körperlichen Beschwerden bemerkt? Schmerzen? Kopfweh? Verdauungsstörungen?«

Catesby schüttelte den Kopf, benetzte die Lippen. »In der Hochbahn bin ich besonders nervös«, warf er rasch hin.

»Aha. Darauf kommen wir noch mal zurück. Zunächst aber möchte ich, daß Sie mir etwas ausführlicher von dem erzählen, was Sie vorhin erwähnten. Sie sagten, da war etwas in Ihrer Kindheit, was Sie möglicherweise für nervöse Leiden empfänglich macht. Sie wissen sicher, daß die frühen Jahre entscheidend sind für die Entwicklung bestimmter Verhaltensmuster eines Menschen.«

Catesby beobachtete die gelbe Spiegelung matter Lichtpünktchen auf dem dunklen Schreibtisch. Gedankenverloren rieb er mit der linken Hand auf dem dicken Möbelstoff des Sessels hin und her. Nach einer Weile hob er den Kopf und sah dem Arzt direkt in die kleinen braunen Augen.

»Von meinem dritten bis neunten Lebensjahr etwa«, begann er und wählte seine Worte mit Bedacht, »war ich so etwas wie – Sie würden es wohl Wunder der Sinneswahrnehmung nennen.«

Der Arzt verzog keine Miene. »Ja?« fragte er höflich.

»Was ich damit sagen will, man glaubte, ich könnte durch Wände sehen, Briefe durch Umschläge lesen, Bücher durch ihre Einbände, könnte blind fechten und ebenso Tischtennis spielen, könnte verbuddelte Gegenstände ausfindig machen und Gedanken lesen.« Die Worte purzelten jetzt nur so aus ihm heraus.

»Und konnten Sie das wirklich?« fragte der Arzt mit tonloser Stimme.

»Ich weiß nicht. Ich glaube nicht«, erwiderte Catesby, und er spürte, wie längst verlorengegangene Emotionen wieder zurückkamen. »Es ist alles irgendwie verwischt. Ich glaubte, ich konnte es, aber damals redete es mir ja auch alle Welt ein. Meine Mutter war, wie soll ich sagen, sie interessierte sich für psychologische Phänomene. Ich wurde anderen vorgeführt. Ich erinnere mich, daß ich Dinge sah, die andere nicht sehen konnten. Als ob undurchsichtige Gegenstände für mich durchsichtig waren. Aber ich war ja noch sehr klein. Von wissenschaftlichen Kriterien der Beurteilung einer Sache wußte ich noch nichts.«

Er sah es jetzt wieder deutlich vor sich. Die verdunkelten Zimmer. Er selbst allein auf einem kleinen Podest, wie verloren auf einem hölzernen Stuhl mit gerader Lehne. Das schwarze seidene Taschentuch vor den Augen. Seine Mutter, ihre beschwörenden eindringlichen Fragen. Das Flüstern. Das Keuchen. Sein Abscheu vor der ganzen Geschichte, gemischt mit der Begierde, von den Erwachsenen bewundert zu werden. Dann die Wissenschaftler von der Universität, die Experimente, der große Versuch. Er war von der Wirklichkeit der Erinnerungen umfangen und vergaß völlig, warum er sie jetzt einem Fremden preisgab.

»Muß ich die Sache so verstehen, daß Ihre Mutter versuchte, Sie als ein Medium zu benutzen, das mit – mit dem Jenseits kommunizieren konnte?«

Eifrig nickte Catesby.

»Sie versuchte es, ja, aber es gelang ihr nicht. Als es soweit ging, daß ich mit Toten sprechen sollte, versagte ich vollends. Was ich konnte, oder glaubte zu können, war, wirklich existierende, dreidimensionale Dinge jenseits der Vorstellungskraft normaler Menschen zu sehen. Dinge, die sonst jeder auch sehen konnte, aber nicht in der Entfernung, durch ein Hindernis hindurch oder im Dunklen. Mutter empfand es immer als eine Enttäuschung.«

Er hörte förmlich, wie sie geduldig und betörend auf ihn einredete: »Versuch es noch einmal, Liebes, nur noch einmal. Katie war deine Tante. Sie hatte dich sehr lieb. Gib dir Mühe, hör genau hin, sie will etwas sagen.« Und er hatte geantwortet: »Ich sehe eine Frau im blauen Kleid, sie steht auf der anderen Seite von Dicks Haus.« Und sie hatte gemeint: »Ja, ich weiß, Liebes. Aber das ist nicht Katie. Katie ist ein Geist. Versuch es noch einmal, nur noch das eine Mal.« Die Stimme des Arztes holte ihn behutsam in das warme Licht des Sprechzimmers zurück.

»Sie erwähnten vorhin wissenschaftliche Kriterien bei der Beurteilung von Dingen, Mr. Wran. Ist, soweit Sie sich erinnern können, jeweils versucht worden, sie bei Ihnen anzuwenden?«

Catesby nickte heftig.

»O ja. Ich war acht damals. Zwei junge Psychologen von der Universität interessierten sich für meinen Fall. Ich nehme an, zunächst taten sie es nur aus Jux, und ich weiß noch, daß ich fest entschlossen war, es ihnen zu beweisen. Ich kann mich genau erinnern, wie ihre gönnerhafte Überlegenheit und ihr belustigter Sarkasmus sie langsam verließ. Zuerst hielten sie das Ganze für einen ausgemachten Schwindel, überredeten dann aber Mutter irgendwie, mich unter einem vorgegebenen Bedingungsgefüge zu testen. Sie stellten jede Menge Versuche an, die nach Mutters laienhaften Vorführungen einen geradezu professionellen Eindruck bei mir hinterließen. Sie glaubten, ich könnte hellsehen – oder so was Ähnliches. Ich war überreizt und nervös. Sie wollten mich und meine übernatürlichen Sinneswahrnehmungen an der Universität in der Fakultät für Psychologie vorführen. Da wurde mir zum ersten Mal bange, ob ich es schaffen würde. Vielleicht gingen sie auch in einem zu rasanten Tempo vor, ließen mir keine Ruhe, ich weiß nicht. Jedenfalls, als es zu dem Versuch kam, brachte ich aber auch rein gar nichts zustande. Alles blieb für mich unklar und im Dunklen. Ich war am Verzweifeln und spann munter drauf los. Alles Lüge, reine Phantasie. Die ganze Sache ging schief, und ich kann mir gut vorstellen, daß die beiden jungen Psychologen ganz schön in der Patsche saßen.

Selbst jetzt hatte er noch die schroffe Stimme des Mannes

mit dem Bart im Ohr: »Sie sind einem Kind aufgesessen, Flaxman, einem Kind, das ist alles. Ich bin einigermaßen fassungslos. Sie haben sich als erbärmliche Scharlatane erwiesen. Meine Herren, ich muß Sie bitten, diese jämmerliche Episode zu vergessen. So, als hätte es sie nie gegeben.« Er konnte sich eines Schuldgefühls nicht erwehren und zuckte jetzt noch bei dem Gedanken an damals zusammen. Gleichzeitig aber wurde ihm langsam leichter und geradezu heiter zumute. Sich seine lang unterdrückten Erinnerungen von der Seele zu reden half ihm, die Dinge anders zu sehen. Die Erlebnisse auf der Hochbahn schienen die richtigen Relationen zurückzugewinnen, waren nichts weiter als die Hirngespinste überarbeiteter Nerven und einer ungewöhnlichen Vorstellungskraft. Gewiß würde der Arzt die obskuren Vorgänge in seinem Unterbewußtsein zu erklären wissen. Zumindest wiegte er sich in dieser Zuversicht. Dann wäre die ganze Angelegenheit rasch ad acta gelegt, ähnlich wie auch seine Kindheitserinnerungen verdrängt worden waren – sie erschienen ihm ohnehin inzwischen etwas albern.

»Von dem Tag an«, nahm er den Faden wieder auf, »war auch nicht mehr die geringste Spur meiner angeblich übernatürlichen Kräfte vorhanden. Meine Mutter war außer sich, versuchte, die Universität gerichtlich zu belangen. Ich hatte eine Art Nervenzusammenbruch. Dann kam es zur Scheidung, meinem Vater wurde die Vormundschaft zugesprochen. Er gab sich alle erdenkliche Mühe, mich die Sache vergessen zu lassen. Er unternahm alles mögliche mit mir in den Ferien, in der Natur, wir trieben viel Sport, waren mit ganz normalen Leuten zusammen, die mit beiden Beinen auf der Erde standen. Schließlich ging ich zur Wirtschaftsschule, bin jetzt in der Werbung tätig. Nur –« Catesby machte eine Pause, »ich frage mich, ob das mit den nervösen Symptomen irgendwie mit damals zu tun hat. Es geht nicht darum, ob ich nun wirklich hellseherische Fähigkeiten hatte oder nicht. Sicher hat meine Mutter mir unterbewußt eine Menge suggeriert, genug, um so gar angehende Psychologen auszutricksen. Aber meinen Sie nicht auch, daß diese Traumata aus der Kindheit deutliche Auswirkungen auf meinen jetzigen Zustand haben könnten?«

Stirnrunzelnd sah der Arzt ihn einige Augenblicke an. Dann sagte er ruhig: »Glauben Sie, daß es da einen – hm – einen greifbaren Zusammenhang zwischen Ihren Fähigkeiten von damals und heute gibt? Will sagen, kommt es Ihnen so vor, daß Sie jetzt plötzlich wieder – hm – wieder Dinge sehen?«

Catesby schluckte. Er hatte ein zunehmendes Bedürfnis verspürt, sich von seinen Ängsten zu befreien; der Anfang war nicht leicht gewesen, und die scharfsinnige Frage des Arztes brachte ihn durcheinander. Er zwang sich zur Konzentration. Vor seinem inneren Auge tauchte in aller Deutlichkeit das Wesen auf, das er zu sehen geglaubt hatte. Aber es flößte ihm keine Furcht ein. Er suchte nach Worten.

Da bemerkte er, daß der Arzt nicht ihn anblickte, sondern über seine Schulter hinwegsah. Der Arzt wurde merklich blaß, die Augen wirkten größer als zuvor. Dann sprang er hoch, ging an Catesby vorbei, riß das Fenster auf und starrte in die Dunkelheit.

Als sich auch Catesby erhob, schlug der Arzt das Fenster wieder zu und sagte mit einer Stimme, die keineswegs mehr so ruhig klang, eher von einem nicht zu unterdrückenden Keuchen begleitet war: »Ich habe Sie hoffentlich nicht erschreckt. Ich sah nur das Gesicht eines ... eines herumlungernden Mannes, eines Negers vermutlich auf der Feuerleiter. Ich muß ihn aufgeschreckt haben, denn er war im Nu verschwunden. Vergessen Sie's. Ärzte werden häufig von Voyeuren belästigt ... von Fensterguckern.«

»Ein Neger?« fragte Catesby und fuhr sich mit der Zunge über die trockenen Lippen.

Der Arzt lachte nervös. »Ich glaube ja, obwohl ich zuerst den Eindruck hatte, es war ein Weißer, nur mit einem schwarzen Gesicht. Aber es war tiefschwarz, die Farbe hatte nichts von einer Brauntönung.«

Catesby ging ans Fenster. Die Scheibe zeigte Schmutzflecken. »Es ist alles in Ordnung, Mr. Wran.« Die Stimme des Arztes klang jetzt merklich ungeduldig; er war deutlich bemüht, die berufliche Autorität zurückzuerlangen. »Wir wollen unser Gespräch fortführen. Ich fragte Sie gerade, ob Sie auch heute wieder ...« – er zog ein Gesicht – »plötzlich Dinge sehen.«

Catesby bekam die ihm im Kopf herumwirbelnden Gedanken unter Kontrolle. »Nein. Ich sehe nichts, was nicht auch andere Menschen sehen. Ich glaube, ich gehe jetzt lieber. Ich habe Sie ohnedies schon zu lange aufgehalten.« Er ignorierte die halbherzige Geste, mit der der Arzt abwinkte. »Ich rufe Sie wegen des Ergebnisses der ärztlichen Untersuchung noch mal an. Jedenfalls ist mir mit Ihrer Hilfe bereits ein großer Stein vom Herzen.« Er lächelte verkrampft. »Guten Abend, Dr. Trevethick.«

Catesby Wrans seelische Verfassung war schwer zu beschreiben. Seine Augen prüften jeden Schatten, den ein Mauervorsprung warf, er blickte in jede hohle Gasse, in jeden öden Kellergang, warf verstohlene Blicke auf das unregelmäßige Dächergewirr, nahm kaum wahr, wohin er eigentlich ging. Er verdrängte die Gedanken, die sich seiner bemächtigen wollten, und ging unbeirrt weiter. Als er in eine Licht erfüllte Straße einbog, in der Menschen, Hochhäuser und Leuchtreklame auf Leben deuteten, fühlte er sich ein klein wenig sicherer. Nach einer Weile fand er sich in der düsteren Eingangshalle des Gebäudes wieder, in dem sein Büro war. Erst jetzt ging ihm auf, warum er nach dem, was im Sprechzimmer von Dr. Trevethick vorgefallen war, sich nicht nach Hause traute.

»Hallo, Mr. Wran«, begrüßte ihn der Mann im Fahrstuhl, der Nachtdienst hatte, ein untersetzter Mensch im Overall, und schob die gitterartige Tür zu dem altmodischen Käfig auf. »Ich wußte gar nicht, daß Sie jetzt sogar nachts arbeiten.«

Catesby stieg mechanisch in den Fahrstuhl. »Unerwartete Fülle von Aufträgen«, murmelte er einfallslos. »Muß heute noch was fertig machen.«

Quietschend kam der Käfig im obersten Stock zum Stehen. »Wird's spät werden, Mr. Wran?«

Er nickte vage, wartete, bis der Fahrstuhl seinen Blicken entschwand, suchte die Schlüssel, ging rasch durch das Vorzimmer und betrat sein Büro. Er tastete mit der Hand nach dem Lichtschalter, aber dann kam ihm der Gedanke, daß die zwei erleuchteten Fenster, die sich deutlich aus dem dunklen Gebäude abheben würden, über seinen Verbleib Auskunft geben und einem gewissen Etwas als Fingerzeig dienen könnten, in welche Richtung zu kriechen und klettern war. Er rückte seinen Stuhl so, daß er mit dem Rücken zur Wand stand, und setzte sich ins Halbdunkel. Den Mantel behielt er an.

So saß er lange reglos da, lauschte auf den eigenen Atem und auf die fernen Geräusche, die von den Straßen hinaufkamen: das leichte metallische Schlurfen der Straßenbahn, das der Hochbahn weiter weg, die schwachen vereinzelten Rufe und Schreie, nicht deutlich auszumachende Laute. Worte, die er im schlechten Scherz zu Miss Millick gesagt hatte, fielen ihm wieder ein – bitterer Geschmack der Wahrheit. Er war außerstande, kritisch oder in Zusammenhängen zu denken, wie von selbst kamen die Gedanken, kreisten langsam in seinem Kopf, fügten sich anders zusammen, der unabänderlichen Bewegung von Planeten nicht unähnlich.

Allmählich änderte sich seine Sicht auf die Dinge, es war nicht mehr eine Welt von Materieteilchen und leeren Räumen, vielmehr eine Welt, in der das Körperlose existierte und sich nach eigenen undurchsichtigen Gesetzen oder unvorhersehbaren Impulsen bewegte. Die neue Sichtweise erhellte mit gräßlicher Klarheit gewisse gegebene Tatsachen, die ihn immer verwirrt und gequält hatten und denen zu entfliehen er bemüht gewesen war: die Unausweichlichkeit von Haß und Krieg, die teuflischerweise immer zum entscheidenden Zeitpunkt passierenden Mißgeschicke, die selbst die besten Intentionen des Menschen zunichte machten, die Mauern absichtlichen Mißverstehens, die den einen vom anderen trennen, oder Grausamkeit, Ignoranz und Gier, die nicht kleinzukriegen waren. Dazu Aberglaube, der sich als eine Art Weisheit darstellte.

Dann wanderten die Gedanken wieder zu ihm selbst und zu der Frage, die er Miss Millick gestellt hatte: »Was würde so ein Wesen von einem Menschen wollen? Ein Opfer? Ehrfurcht? Oder einem nur Angst einjagen? Wie könnte man sich seiner erwehren?« Es war jetzt eine ganz konkrete Frage geworden.

Aufschreckend schrill klingelte plötzlich das Telefon. »Cate, ich habe schon überall versucht, dich zu kriegen«, hörte er seine Frau sagen. »Damit, daß du im Büro bist, habe ich am wenigsten gerechnet. Was machst du da? Ich habe mir schon Sorgen gemacht.«

Er sagte was von arbeiten.

»Du kommst doch gleich nach Hause?« fragte sie leise und inständig bittend . »Ich habe irgendwie Angst. Ronny hatte so etwas wie'n Alptraum. Ist davon wachgeworden. Er zeigte immerzu zum Fenster und sagte: ›Schwarzer Mann, schwarzer Mann.‹ Klar, er hat ihn nur im Traum gesehen. Aber mir ist bange. Du kommst doch, ja? Was ist das, Lieber? Hörst du mich überhaupt?«

»Ich komme, ja, gleich«, sagte er. Und schon war er aus dem Zimmer, betätigte den Nachtruf und schaute wartend in den Schacht.

Da war es, im Schacht. Aus dem dunklen Schatten drei Stock unter ihm, blickte es zu ihm hoch, das sackartige Gesicht an das eiserne Gitterwerk gepreßt. Es machte sich auf den Weg die Treppe hoch, auf eine verblüffend behende und doch schwerfällige Weise, verschwand kurz aus dem Blickfeld, als es sich in die zweite Etage schwang.

Catesby klammerte sich an die Tür zum Büro, merkte,

daß er sie nicht abgeschlossen hatte, stieß sie auf, schlug sie hinter sich zu und schloß sich ein. Er tastete sich zum anderen Ende des Zimmers und kauerte sich zwischen die Aktenschränke und die Wand. Seine Zähne klapperten. Er hörte das Ächzen des hochkommenden Fahrstuhls. Ein Schatten tauchte hinter der Milchglasscheibe an der Tür auf und verdunkelte einen Teil der Grotesk-Spiegelschrift des Firmennamens. Kurz darauf öffnete sich die Tür.

Die kugelförmige Deckenleuchte ging an, und im Türrahmen stand, die Hand noch am Lichtschalter, Miss Millick.

»Sie, Mr. Wran?« stammelte sie wie geistesabwesend. »Ich konnte nicht wissen, daß Sie hier sind. Bin nach dem Kino nur noch mal her, wollte noch was tippen. Ich konnte wirklich nicht … wie auch, kein Licht war an. Was haben Sie …«

Er starrte sie an. Erleichtert wollte er aufschreien, sich an sie klammern, rasch sprechen. Ihm entging nicht, daß er hysterisch grinste.

»Was ist bloß mit Ihnen passiert, Mr. Wran?« fragte sie beklommen, ihre Worte verloren sich in einem einfältigen Kichern. »Ist Ihnen nicht gut? Kann ich was für Sie tun?«

Er schüttelte krampfhaft den Kopf und brachte heraus: »Nein. Ich bin gerade am Gehen. Auch ich hatte noch etwas zu tun.«

»Sie sehen aber krank aus«, erwiderte sie beharrlich und ging zu ihm hinüber. Völlig zusammenhanglos registrierte er, daß sie wohl in Schmutz getreten sein mußte, denn ihre hochhackigen Schuhe hinterließen kleine schwarze Abdrücke.

»Sie sind bestimmt krank. So blaß wie Sie aussehen.« Sie klang wie eine hingebungsvolle, wenig kompetente Krankenschwester. Dann hatte sie eine plötzliche Eingebung, ihr Gesicht strahlte. »Ich hab was in meiner Tasche, das wird Ihnen gut tun«, sagte sie. »Etwas gegen Magenverstimmung.«

Umständlich machte sie sich an ihrem prallen länglichen Täschchen zu schaffen. Ihm fiel auf, daß sie es gedankenverloren mit der einen Hand zuhielt, während sie es mit der anderen zu öffnen versuchte. Dann verfolgte er, wie sie unmittelbar vor seinen Augen die dicken Metallverschlüsse der Tasche zurückbog, als wären sie Stanniol oder ihre Finger Zangen aus Stahl.

Augenblicklich wiederholte sein Gedächtnis ebendie Worte, die er noch am Nachmittag Miss Millick gegenüber geäußert hatte: »Es könnte einem natürlich nichts anhaben – zunächst ... über kurz oder lang würde es auf unsere Handlungen Einfluß nehmen ... könnte sich sogar dieser oder jener geistlosen Köpfe bedienen und damit auch anderen Schaden zufügen, je nach Lust und Laune.« Ihm wurde von innen her schlecht und kalt. Er strebte der Tür zu.

Aber Miss Millick kam ihm zuvor.

»Sie brauchen nicht zu warten, Fred«, rief sie. »Mr. Wran bleibt noch etwas länger.«

Mit einem mechanischen Rasseln ging die Fahrstuhltür zu. Der Käfig ächzte. Sie drehte sich in der Tür um.

»Sehen Sie, Mr. Wran«, gurgelte sie vorwurfsvoll, »ich konnte Sie in diesem Zustand einfach nicht weg lassen. Ihnen geht es ausgesprochen schlecht, da bin ich mir ganz sicher. Womöglich klappen Sie auf der Straße zusammen. Ich laß Sie erst fort, wenn Sie sich besser fühlen.«

Das Fahrstuhlstöhnen verebbte. Er stand mitten im Büro, wie starr. Seine Augen folgten der kohlschwarzen Spur von Miss Millicks Fußabdrücken bis zu der Stelle, wo sie die Tür versperrte. Dann entrang sich ihm ein Aufschrei, war ihm doch, als ob das Schwarze ihr die Beine unter den dünnen Strümpfen hochkroch.

»Was ist mit Ihnen los, Mr. Wran«, fragte sie, »Sie führen sich auf, als seien Sie nicht ganz richtig im Kopf. Besser, Sie legen sich eine Weile hin. Kommen Sie, ich helfe Ihnen aus dem Mantel.«

Noch einmal dieser widerlich idiotische, krächzende Ton, nur stärker. Als sie näherkam, drehte er sich um, rannte durch den Lagerraum, machte sich verzweifelt mit einem Schlüssel an der zweiten Tür zum Korridor zu schaffen.

»Was ist mit Ihnen, Mr. Wran«, hörte er sie rufen, »haben Sie einen Anfall? Sie müssen sich helfen lasssen!«

Die Tür gab nach, er stürzte hinaus in den Flur und die Treppe hinauf. Erst oben begriff er, daß er die schwere Stahltür vor sich hatte, die auf das Dach führte. Er drehte den Hebel herum.

»Sie dürfen nicht fortlaufen, Mr. Wran. Ich komme hinterher.«

Da stand er auch schon draußen auf dem Dach mit der Kiesschicht. Der Nachthimmel war bewölkt und dunkel, hier und da aufgehellt von einem rötlich blassen Schimmer der Neonreklame. Von den Fabriken weiter hinten stieg eine gespenstische Flamme hoch. Er lief zum Rand. Verschwommen drang der Lichtschein der Straßenlaternen nach oben. Zwei Männer unten waren nur runde Kleckse mit Hut und Schultern. Wie gehetzt blickte er zurück.

Jetzt stand es in der Tür. Die Stimme klang nicht mehr besorgt, mehr schwachsinnig spaßig, jeder Satz ging immer in einem Kichern unter.

»Was machen Sie nur hier oben, Mr. Wran? Hier ist kein Mensch außer uns. Ich könnte Sie glatt hinunterstoßen.«

Langsam näherte sich ihm die Gestalt. Er wich zurück, bis er mit den Absätzen an die niedrige Brüstung stieß. Ohne zu wissen, warum, oder gar zu begreifen, was er tat, ging er auf die Knie. Er wagte nicht, dem Wesen ins Gesicht zu sehen, als es sich ihm näherte, Verkörperung alles Schrecklichen in der Welt, Sammelbecken alles erdenklich Bösen. Mit dem blanken Entsetzen überkam ihn eine große Klarheit, auf seinen Lippen formten sich Worte zu Sätzen.

»Ich will dir gehorchen. Du bist mein Gott«, sagte er. »Alle Macht gehört dir, über den Menschen, seine Tiere, seine Maschinen. Du bist Herrscher über diese Stadt wie über alle anderen. Ich anerkenne dich.«

Wieder das Kichern, jetzt näher. »Was haben Sie nur, Mr. Wran? So haben Sie doch noch nie gesprochen. Meinen Sie wirklich, was Sie da sagen?«

»Die Welt ist dein, du kannst mit ihr tun und lassen, was du willst, du kannst sie retten oder in Stücke reißen«, erwiderte er unterwürfig. Wie von selbst fügten sich die Worte zu fast liturgischen Mustern. »Ich anerkenne dich. Ich will dich preisen. Ich will Opfer darbringen. In Rauch und Ruß. Immer und ewig werde ich dich anbeten.«

Die Stimme antwortete nicht. Er sah auf. Da stand niemand anders als Miss Millick, leichenblaß und wie trunken schwankend. Ihre Augen waren geschlossen. Er fing sie auf, als sie auf ihn zutaumelte. Seine Knie versagten unter dem zusätzlichen Gewicht, und zusammen sanken sie am Rande des Dachs nieder.

Nach einer Weile begann sie zu zucken. Ihrer Kehle entströmten leise Geräusche, und sie blinzelte mit den Lidern.

»Kommen Sie, wir gehen nach unten«, murmelte er stoßweise und versuchte, ihr aufzuhelfen. »Ihnen geht es nicht gut.«

»Mir ist fürchterlich schwindlig«, hauchte sie. »Ich bin wie benommen, bin wohl in Ohnmacht gefallen, hatte nicht richtig gegessen. Bin überhaupt so nervös in letzter Zeit, der Krieg und alles, nehm ich mal an. Oje, wir sind ja auf dem Dach. Haben Sie mich hier raufgeschafft wegen der frischen Luft? Oder bin ich allein raufgekommen und hab's gar nicht bemerkt? Richtig blöd komm ich mir vor. Mutter sagte immer, ich sei früher schlafgewandelt.«

Wie er ihr so die Stufen hinunterhalf, blickte sie ihn an. »Sie haben einen ganz großen schwarzen Fleck auf der Stirn, Mr. Wran«, sagte sie mit schwacher Stimme. »Warten Sie, ich wisch Ihnen das ab.« Kraftlos rubbelte sie mit ihrem Taschentuch daran herum. Sie geriet erneut ins Schwanken, und er gab ihr Halt.

»Ist schon gut«, meinte sie. »Mir ist nur kalt. Was war eigentlich passiert, Mr. Wran? Hatte ich einen Schwächeanfall?«

Er befand, daß es wohl so etwas gewesen sein müßte.

Später, auf seinem Heimweg in der leeren Hochbahn, fragte

er sich, wielange ihn das Wesen unbehelligt lassen würde. Es war eine rein praktische Frage. Er wußte nicht, warum, aber sein Gefühl sagte ihm, daß er das Monster für eine Weile zufriedengestellt hätte. Würde es mehr von ihm wollen, wenn es wiederkäme? Die Frage konnte man beantworten, wenn sie sich erneut stellte. Es dürfte schwierig werden, fürchtete er, nicht im Irrenhaus zu landen. Er mußte Helen und Ronny beschützen, dazu sich selbst, da hieß es, auf der Hut zu sein und den Mund zu halten. Er begann darüber nachzusinnen, wie viele andere, Frauen oder Männer, dieses oder ähnliche Wesen gesehen haben mochten.

Die Hochbahn wurde langsamer, schlingerte in der ihm vertrauten Weise und ging in die Kurve. Er blickte über die Dächer. Da war nichts besonderes; das, was sie so aufregend gemacht hatte, schien für eine Weile verflogen.

Graham Greene

Nicht weit von Edgware Road

An einem Spätnachmittag im Sommer stapfte Craven durch den feinen Nieselregen. Er ließ die Achilles-Statue hinter sich. Überall gingen langsam die Lichter an, die Straße war bereits mit Autos verstopft, die alle dem Marble Arch zustrebten. Man konnte deutlich die abenteuerhungrigen Gesichter erkennen, die voller Erwartung durch die Scheiben spähten und sich einen unterhaltsamen Abend versprachen, ganz egal wie. Mißmutig lief Craven weiter, den Kragen seines Regenmantels hatte er hochgeschlagen und eng um den Hals gezogen. Es war einer seiner schlechten Tage.

Den ganzen Weg durch den Park ließ ihm triebhafte Gier keine Ruhe. Aber ohne Geld war Liebe nicht zu haben. Einem mittellosen Mann blieb nur Befriedigung des Triebs. Für Liebe brauchte es einen guten Anzug, ein Auto, auch eine Wohnung oder ein Hotel. Liebe wollte in Zellophan verpackt sein. Der Schlips unterm Kragen beengte ihn wie ein Strick, die ausgefransten Ärmel waren ihm peinlich. Seinen Körper empfand er als eine Last, die er haßte. (Im Lesesaal des Britischen Museums gab es Momente, in denen er sich glücklich und wohl fühlte, aber der Körper holte ihn in die Realität zurück.) Als einziges Gefühl blieb ihm die Erinnerung an entwürdigende Dinge, die er auf Parkbänken begangen hatte. Gab man etwas auf das Gerede der Leute, dann starb der Körper viel zu früh; Craven konnte das von sich beim besten Willen nicht sagen. Sein Körper lebte, ohne Frage. Ein kleiner Mann im schwarzen Anzug kam durch den silbrig schimmernden Regen an ihm vorbei, war offensichtlich auf dem Weg zu einem Rednerpodium an der Ecke vom Hyde Park, er trug ein Schild mit der Aufschrift »Und der Leib wird wieder auferstehen«. Ihm fiel ein Traum ein, von dem er zitternd dreimal aufgewacht war: er befand sich völlig allein in einem riesigen dunklen Grabgewölbe, das der ganzen Welt Platz bot. Jedes Grab war unter der Erde mit den anderen verbunden. Wegen der Toten war der Erdball wabenartig durchlöchert, und jedesmal, wenn er davon träumte, hatte er die gräßliche Erfahrung machen müssen, daß der Leib sich nicht auflöste. Es gab keine Würmer, kein Vermodern. Unter der Oberfläche war die Erde durchsetzt mit abgestorbenem Fleisch, das nur darauf wartete, mit allen Warzen und Geschwüren und Hautausschlägen wieder aufzuerstehen. Er hatte im Bett gelegen und sich damit beruhigt – als »Freudenbotschaft« sozusagen –, daß der Körper in Wirklichkeit vergänglich war.

Raschen Schrittes bog er in die Edgware Road ein – die Polizeistreifen waren bereits unterwegs, jeweils zu zweit, große, schlaffe, längliche Ungetüme; wie Würmer steckten die Körper in den engen Hosen. Er haßte sie, ärgerte sich selbst über seinen Haß, denn ihm war klar, das war nichts als der blanke Neid. Er war sich dessen bewußt, jeder von denen hatte einen besseren Körper als er: sein Magen rebellierte, bestimmt roch er auch aus dem Mund – aber wen konnte er fragen? Manchmal betupfte er sich verstohlen hier und da mit Duftwasser und hielt das zugleich für eines seiner widerlichsten Geheimnisse. Warum sollte er an die Auferstehung seines Körpers glauben, wenn er ihn doch am liebsten vergessen wollte. Manchmal betete er nachts (eine Spur Religiosität wohnte noch in seiner Brust wie ein Wurm in einer Nuß), wenigstens sein Körper möge nie wieder auferstehen.

Die Nebenstraßen um die Edgware Road herum waren ihm nur allzu vertraut, eine wie die andere. Wenn es ihn überkam, lief er einfach, bis er müde war, schielte hin und wieder auf sein Konterfei in den Schaufenstern von Salmon & Gluckstein oder von Läden der Backwarenkette ABC. So fielen ihm auch sofort die Plakate vor dem nicht mehr genutzten Theater in der Culpar Road auf. Sie waren nichts

Ungewöhnliches, denn manchmal mietete die Dramatische Gesellschaft von Barclays Bank den Ort für einen Abend – oder man zeigte dort irgendeinen obskuren Film. Ein Optimist hatte 1920 das Theater bauen lassen in dem guten Glauben, der billige Baugrund wöge bei weitem den Nachteil auf, daß es eine Meile außerhalb des traditionellen Theater- und Kinoviertels gelegen war. Aber nicht ein Stück hatte Erfolg gehabt, und bald verkam die Stätte, Rattenlöcher und Spinnweben waren die einzigen Lebenszeugnisse. Die Sitze waren kein einziges Mal frisch bezogen worden, und wenn sich überhaupt noch etwas dort abspielte, dann hin und wieder einmal das trügerische Leben einer Laienaufführung oder einer Werbeveranstaltung.

Craven blieb stehen und las – es schien doch noch Optimisten zu geben, selbst 1939, denn wer glaubte, aus dieser Bruchbude Geld herauszuholen als »Heimstatt des Stummfilms«, mußte schon ein blindwütiger Optimist sein. Man verkündete die erste Spielzeit »früher Meister« (eine hochgestochene Ankündigung) – eine zweite würde es wohl nie geben. Aber die Plätze waren billig, und vielleicht war es den Schilling wert, hineinzuschauen und aus dem Regen zu kommen, müde war er ohnehin. Craven erstand eine Karte und tastete sich in den Zuschauerraum.

Es war stockdunkel, ein Klavier klimperte irgendwas Monotones, das an Mendelssohn erinnerte. Er setzte sich auf einen Platz am Mittelgang und spürte sofort die Leere um ihn herum. Nein, eine zweite Spielzeit würde es nicht geben. Auf der Leinwand rang ein Riesenweib in einer Art Toga die Hände, torkelte dann in seltsam ruckartigen Bewegungen zu einer Couch. Da saß sie und stierte wie ein zottiger Hütehund verstört durch ihr offenes, schwarzes und strähniges Haar. Manchmal schien sie sich ganz aufzulösen, und man sah nur noch Punkte und Lichtgeflimmer und Wellenlinien. In einem Untertitel hieß es: »Pompilia, von ihrem geliebten Augustus betrogen, sucht ihrem Kummer ein Ende zu machen.«

Langsam konnte Craven auch die Reihen im Parkett erkennen – lauter leere Plätze. Es waren vielleicht zwanzig Leute drin; etliche Pärchen unterhielten sich flüsternd, die Köpfe zusammengesteckt, und dann saßen noch ein paar einsame Gestalten herum, so wie er, alle in einer Einheitskleidung mit dem gleichen billigen Regenmantel. Sie lümmelten vereinzelt in den Sperrsitzen, wie Leichen, und gleich wurde Craven wieder von einer Wahnvorstellung erfaßt, von Horror, bohrend wie Zahnschmerz. Ihm war hundeelend zumute, und er dachte, ich werde wahnsinnig, andere empfinden so etwas nicht. Selbst ein aufgegebenes Theater erinnerte ihn an diese unendlichen Kavernen, in denen die Leichen auf ihre Auferstehung warteten.

»Augustus, Sklave seiner Leidenschaft, verlangt mehr Wein.«

Ein grobschlächtiger Schauspieler mittleren Alters, Teutonentyp, lag auf einen Ellenbogen gestützt und umarmte ein Riesenweib, das nur mit einem Hemd bekleidet war. Das Frühlingslied klimperte unpassend weiter, auf der Leinwand flackerte es, die Verzerrungen konnten einen an Magenkrämpfe erinnern. Jemand tastete sich durch die Dunkelheit, grabschte sich an Cravens Knien vorbei – ein kleiner Mann. Craven ekelte sich, als ein gewaltiger Bart seine Lippen streifte. Schließlich ein langer Seufzer, der Neuankömmling ließ sich auf den Sitz neben ihm nieder. Im Film hatten die Dinge erstaunlich schnell ihren Lauf genommen. Pompilia hatte sich bereits entleibt – zumindest interpretierte es Craven so – und lag stocksteif und drall da, von jammernden Sklaven umringt. Eine leise Stimme, noch etwas außer Atem, drang an Cravens Ohr: »Was ist passiert? Schläft sie?«

»Nein. Tot.«

»Ermordet?« Die Stimme klang dringlich interessiert.

»Ich glaub nicht. Hat sich erdolcht.«

Niemand, der zischte, sie zurechtwies. Nicht einer, der an der Geschichte so interessiert war, daß ihn die Unterhaltung gestört hätte. Sie hingen auf den Sitzen herum, leere Plätze zwischen sich, und blieben von dem Geschehen vorn unberührt.

Der Film war noch längst nicht zu Ende; irgendwie kamen Kinder ins Spiel – sollte das alles noch in der nächsten Generation weitergehen? Aber den kleinen bärtigen Mann auf dem Sitz nebenan beschäftigte lediglich Pompilias Tod. Daß er ausgerechnet in dem tragischen Moment hereingekommen war, ließ ihm keine Ruhe. Zweimal hörte Craven die Worte »merkwürdiger Zufall«, und dann brabbelte er immerzu leise und noch etwas außer Atem vor sich hin. »Absurd, wenn man sich das mal vorstellt«, und dann »überhaupt kein Blut«. Craven hörte nicht bewußt hin. Er saß da, die Hände zwischen den Knien ineinander verkrampft, und sah wieder vor sich, was er schon so oft hatte kommen sehen – er würde wahnsinnig werden. Er mußte sich in den Griff kriegen, ausspannen, einen Doktor aufsuchen. (Gott allein wußte, was für ein Infekt sich in seinen Adern breitmachte.) Er bekam mit, daß sein bärtiger Nachbar ihn direkt angesprochen hatte. »Was?« fragte er unwillig zurück, »was haben Sie gesagt?«

»Das müßte weit mehr Blut geben, als Sie sich vorstellen können.«

»Wovon sprechen Sie überhaupt?«

Der Mann hatte eine feuchte Aussprache, kleine Schaumblasen schienen seinen Redefluß zu behindern. Er meinte: »Wenn man einen Mann ermordet...«

»Das hier war 'ne Frau«, fiel ihm Craven unwirsch ins Wort.

»Das spielt keine Rolle.«

»Hat ja auch nichts mit Mord zu tun.«

»Das ist nicht gesagt.« Langsam schienen sie in einen unsinnigen, albernen Streit zu geraten.

»Ich kenn mich da aus«, sagte der kleine Bärtige von oben herab.

»Womit?«

»Mit solchen Sachen«, entgegnete er zurückhaltend und zweideutig.

Craven drehte sich zu ihm und versuchte, ihn deutlich zu erkennen. War er schon verrückt? War das eine Vorwarnung, wie es mit ihm einmal kommen würde – wirres Zeug reden im Kino, mit Fremden? Er dachte, um Gottes willen, nein, und versuchte, genau hinzusehen. Noch bin ich nicht wahnsinnig. Ich will nicht wahnsinnig sein. Was er sah, war kein eigentlicher Körper, mehr ein schwarzes Bündel. Wieder sprach der Mensch mit sich selbst. Er sagte: »Geschwätz. Bloßes Geschwätz. Es wird heißen, und alles für fünfzig Pfund. Aber das stimmt nicht. Es gibt Gründe und Gründe. Die nehmen immer den ersten besten Grund. Gehen nie weiter zurück. Dreißig Jahre, und immer Gründe. Einfaltspinsel«, und wieder klang es komisch außer Atem und maßlos überheblich. Das da war Wahnsinn. Solange er das noch mitbekam, mußte er selbst bei Verstand sein – einigermaßen jedenfalls. Vielleicht nicht ganz so normal wie die Lebenshungrigen im Park oder die Streifenpolizisten in der Edgware Road. Aber doch normaler, als der hier. Daß das Klavier weiterklimperte, empfand er fast wie ein Zeichen der Ermutigung.

Wieder wandte sich der kleine Mann an ihn und besprühte ihn mit seinem Atem. »Hat sich selbst umgebracht, sagten Sie? Wer will das wissen? Es geht nicht nur darum, in welcher Hand das Messer ist.« Vertrauensselig legte er plötzlich seine Hand auf Cravens – sie war feucht und klebrig. In Craven stieg eine unheilvolle Ahnung auf, und entsetzt fragte er: »Was wollen Sie damit sagen?«

»Ich weiß Bescheid«, sagte der Kleine. »Ein Mann in meiner Lage erfährt nahezu alles.«

»Was meinen Sie mit Ihrer Lage?« fragte Craven, spürte die klebrig feuchte Hand auf der seinen und versuchte sich klarzumachen, ob er hysterisch war oder nicht – viele Erklärungen waren schließlich möglich –, es könnte ja auch nur Sirup sein.

»Eine ganz schön verzweifelte Lage, jedenfalls würden Sie es so nennen.« Zeitweise erstarb die Stimme geradezu in der Kehle. Auf der Leinwand war irgend etwas Unverständliches geschehen. Man brauchte nur einen Augenblick nicht hinzusehen, und die Handlung war schon sonst wo... Doch die Schauspieler bewegten sich weiter, langsam und ruckartig. Eine junge Frau im Morgenrock schien in den Armen eines römischen Zenturio zu schluchzen. Craven hatte weder sie noch ihn vorher gesehen. »Ich fürchte den Tod nicht, Lucius, nicht in deinen Armen.«

Der kleine Mann fing an zu kichern – als wisse er Bescheid. Dann sprach er wieder mit sich selbst. Es wäre ein leichtes gewesen, ihn nicht weiter zu beachten, wenn da nicht diese klebrigen Hände gewesen wären; jetzt fummelte er mit ihnen auf dem Sitz vor ihm herum. Der Kopf rutschte ihm zwischendurch immer wieder unkontrolliert zur Seite – wie bei einem debilen Kind. Deutlich und ohne irgendeinen Zusammenhang sagte er: »Bayswater-Tragödie.«

»Was ist denn das?« fragte Craven scharf. Genau die Worte hatte er an einem Zeitungsstand am Parkeingang gelesen.

»Was denn?«

»Was für 'ne Tragödie?«

»Aus den Cullen Mews wird nun ganz Bayswater gemacht.« Der Hutzelmann fing plötzlich an zu husten – drehte sich zu Craven und hustete ihm direkt ins Gesicht, wie aus Rache. Dann sagte er, immer noch hustend: »Einen Augenblick mal, mein Schirm.« Er stand auf.

»Sie hatten keinen Schirm.«

»Mein Schirm«, wiederholte er, »mein ...«, das Wort schien ihm entfallen zu sein. Wieder scharrte er an Cravens Knien vorbei nach draußen.

Craven ließ ihn gehen, aber er war noch nicht bis zum Ausgang mit den gebauschten verstaubten Vorhängen gekommen, als die Leinwand hell und ohne Bild war – der Film war gerissen, und oben im Rang ging ein verdreckter Kronleuchter an. Er gab Licht genug, daß Craven die klebrigen Spuren auf seinen Händen sehen konnte. Das war keine Hysterie, das war bittere Wahrheit. Er war nicht verrückt, aber er hatte neben einem Verrückten gesessen, der in irgendwelchen Mews – wie hießen die doch gleich, Colon, Collin ... Craven sprang auf und stürzte zum Ausgang; der schwarze Vorhang klatschte ihm ins Gesicht. Aber es war zu spät. Der Mann war bereits fort, welche Richtung sollte er einschlagen, wollte er ihn verfolgen, gleich drei Straßenabzweigungen boten sich ihm an. Er entschied sich für eine Telefonzelle und wählte entschlossen 999, wobei er sich erstaunlich geistesklar vorkam.

Keine zwei Minuten, und er war mit der richtigen Abteilung verbunden. Man reagierte interessiert und freundlich. Ja, es hatte einen Mord gegeben, ja, in den Mews – in den Cullen Mews. Einem Mann war die Kehle durchschnitten worden, mit einem Brotmesser, gewissermaßen von einem Ohr zum anderen – ein grauenvolles Verbrechen. Er erzählte ihnen, er hätte neben dem Mörder gesessen und wie der ins Kino gekommen war. Er muß es bestimmt gewesen sein, er hätte nun Blut an den Händen, und es wurde ihm jetzt noch schlecht, als er von dem feuchten Bart sprach. Es muß 'ne Menge Blut gewesen sein. Aber die Stimme am anderen Ende unterbrach ihn. »Nein«, hieß es, »den Mörder haben wir – da besteht kein Zweifel. Aber die Leiche ist verschwunden.«

Craven hängte den Hörer ein. Dann sagte er laut zu sich selbst: »Warum muß das mir passieren? Warum mir?« Er fühlte sich in seinen Schreckenstraum zurückversetzt – die verkommene, langsam dunkel werdende Straße draußen war nichts anderes als einer der unzähligen Tunnelgänge, die die Gräber miteinander verbanden, in denen die nicht vergänglichen Leichen lagen. Er sagte: »Es war ein Traum, ein Traum«, und als er sich leicht nach vorn beugte, sah er über dem Telefonapparat im Spiegel sein mit winzigen Bluttropfen besprenkeltes Gesicht, fein zerstäubt wie aus einer Sprühdose. Er schrie los: »Ich bin nicht wahnsinnig. Ich will nicht wahnsinnig werden. Ich bin normal. Ich will nicht wahnsinnig werden.« Rasch sammelte sich eine kleine Menschenmenge an, und bald kam auch ein Polizist.

Robert Bloch
Besessen von Edgar Allan Poe

Es war einer dieser grauen, düsteren und stillen Herbsttage, wenn die Wolken bedrückend tief am Himmel hängen. Den ganzen Tag war ich durch einen ausgesprochen tristen Landstrich gefahren, mit dem Auto und ganz allein. Jetzt, als die Schatten des Abends länger wurden, kam endlich das Ziel meiner Reise in Sicht.

Ich erfaßte das Bild vor mir – das alleinstehende Haus, die einfachen Züge der Landschaft darum herum, die düsteren Mauern, die kahlen Fenster – Augenhöhlen nicht unähnlich –, die abgestorbenen Bäume. Ich war verstört, und Unbehagen stieg in mir auf. Mir war, als hätte ich das alles schon einmal gesehen, vielleicht erinnerte es mich auch an eine des öfteren gelesene Geschichte. Bestimmt war ich noch nie hier gewesen, hatte ich Bekanntschaft mit Launcelot Canning doch erst vor drei Tagen geschlossen, als er mich einlud, ihn auf seinem Wohnsitz in Maryland zu besuchen.

Ich hatte Canning mehr oder weniger zufällig kennengelernt; ich war in Washington auf einer Tagung von Bibliophilen gewesen, und ein gemeinsamer Freund hatte uns miteinander bekanntgemacht. Gar bald ging unsere harmlose Unterhaltung in eine ernsthafte und leidenschaftliche Debatte über, denn er merkte schnell, daß mein Interesse vorrangig phantastischer Literatur galt. Als er erfuhr, daß ich auf einer Urlaubsreise und an keine feste Route gebunden war, überredete mich Canning, einen Tag lang sein Gast zu sein und mir in aller Ruhe seine einmalige Sammlung seltener Stücke anzuschauen.

»Ich habe das Gefühl, wir haben viel gemeinsam«, meinte er. »Sie werden verstehen, daß ich es bei meiner Liebe zum Phantastischen nicht nötig habe, mich bei anderen anzubiedern. Möglicherweise ist es ein Gespür, das ich von meinem Vater und dessen Vater ererbt habe, zusammen mit den bemerkenswerten Stücken, die ich ihrer Sammelleidenschaft zu verdanken habe. Ich bin ganz sicher, es wird ein Gewinn für Sie sein, in Augenschein zu nehmen, was ich Ihnen zeigen will, denn bei aller gebotenen Zurückhaltung möchte ich doch für mich in Anspruch nehmen, der größte Sammler der Werke von Edgar Allan Poe auf der Welt zu sein.«

Nun muß ich gestehen, daß ich von seiner Einladung nicht gerade begeistert war; ich habe nicht viel übrig für Verehrer von Literaturgrößen oder für den Typus Gelehrter mit Sammlerpassion. Zwar faszinieren mich die Geschichten von Poe immer von neuem, aber mein Interesse geht nicht soweit, daß ich zum Beispiel herausbekommen möchte, wann genau Mr. Poe sich zum ersten Mal einen Schnurrbart wachsen ließ; auch würde es mich völlig kalt lassen, eines dieser struppigen Barthaare genauer unter die Lupe zu nehmen, selbst wenn sich Gelegenheit dazu böte.

Im Grunde genommen war es mehr Launcelot Canning, der mich reizte, seine Persönlichkeit, und so nahm ich seine Gastfreundschaft an. Dieser Mann, der mein Gastgeber sein sollte, hätte einer von Poes Geschichten entstiegen sein können. Seine Redeweise hatte – wie ich mit dem oben angeführten Zitat zu belegen versuchte – etwas vornehm Schwülstiges an sich, nicht unähnlich der Art, in der sich Poes Gestalten ergehen – und sein äußeres Erscheinungsbild glich ihnen ohne Abstriche.

Launcelot Canning war eine typische Poe-Gestalt – leichenblasse Haut, große, feuchte, durchdringende Augen, schmale, geschwungene Lippen, fein modellierte Nase, schön geformtes Kinn, dunkles dichtes Haar.

Eben dieses Phänomen führte mich in Versuchung, und so unternahm ich die Reise zu seiner Besitzung in Maryland. Wie mir bei dessen Anblick klar wurde, widerspiegelte auch das Anwesen etwas Poe-etisches, unverkennbar in der Wirkung mit dem grauen Riedgras, den gespenstischen Baumstämmen, dem düsteren Haus mit den finsteren Fensterhöhlen, die wie tote Augen wirkten. Das einzige, was fehlte, waren Weiher und Burggraben. Man konnte sich gut vorstellen, daß einen innen geschnitzte Balkendecken, nachgedunkelte Gobelins, Fußböden aus Ebenholz und phantastische Rüstungen, Schwerter, Hellebarden und Wappenschilder erwarteten, wie sie der Autor in den »Grotesken und absonderlichen Erzählungen« so überzeugend beschrieben hat.

Meine Erwartungen wurden keineswegs enttäuscht, als ich Launcelot Cannings Wohnsitz betrat. Es kam genau so, wie ich es mir in meiner Phantasie angesichts dieses bedeutungsschwangeren und altersschwachen Hauses vorgestellt hatte – auf mein Klopfen hin öffnete ein Diener die Tür und führte mich schweigend durch dunkle und verschlungene Gänge zum Studierzimmer seines Herren.

Das Zimmer war ungemein groß und hoch. Es hatte hohe, schmale, nach oben spitz zulaufende Fenster, die in solcher Höhe über den schwarzen Eichendielen ansetzten, daß man an sie nicht heranreichte. Durch die Gitterfenster drang schwach schimmerndes rötliches Licht in den Raum und ließ die größeren Gegenstände deutlich erkennen. Die weiter hinten liegenden Winkel des Gemachs aber oder das Schnitzwerk der Deckenwölbungen waren kaum auszumachen. An den Wänden hingen dunkle Stoffbahnen. Die Möbel wirkten schwer, ungemütlich, antik und ramponiert. Allenthalben lagen Bücher und Musikinstrumente herum, die aber das Gesamtbild nicht beleben konnten.

Eher illustrierten sie das Absonderliche einer Schein-Erinnerung; ich fühlte mich irgendwie nach langer Abwesenheit in ein vertrautes Umfeld versetzt, ich kannte es vom Lesen, vom Nachempfinden und Träumen, vielleicht sogar vom Sehen.

Launcelot Canning hatte bei meinem Eintreten auf dem Sofa gelegen, stand aber sofort auf und begrüßte mich mit einer Wärme und Herzlichkeit, die ich im ersten Moment für übertrieben hielt. Doch der Ton, in dem er über meinen

Besuch sprach, über den Zuspruch, den er sich von mir in unseren Gesprächen erhoffte, belehrte mich rasch eines besseren.

Launcelot Canning begrüßte mich mit der verzückten Begeisterung des geborenen Sammlers – und gar bald wurde mir klar, daß er einer war. Denn die Poe-Sammlung – und er war gewillt, mir seine Schätze zu zeigen – betrachtete er als sein ihm von Geburts wegen zustehendes Erbgut.

Der Kern der gegenwärtigen Sammlung ginge ursprünglich auf seinen Großvater Christopher Canning, einen angesehenen Kaufmann aus Baltimore, zurück, eröffnete er mir. Vor nahezu achtzig Jahren war der einer der führenden Förderer der schönen Künste in seiner Gemeinde gewesen und hatte in dieser Eigenschaft ein gut Teil dazu beigetragen, daß Poes Leichnam in die Südostecke des Presbyterianischen Friedhofs zwischen der Fayette und der Green Street überführt wurde, wo die Möglichkeit zur Errichtung eines angemessenen Monuments gegeben war. Das geschah dann auch 1875, und ein paar Jahre zuvor hatte Canning den Grundstein zu seiner Poe-Sammlung gelegt.

»Dank seines Eifers«, so ließ mich der Enkelsohn wissen, »bin ich heute der glückliche Besitzer von wirklich allen existierenden Ausgaben, die es je von Poes Werken gegeben hat. Wenn Sie vielleicht einmal mit hinüberkommen wollten ...« – und er führte mich in einen entlegenen Winkel des gotischen Zimmers an den dunklen Wandbehängen vorbei zu einem Bücherregal, das in schwindelnder Höhe bis an die geschwärzte Decke ragte –, »will ich gern den Beweis für meine Behauptung antreten. Hier ist ein Exemplar der 1829er Ausgabe von ›Al Aaraaf, Tamerlane and Other Poems‹, und das hier ist die noch frühere Ausgabe von ›Tamerlane and Other Poems‹ von 1827. Die Bostoner Ausgabe wird heute, wie Sie sicher wissen, auf einen Wert von fünfzehntausend Dollar geschätzt. Aber soviel steht fest, Großvater Canning hat nicht diese Summe herausrücken müssen, um eine solche Rarität zu erwerben.«

Er zeigte die Bände mit einer Mischung von Habgier und Stolz, wie sie oft bei Sammlern zu finden und die weder mit literarischem Snobismus noch mit simpler Raffsucht gleichzusetzen ist. Da mir das durchaus bewußt war, blieb ich geduldig, als er mir weitere Schätze demonstrierte – Exemplare des »Philadelphia Saturday Courier«, die frühe Erzählungen enthielten, gebundene Bände des »Messenger« aus der Zeit, als Poe der Herausgeber war, »Graham's Magazine«, Ausgaben der »New York Sun« und des »New York Mirror« mit der Erzählung »Der Ballonschwindel« beziehungsweise der Ballade »Der Rabe« sowie Mappen mit Nummern des »Gentleman's Magazine«. Er stieg auf eine Bibliotheksleiter und reichte mir die von Lea und Blanchard herausgebrachte Ausgabe der »Tales of the Grotesque and Arabesque« herunter, das »Chronologist's First Book«, das zuerst bei Putnam verlegte philosophische Prosagedicht »Eureka« und schließlich die kleine Broschüre mit dem Titel »The Prose Romances of Edgar A. Poe«, die 1843 erschien und seinerzeit für zwölfeinhalb Cents zu haben war; dieses unbedeutende Bändchen mit zwei Geschichten ist unter heutigen Sammlern fünzigtausend Dollar wert.

Canning ließ mich auch dieses wissen und hatte im Grunde genommen für jede Ausgabe eine ähnlich aktuelle Auskunft parat. Er war zweifellos beides, ein Poe-Kenner und Poe-Sammler, und er wußte selbst bei zerfetzten Exemplaren des »Broadway Journal« oder »Godey's Lady's Book« mit einer Begeisterung zu berichten, wie man es bei solch losen Blättern oder magerem Inhalt nie vermutet hätte.

»Ich verdanke viel Großvater Canning und seiner Leidenschaft«, gab er unumwunden zu, als er die Leiter herabstieg und sich wieder zu mir vor den Regalen unten gesellte. »Ich gebe kein Geheimnis preis, wenn ich sage, daß sein Interesse für Poe sich zu einer Besessenheit auswuchs und letztendlich sogar geradezu krankhaft war. Ich fürchte, das ist allgemein bekannt.

Anfang der siebziger Jahre baute er dieses Haus, und Ihnen ist ja wohl nicht entgangen, daß es das Abbild eines typischen Landhauses in Poe-Manier ist. Das hier war sein Studierzimmer, und hier hockte er über den Büchern, Briefen und zahlreichen Belegen aus Poes Leben.

Was einen pensionierten Kaufmann bewog, sich mit soviel Enthusiasmus einem Hobby zu verschreiben, kann ich nicht sagen. Lassen wir es dabei bewenden, daß er sich von der Welt und allen anderen normalen Interesssen buchstäblich zurückzog. Er führte eine umfangreiche und ausgiebige Korrespondenz mit betagten Männern und Frauen, die Poe persönlich gekannt hatten; er unternahm Reisen nach Fordham, sandte Agenten nach West Point, England und Schottland, praktisch in jeden Ort, an dem sich Poe einmal aufgehalten hatte. Er erwarb Briefe und Souvenirs, teils kaufte er sie, teils bekam er sie geschenkt, das eine oder andere hat er auch einfach mitgehen lassen, fürchte ich, wenn er keine reguläre Erwerbsmöglichkeit sah.«

Launcelot Canning lächelte versonnen und nickte. »Befremdet Sie das alles sehr? Ich muß gestehen, ich fand das zuerst auch nahezu unglaublich, wie aus einem Roman. Aber inzwischen, nachdem ich selbst Jahre hier verbracht habe, ist mir die Objektivität abhanden gekommen.«

»Seltsam ist das schon«, räumte ich ein. »Irgendwo muß es doch einen, wenn auch unerklärlichen Grund für Ihren Großvater gegeben haben, dieser Leidenschaft zu frönen! Vielleicht ist er Poe in seiner Jugend begegnet oder hatte enge Beziehungen zu einem seiner Freunde. Oder hat es eventuell ein entferntes, bisher unentdecktes verwandtschaftliches Verhältnis gegeben?«

Bei der Erwähnung dieses letzten Gedankens zuckte Canning deutlich zusammen, und sein Gesichtsausdruck verriet merkliche Erregung.

»Ach!« entfuhr es ihm. »Sie sprechen es aus – meine innerste Überzeugung. Eine verwandtschaftliche Beziehung – so etwas muß es gegeben haben – ich bin im Inneren, rein instinktiv, überzeugt, daß Großvater Canning sich durch

Blutsbande mit Edgar Poe verbunden fühlte oder gar verbunden wußte. Es gibt keine andere Erklärung für sein starkes ursprüngliches Interesse, für seine ständige Verteidigung Poes in den literarischen Kontroversen der damaligen Zeit und für sein schließliches Versinken in eine Welt des Wahns und der Trugbilder.

Und doch gibt es nirgends eine diesbezügliche Verlautbarung von ihm oder einen schriftlichen Hinweis – ich bin alle Briefe durchgegangen und habe aber auch rein gar nichts gefunden.

Eigenartig, daß auch Sie sofort diesen Verdacht äußern, den übrigens mein Vater ebenfalls hegte. Er war noch Kind, als mein Großvater starb, aber die Begleitumstände hinterließen einen tiefen Eindruck auf sein empfindsames Gemüt. Man schaffte ihn sogleich von diesem Hause fort und brachte ihn zu Verwandten mütterlicherseits nach Baltimore, aber sowie er nur konnte, kehrte er als junger Mann zurück, um von seinem Erbe Besitz zu ergreifen.

Glücklicherweise verfügte er über ein beträchtliches Einkommen, und so konnte er sich die ganzen Jahre hindurch weiterer Forschung widmen. Sein Name, Arthur Canning, ist noch heute in literaturkritischen Kreisen sehr wohl bekannt, aber seinen Studien zu Poe ging er aus irgendeinem Grunde lieber in aller Stille und nur für sich nach. Ich vermute, eine innere Stimme gebot ihm das; er wollte wohl den Dingen auf den Grund kommen und beweisen, daß sein Vater, er und folglich auch ich mit Edgar Poe verwandt waren.«

»Wollen Sie damit sagen, daß auch Ihr Vater die Sammlung weiterbetrieb?« fiel ich ihm ins Wort.

»O ja, und ich kann das durchaus bekräftigen«, erwiderte mein Gastgeber und führte mich in eine andere Ecke des von Schlagschatteten verdüsterten Raumes. »Aber was halten Sie erst einmal von einem Glas Wein?«

Aus einer großen Karaffe füllte er nicht einfache Gläser, sondern wahre Becher, und wir prosteten uns in stillem

Einvernehmen zu. Daß der Wein ein köstlicher alter Amontillado war, bedarf keiner weiteren Worte.

»Das Spezialgebiet meines Vaters bei seinen Forschungen zu Poe waren das Studium und das Sammeln von Briefen«, nahm Launcelot Canning das Gespräch wieder auf.

Er öffnete eine Reihe von großen Schüben und Schubladen unter den Bücherregalen, beförderte eine pergaminüberzogene Foliomappe nach der anderen ans Licht, und die nächste halbe Stunde betrachtete ich Edgar Poes Briefwechsel – Briefe an Henry Herring, an Dr. Snodgrass, Sarah Shelton, James P. Moss, Elizabeth Poe – Mitteilungen an Mrs. Rockwood, Helen Whitman, Anne Lynch, an John Pendleton Kennedy – Billets an Mrs. Richmond, John Allan, an Annie, an seinen Bruder Henry – eine Fülle von Dokumenten, ein wahres Füllhorn von Briefen.

Während ich mit Lesen beschäftigt war, versäumte es mein Gastgeber nicht, unsere Becher immer wieder mit Sherry zu füllen, und bald stieg er uns zu Kopf, denn wir hatten nichts gegessen. Auch verspürte ich gar keinen Hunger, so vertieft war ich in die vergilbten Blätter, die Zeugnis von Poes Leben gaben.

Hier begegnete ich seinem Witz, seiner Belesenheit, seinen kritischen Betrachtungen zur Dichtkunst; auch den wirren und tränenseligen Ergüssen eines dem Trunk und der Verzweiflung Verfallenen; hier fanden sich Skizzen zu einer Geschichte, Bruchstücke eines Gedichts; ich las den herzzerreißenden Schrei nach Erlösung und den Lobgesang auf das Schöne im Leben; dann eine würdevolle Erwiderung auf eine Zahlungsaufforderung oder eine Verlautbarung über schriftstellerische Vorhaben an einen seiner Bewunderer; da gab es alles – Liebe und Haß, Stolz, Ärger, himmlische Gelassenheit und tiefe Reue, Autorität, Verwunderung, Entschiedenheit und Wankelmut, Freude sowie die Seele auszehrenden Trübsinn.

Ich hatte ihn vor mir – den begnadeten Redner und stammelnden Säufer, den leidenschaftlichen Gatten und verzweifelten Liebhaber, den überlegenen Herausgeber und mittellosen Schlucker, den großartigen Träumer und den die schäbige Wirklichkeit Begreifenden, den alles wissenschaftlich Hinterfragenden und den leichtgläubigen Metaphysiker, den auf Unterstützung angewiesenen Stiefsohn und das freie, ungebundene Genie, den Auftragsschreiber und den Dichter, das große Rätsel Edgar Allan Poe.

Die Becher wurden erneut gefüllt und geleert.

Mit den Lippen trank ich in vollen Zügen, weit mehr aber sog ich mit den Augen ein.

Es geschah, was kommen mußte – Launcelot Cannings offensichtliche Besessenheit ergriff auch meine Sinne – ich ahnte die nicht weichende Faszination, die sich aus der Betrachtung Poes als Schriftsteller und als Mensch ergab; er, der Tragödien beschrieb, durchlebte Tragödien; er, der das Geheimnisvolle zu Papier brachte, lebte und starb inmitten des Geheimnisvollen und wirft noch heute seinen riesenhaften Schatten auf die Bühne der Literatur als der Inbegriff des Rätselhaften.

Trotz aller sorgfältigen Studien der Schriftstücke, die Arthur Canning betrieb, hielt sich das Geheimnis Poe hartnäkkig. »Mein Vater kam zu keinen Ergebnissen«, vertraute mir mein Gastgeber an, »dabei hat er es zu einer Kollektion gebracht, wie Sie ja selbst sehen, die einen Mabbott oder Quinn und andere Poe-Biographen entzücken würden. Seine Suche ging weiter. Bald war ich alt genug, um sein Interesse zu teilen, und wir betrieben gemeinsam unsere Nachforschungen. Kommen Sie«, forderte er mich auf und führte mich zu einer reich verzierten Truhe, die unter den Fenstern an der Wand auf der Westseite des Zimmers stand.

Er kniete nieder, schloß das kostbare Möbel auf und förderte in rascher Folge eine Reihe erstaunlicher Gegenstände zutage, und alle hatten direkt mit Poes Privatsphäre zu tun.

Darunter waren Souvenirs aus seiner Jugend und seiner Schulzeit im Ausland – ein Buch, das er während seines Aufenthaltes auf der Militärakademie in West Point benutzt hatte – und Erinnerungen an seine Tage als Theaterkritiker in Form von Programmen und Besetzungszetteln; ein Federhalter, der ihm während seiner Tätigkeit als Redakteur gute Dienste geleistet hatte; ein Fächer, der einmal Virginia, seiner Jugendliebe, gehört hatte; eine Brosche von Mrs. Clemm; alles mögliche, selbst solche Dinge wie Poes Halsbinde oder sogar seine lädierte, angelaufene Flöte.

Wieder nahmen wir einen Schluck; der schwere Wein verfehlte nicht seine Wirkung. Cannings Gesicht blieb leichenhaft fahl, aber in seinen Augen war eine wilde Ausgelassenheit; er war sichtlich bemüht, eine aufsteigende Hysterie zu unterdrücken. Schließlich bekam ich aus diesem kuriosen Durcheinander ein Kästchen zu fassen; es hatte nichts besonderes an sich, aber gerade das machte mich neugierig, und ich fragte, was es damit auf sich hatte, welche Rolle es in Poes Leben gespielt hätte.

»In Poes Leben?« Zuckungen huschten übers Gesicht meines Gastgebers, gingen rasch in Grimassen über und blieben in lautlosem Lachen stecken. »Dieses Kästchen hat – ob nun durch schicksalhafte Fügung oder aus bewußt herbeigeführter Übereinstimmung – eine Ähnlichkeit mit eben dem Kästchen, das er ersann und in der Erzählung ›Berenice‹ beschrieb; dieses unscheinbare Kästchen hat etwas mit seinem Tod zu tun, weniger mit seinem Leben. Es ist eben das Kästchen, das mein Großvater Canning an die Brust gepreßt hielt, als man ihn dort unten fand.«

Wieder diese Zuckungen, wieder diese Grimasse. »Aber warten Sie, noch habe ich Ihnen ja nicht die Begleitumstände erzählt. Vielleicht möchten Sie sogar sehen, wo es Christopher Canning hingestreckt hat. Von seinem Wahnsinn habe ich schon gesprochen, aber was es mit seinen Wahnvorstellungen auf sich hatte, habe ich nur angedeutet. Sie haben große Geduld bewiesen, sind mehr als nachsichtig mit mir gewesen. Ich will Ihnen Ihr Verständnis lohnen, ich habe das Gefühl, ich kann Sie mit den Umständen voll und ganz vertraut machen.«

An was für Enthüllungen Canning dachte, wußte ich nicht, aber sein Verhalten war derart, daß ich ein ungutes Gefühl hatte und sich mir die Kehle zuschnürte.

Er merkte, wie mir zumute war, lachte kurz auf und legte mir die Hand auf die Schulter. »Kommen Sie, als Bewunderer des Phantastischen wird Sie das fesseln«, sagte er. »Aber erst noch einen Schluck, um uns in Fahrt zu bringen.«

Er goß ein, wir tranken, und dann führte er mich aus dem gewölbten Gemach nach unten durch die stillen Flure, weiter die Treppen hinunter und in die tiefsten Winkel des Hauses, bis wir an eine Art Burgverließ kamen, dessen langer Bogengang und Fußboden säuberlich mit Kupferplatten ausgelegt war. Vor einer massiven Eisentür blieben wir stehen. Und wieder erinnerte mich diese Umgebung irgendwie an Bekanntes oder schon einmal Erlebtes.

In seiner Trunkenheit legte Canning meine Reaktion falsch aus, vielleicht tat er es auch wissentlich.

»Sie brauchen keine Furcht zu haben«, versicherte er. »Seit dem Tag damals, es ist fast siebzig Jahre her, ist hier unten nichts mehr passiert; damals fand ihn seine Dienerschaft lang hingestreckt vor der Tür, das Kästchen an die Brust gepreßt. Er war zusammengebrochen und verfiel in ein Delirium, aus dem er nicht mehr emporgetaucht ist. Sechs Monate lang währte sein Siechtum, ein hoffnungsloser Irrer – er phantasierte wirres Zeug von dem Zeitpunkt an, da man ihn nach oben trug, bis zu seinem Tod; blabberte von seinen Visionen von einem riesigen Pferd, von dem Haus mit dem Riß, das zerbarst und im Weiher versank, von der schwarzen Katze, der Grube, dem Pendel, von dem Raben auf der farblosen Büste, von dem schlagenden Herzen, den perlweißen Zähnen und von der fast flüssigen Masse dieses widerlichen, ekelhaft stinkenden Etwas, aus dem eine Stimme kam.

Das war aber noch nicht alles, was er von sich gab«, vertraute mir Canning an, und seine Stimme war nur noch ein Flüstern, das durch den mit Kupfer verkleideten Gang hallte und von der Eisentür zurückgeworfen wurde.. »Er spielte auf Dinge an, die weit schlimmer als Wahnvorstellungen waren, auf eine gräßliche Wirklichkeit, die alle Phantastereien von Poe übertraf.

Zum ersten Mal erfuhren mein Vater und das Personal von dem Sinn und Zweck des Raumes, den er hinter der Eisentür hatte bauen lassen, und sie erfuhren auch, was Christopher Canning getan hatte, um seinen Ruf als international führender Sammler von Poe-Memorabilien zu untermauern.

Er faselte nämlich immer weiter von Poe und dessen Tod vor dreißig Jahren, 1849 – von der Beerdigung auf dem Presbyterianischen Friedhof, dann von 1874, als der Sarg an die Stelle überführt wurde, wo auch das Denkmal entstand. Ich habe Ihnen davon schon erzählt, und das war damals allgemein bekannt, mein Großvater hatte in der Öffentlichkeit eine nicht unwesentliche Rolle gespielt, damit es zu dieser Umbettung kam. Aber nun sollten wir auch von der Rolle erfahren, die er für sich privat bei der Sache gespielt hatte – daß es ein Denkmal und eine Grabstelle gab, aber keinen Sarg in der Erde unter Poes angeblicher Ruhestätte. Der Sarg nämlich ruhte in dem geheimen Raum am Ende dieses Ganges. Das allein ist die Erklärung dafür, warum der Raum, ja das ganze Haus, überhaupt gebaut wurde.

So wahr ich hier stehe, er hatte Edgar Allan Poes Leichnam gestohlen, und machte ihn das nicht, wie er in seinem Wahnsinn laut hinausschrie, zum größten Sammler von Poe?

Niemand ahnte diese seine letzte Absicht, aber mein Vater machte eine bedeutsame Entdeckung – das Kästchen, das Christopher Canning an sich preßte, enthielt einen Teil der zerfallenen Knochen, des echten Staubs, dem einzigen, was von Poes Leichnam übriggeblieben war.«

Mein Gastgeber schauderte und wandte sich zum Gehen. Er führte mich den Flur des Grauens entlang, die Treppen hinauf zurück in das Studierzimmer. Schweigend füllte er unsere Becher, und ich trank hastig, mit langen Zügen und ebenso verzweifelt wie er.

»Was konnte mein Vater tun? Die Wahrheit zu bekennen wäre einem öffentlichen Skandal gleichgekommen. Er beschloß also, die Sache für sich zu behalten und in aller Zurückgezogenheit sich seinen Studien hinzugeben.

Natürlich blieb der Schock nicht ohne Auswirkungen, er litt beträchtlich. Meines Wissens hat er nie den Raum hinter der Eisentür betreten, und auch ich wußte nichts von dem Gelaß und was sich dort verbarg bis zu seiner Sterbestunde, und erst einige Jahre später fand ich unter seinem Nachlaß den Schlüssel.

Aber ich fand den Schlüssel, und der Sachverhalt erfuhr damit voll und ganz seine Bestätigung. Heute bin ich der größte Sammler von Poe – denn er liegt dort unten im Verließ, meine immerwährende Trophäe!«

Diesmal war ich es, der den Wein eingoß. Ich war noch beim Einschenken, als ich das Heraufziehen eines Gewitters spürte. Heftige Windstöße rüttelten an den Fensterflügeln, und das Echo des Donners pflanzte sich dräuend in den von der Zeit mitgenommenen Korridoren des alten Hauses fort.

Mein Gastgeber nahm geradezu gierig und mit übertriebener Intensität diese Geräusche in sich auf, zumindest hatte es den Anschein – das aber beruhigte mich keineswegs, denn nach dem, was er mir zuletzt offenbart hatte, zweifelte ich ernsthaft an seinem Geisteszustand.

Wie wollte man auch klaren Sinnes glauben können, daß Edgar Allan Poes Leichnam gestohlen worden war, daß man eigens dieses Landhaus gebaut hatte, um ihm eine Ruhestätte zu bieten, daß er tatsächlich da unten in einer Krypta lag, daß Ahnherr, Sohn und Enkel hier allein gewohnt hatten, abgeschieden von jedem anderen Umgang, in einer sklavischen Hingabe an eine geheimnisvolle Gruft.

Und doch traute ich meinen eigenen Sinnen nicht ganz bei diesem nächtlich tobenden Sturm in einer Umgebung, die beklemmende phantastische Vorstellungen Poescher Art heraufbeschwor. Vergangenes war gegenwärtig, und über dem Ganzen schwebte zerstörerisch der Geist von Poes Geschichten.

Das Donnergrollen wurde stärker. Launcelot Canning griff zur Flöte; es war nicht recht klar, ob er dem Donner trotzen oder ihn nur spöttelnd begleiten wollte, jedenfalls spielte er auf Poes Instrument mit trunkener Beharrlichkeit, schauriger Atonalität und in an den Nerven zerrenden schrillen Tönen. Zum Kreischen dieses infernalischen Instruments setzte der Donner einen schmetternden Kontrapunkt.

Ich war verunsichert, aufgewühlt und auch entnervt und zog mich ins hintere Ende des Raumes in den Schutz der Bücherregale zurück, wo ich ziellos die Titel einer Reihe alter Wälzer überflog. Da stand die »Handlesekunst« von Robert Flud, dann das »Directorium Inquisitorium«, ein seltenes und eigenartiges Gruselbuch im Quartformat, mußte wohl das Handbuch einer inzwischen vergessenen Kirche gewesen sein. Und zwischen all diesen Bänden pseudowissenschaftlicher Natur oder theologischer Spekulation und diversen Wiegendrucken stieß ich auf Titel, die mich gleichermaßen fesselten und entsetzten. »De Vermis Mysteriis«, zum Beispiel, und das »Liber Eibon«, Abhandlungen über die Dämonenlehre, Hexerei und Zauberei in halb vermoderten und brüchigen Einbänden. Die Bücher waren alt, aber keineswegs eingestaubt. Sie wurden gelesen ...

»Gelesen?« Als hätte Canning meine ureigensten Gedanken erraten. Er hatte die Flöte zur Seite gelegt und kam jetzt zu mir herüber, dabei kicherte er vor sich hin, als wolle er es immer noch mit den Naturgewalten aufnehmen. Durch die langen Gänge des Hauses hallten Donnerschläge und ihre beängstigenden Echos, und seltsame knirschende Geräusche drohten seine Worte und sein Lachen zu übertönen.

»Gelesen?« wiederholte Canning. »Ich studiere sie. Ja, ich bin weiter als mein Großvater und Vater gegangen. Ich war es, der die entscheidenden Bücher erworben hat, und ich allein habe mit ihrer Hilfe den Schlüssel gefunden. Den Schlüssel, der weit wichtiger als der zu den Gewölben unten ist und der auch weit schwieriger zu finden war. Oft frage ich mich, ob Poe besagte Schriften auch kannte und ebendiese Geheimnisse entschlüsselt hatte. Die Geheimnisse des Grabes und was danach kommt und was man heraufbeschwören kann, wenn man den Schlüssel hat.«

Er wankte zum Tisch und kam mit dem Wein wieder. »Trinken Sie«, forderte er mich auf. »Trinken Sie auf die Nacht und den Sturm.«

»Nein, es ist genug«, wehrte ich das angebotene Glas ab. »Ich muß mich auf den Weg machen.«

War es Einbildung oder stand ihm tatsächlich das blanke Entsetzen im Gesicht? Canning packte mich am Arm und schrie: »Nein, Sie müssen bei mir bleiben. In einer Nacht wie dieser darf man nicht allein sein. Ich schwöre, ich kann den Gedanken, allein zu sein, nicht ertragen, ich halte das Alleinsein einfach nicht länger aus!«

Sein wirres Geschwafel vermischte sich mit dem Donner und dem Echo. Ich machte mich von ihm frei und herrschte ihn an. »Nehmen Sie sich zusammen! Geben Sie zu, daß Sie mir einen Bären aufbinden wollen; das ganze ist ein ausgeklügelter Schwindel, der Ihrer Phantasie entsprungen ist.«

»Hirngespinst? Schwindel? Bleiben Sie, und ich bringe Ihnen Beweise, Ihnen werden die Zweifel vergehen«, und mit diesen Worten bückte sich Launcelot Canning und öffnete ein kleines Schubfach, das in die Wand unter den Regalen eingelassen war. »Das soll Sie für Ihr Interesse an meiner Geschichte und an Poe entlohnen«, murmelte er. »Sie sind der einzige außer mir, der diese Schätze zu Gesicht bekommt.«

Er reichte mir ein Bündel Manuskripte, glattes weißes Papier, verblüffend ähnlich mit der Tinte beschrieben, die mir beim Lesen der Briefe von Poe aufgefallen war. Die Blätter waren unterschiedlich zusammengeheftet, und ich überflog zunächst nur die Überschriften.

»Der Mitternachtswurm von Edgar Poe«, las ich laut. »Die Krypta«, hauchte ich. »Die weiteren Abenteuer des

Arthur Gordon Pym« – in meiner Erregung ließ ich beinahe die kostbaren Seiten fallen. »Sind das hier etwa die unveröffentlichten Geschichten von Poe?«

Mein Gastgeber verneigte sich.

»Unveröffentlicht, bisher unentdeckt; neimand kennt sie außer mir – und Ihnen.«

»Aber das kann nicht sein«, protestierte ich. »Irgendwo müssen sie doch erwähnt worden sein, in Poes Briefen oder in Briefen seiner Zeitgenossen. Irgendwo muß es einen Hinweis geben, eine Anmerkung irgendwie, wo auch immer.«

Donner mischte sich in meine Worte, und Donner grollte, als Canning zurückbrüllte.

»Sie wagen es, an ausgeklügelten Schwindel zu denken? Bitte, vergleichen Sie!« Er bückte sich erneut und zog eine Mappe mit Briefen hervor. »Hier – ist das ein echtes handgeschriebenes Schriftstück von Poe oder nicht? Gucken Sie sich genau die Handschrift an, die einzelnen Buchstaben, und vergleichen Sie dann mit den Manuskripten. Wollen Sie jetzt noch behaupten, die Schriftzüge entstammten nicht ein und derselben Hand?«

Ich betrachtete die Handschrift und fragte mich, ob ein Wahnsinniger Schriftstücke so gut fälschen konnte. War Launcelot Canning, ein eindeutig Geistesgestörter, in der Lage, so sorgfältig Poes Handschrift nachzuahmen?

»So lesen Sie doch!« schrie Canning gegen den Donner an. »Lesen Sie, mal sehen, ob Sie dann noch zu sagen wagen, die Geschichten hätte ein anderer und nicht Edgar Poe geschrieben; sein Genius widersteht dem nagenden Zahn der Zeit und dem sieghaften Wurm!«

Ich las nicht mehr als ein oder zwei Zeilen, hielt das oberste Blatt dicht an die Augen, denn das flackernde Kerzenlicht machte das Lesen schwer. Aber selbst in dieser flimmernden Beleuchtung entging mir nicht, was mir die einzige und untrügliche Gewißheit brachte. Das Papier nämlich, das eigenartigerweise nicht vergilbt war, trug ein deutliches Wasserzeichen, den Namen einer bekannten Papierfirma unserer Tage, unverkennbar auch die Jahreszahl ... 1949.

Ich legte das Blatt beiseite und versuchte, mich in den Griff zu kriegen, während ich ein paar Schritte zurücktrat. Jetzt wußte ich die Wahrheit, wußte, daß hundert Jahre nach Poes Tod ein Abbild seines Geistes in der kranken und gestörten Seele von Canning lebte. Seelenwanderung, Reinkarnation, wie immer man es auch nannte, Canning war, zumindest in seiner irrationalen Vorstellung, Edgar Allan Poe.

Gedämpftes und verebbendes Donnergrollen im Haus mischte sich in das unhörbare Brodeln meines inneren Aufruhrs. Dann hielt mich nichts mehr zurück, und ich schrie tollkühn auf meinen Gastgeber ein: »Geben Sie es zu! Sie haben diese Geschichten geschrieben und halten sich für die Reinkarnation von Edgar Allan Poe. Sie leiden an einem einzigartigen Wahn, der aus der Einsamkeit und dem ständigen Brüten über die Vergangenheit erwachsen ist; dabei haben Sie ein Stadium erreicht, daß Sie davon überzeugt sein läßt, daß Poe in Ihrer Person weiterlebt!«

Ein Schauder schüttelte ihn, und ein krankhaftes Lächeln geisterte um seine Lippen, während er sprach. »Sie Narr! Ich habe die Wahrheit gesagt. Wie können Ihre eigenen Sinne Sie trügen? Sie sehen doch selbst, das Haus hier, die Poe-Sammlung gibt es wirklich, die Erzählungen gibt es – es gibt sie, so wahr ich hier stehe, so wahr wie auch der Leichnam unten in der Krypta liegt!«

Ich nahm das Kästchen vom Tisch und öffnete den Dekkel. »So nicht«, antwortete ich. »Sie haben erzählt, daß man Ihren Großvater vor der Tür zum Gewölbe gefunden hat, das Kästchen an die Brust gepreßt, und es hätte Staub von Poes Überresten enthalten. Aber Sie können doch wohl nicht umhin zuzugeben, daß das Kästchen leer ist.« Ich blickte ihn wütend an. »Gestehen Sie, die ganze Geschichte ist eine Erfindung, ein romantisches Hirngespinst. Poes Leichnam liegt nicht hier unten im Haus, das hier sind nicht seine unveröffentlichten Werke, die er geschrieben und von denen niemand etwas gewußt hat.«

»Was heißt hier Hirngespinst«, Cannings Grinsen war gräßlich entstellt. »Den Staub kann es nicht mehr geben, weil ich ihn entnommen und verwendet habe – denn in den Büchern über Zauberei fand ich die Formeln und Rezepturen, das Arkanum, mit denen ich das Fleisch wiederbeleben, mit denen ich aus den Grundstoffen des Grabes den Leib erneut erschaffen konnte. Poe liegt nicht hier unten im Haus – er lebt! Und die Erzählungen sind seine posthumen Werke!«

Vom Donner begleitet prasselten seine Worte in mein Bewußtsein.

»Das war der heilige Sinn und Zweck all meiner Pläne, meiner Studien, meiner Arbeit, meines Lebens. Den wahren Geist Edgar Poes mit Zauberkünsten aus dem Grabe im Fleisch auferstehen zu lassen – ihn in den eigens für ihn gebauten Gemächern im Kellergewölbe wohnen und träumen und wieder seine Arbeit tun zu lassen – und das ist mir gelungen. Einen Leichnam zu entwenden ist ein makaberer Streich; was ich aber vermocht habe, ist das Werk eines Genies.«

Seine Worte wurden von einem überdeutlichen, hohlen, metallisch klirrenden und doch gedämpften Nachhall begleitet; er drehte sich auf seinem Stuhl um und blickte zur Tür, so daß ich nicht sehen konnte, wie es in ihm arbeitete; wiederum entging ihm auch meine Reaktion auf sein irres Gerede.

Nur schwach drangen seine Worte durch den krachenden Donner an mein Ohr, denn das ganze Haus ward jetzt von erbarmungslosem Dröhnen ergriffen. Der Sturm rüttelte an den Fenstern und brachte die Kerzenflamme auf dem großen silbernen Kandelaber zum Flackern. Es glich einem Aufstöhnen, das sich klagend in Cannings Worte mischte.

»Ich würde ihn Ihnen ja zeigen, aber ich traue es mich nicht; denn er haßt mich genauso, wie er auch das Leben haßt. Ich halte ihn in dem Gewölbe verschlossen, Wiederauferstandene brauchen kein Essen oder Trinken. Dort sitzt er, läßt die Feder über das Papier gleiten, unermüdlich; und unentwegt entströmt ihr das Böse all dessen, was er in seinem Leben geahnt und angedeutet und was er im Tode erfahren hat.

Erkennen Sie nicht die Tragik meiner Situation? Ich wollte seinen Geist aus dem Tode erwecken, wollte der Welt einen Genius wiedergeben – doch diese Erzählungen nun, diese Werke sind voller Grauen, sind schier unerträglich. Man kann sie nicht der Welt zeigen, kann auch ihn nicht der Welt zeigen; ich habe den Toten zurückgeholt und gleichzeitig auch die Früchte des Todes.«

Und wieder dieses Echodröhnen, als ich auf die Tür zuging – auf sie zuging, ich muß es gestehen, um diesem verfluchten Haus und seinem verfluchten Eigentümer zu entfliehen.

Canning umklammerte meine Hand, meinen Arm, meine Schulter. »Sie können nicht gehen!« brüllte er über das Getöse hinweg. »Ich habe von seiner Abgeschiedenheit gesprochen, aber haben Sie nichts bemerkt? Haben Sie es nicht durch den Donner gehört – das Ächzen der Tür?«

Ich stieß ihn zur Seite, und er stolperte rückwärts, riß dabei den Kandelaber um, so daß die Flammen nun auf dem Teppich züngelten.

»Warten Sie!« schrie er. »Haben Sie nicht seine Schritte auf der Treppe gehört? Sie Wahnsinniger, glauben Sie mir, wenn ich Ihnen sage, er steht draußen vor der Tür!«

Ein Windstoß, eine hochzuckende Flamme, dann hüllte uns eine Qualmwolke ein. Ich riß die riesigen, altertümlichen Holztäfelungen auf, die mir Canning wies, und hastete hinaus in den Vorsaal.

Ich spreche von Wind, von Flammen, von Rauch – dicht genug, um alle Sicht zu verhüllen. Ich spreche von Cannings Schreien und vom Donnergrollen, das laut genug war, um alle anderen Geräusche zu übertönen. Ich spreche von Schrekken und Grauen, aus Abscheu und Verzweiflung entstanden – es hätte genügt, um mich um den gesunden Menschenverstand zu bringen.

Trotz all dieser Dinge werde ich nie vergessen, was sich mir offenbarte, als ich am Eingang vorbei und die Treppe hinunter durch die Halle floh.

Draußen vor der Tür stand aufrecht, in einen Umhang gehüllt, eine Gestalt, die mir nur allzu vertraut war, mit blassen Gesichtszügen, hoher gewölbter Stirn, über dem Mund der gestutzte Schnurrbart. Nur einen Augenblick nahm ich sie wahr, aber in ebendiesem Augenblick schritt der Mann – der Leichnam – die Erscheinung – die Halluzination, nennt es, wie ihr wollt – in den Raum und drückte Canning mit eisernem Griff an sich. Gemeinsam wankten die beiden Gestalten auf die Flammen zu, die jetzt hochschossen und den Anblick auslöschten auf immerdar.

Entsetzt floh ich aus der Halle, aus dem Haus. Noch immer tobte der Sturm mit ganzer Kraft, und das Haus Cannings wurde ein Raub der Flammen.

Plötzlich fegte ein Lichtstrahl vor mir über den Weg, und ich blickte mich um, wollte sehen, woher dieser grelle Schein kam – aber es waren nur die Feuerbrände, die sich mit geradezu übernatürlicher Kraft nach oben fraßen und das geheimnisvolle Haus des Mannes verschlangen, der von Poe besessen war.

John D. MacDonald
Die Legende von Joe Lee

»Heute nacht«, sagte Sergeant Lazeer, »kriegen wir ihn ganz bestimmt.«

Wir befanden uns in einem feuchtmuffigen Büro im Gerichtsgebäude des Afaloosa County, irgendwo in den flachen Feuchtgebieten des südlichen Zentral-Floridas. Ich war von Fort Lauderdale rübergekommen in der vagen Hoffnung auf eine Schicksalsgeschichte im Zusammenhang mit einer Serie über den Krieg der Teenager gegen die spießbürgerliche Welt der Erwachsenen, die bei uns gerade lief.

Er bat mich zum Tisch rüber, wo er die Landkarte des County ausgebreitet hatte. Die beiden anderen Polizisten stellten sich neben mich. »Wir haben Vollmond heute nacht, da ist er todsicher unterwegs«, sagte Lazeer, »und wir bereiten uns jetzt hier vor, ihn genau an der richtigen Stelle einzukesseln, wo es für ihn keinen Ausweg gibt, keine kleinen alten Landstraßen, die er kennt wie seine Westentasche. Und hier, an dieser Stelle, schnappen wir ihn.« Er legte Klammern an die beiden Enden einer schnurgeraden Straße.

Trooper McCollum sagte leise: »Das da, Mister, ist eine gerade Strecke von neunundzwanzig Kilometern, die sind wir langsam auf- und abgefahren, und wenn Sie da abbiegen, dann sitzen Sie in 'nem tiefen Graben und im schwarzen Schlamm und im Alligator-Wasser.«

Lazeer bemerkte: »Wir riegeln beide Enden ab, setzen ein Stück zurück und verstecken uns mit ausgeschalteten Scheinwerfern. Wir haben Funkkontakt; wenn er also an irgendeinem Ende reingepfiffen kommt, haben wir ihn in der Falle.«

Er sah mich an, als erwarte er eine Antwort von mir, deshalb sagte ich: »Ich hab' keine Ahnung von Straßensperren, Sergeant, aber es sieht aus, als könnten Sie ihn so packen.«

»Sie fahren mit mir, Mister, dann kriegen Sie Ihre Story.«

»Da wär' noch was, was Sie nicht erklärt haben, Sergeant. Sie sagen, Sie kennen den Jungen. Warum holen Sie ihn nicht einfach von zu Hause ab?«

Der andere Polizist, Frank Gaiders, antwortete: »Weil der blöde Kerl nich' mehr zu Hause war, seit er vor fünf oder sechs Monaten mit diesem Unsinn angefangen hat. Er heißt Joe Lee Cuddard, drüben aus Lasco City. Seine Leute ha'm kein' Schimmer, wo er steckt, und sie interessieren sich auch nich' besonders dafür, auch nicht für dieses Farris-Mädchen, mit dem er durch die Gegend zieht. Also ha'm wir uns gedacht, die beiden haben sich irgendwo in den Kieferwäldern in 'ner verlassenen Hütte verkrochen, komm' nachts raus, um sich ihren Spaß zu machen und uns an der Nase rumzuführen.«

»Bis jetzt, Mann«, sagte Lazeer. »Bis heut' nacht. Heute kriegen wir sie.«

»Aber wenn Sie ihm auf dem Highway begegnet sind«, sagte ich, »konnten Sie ihn da denn nicht festnehmen?«

Die drei großen, wettergegerbten Männer sahen sich mit einem langsamen, traurigen Lächeln an; McCollum seufzte. »Ich bin am dichtesten an ihn rangekommen. Diese Maschinen sind wie Abfangjäger hochgezüchtet, sie machen glatt fast zweihundert. Ich hab ihn im Flachland gesehen, wie er auf die Stelle zuraste, wo die beiden Straßen aufeinander zulaufen, da hab' ich das Gaspedal durchgetreten, und da war ich keine fünfzig Meter hinter ihm. Zwei Minuten später lag ich anderthalb Kilometer zurück, noch mal zwei Minuten schon über drei Kilometer, und dann war er einfach weg. Der ist gut und gerne zweihundertvierzig gefahren, schätze ich.«

Ich ließ meine Überraschung erkennen. »Was zum Teufel fährt er eigentlich?«

Lazeer öffnete die Schreibtischschublade, suchte darin herum und zog ein abgegriffenes Heft einer Hot-Rod-Zeitschrift hervor. Er schlug eine Seite auf, für die die Leser Fotos ihrer Autos eingeschickt hatten. Das Ding sah anders aus als alles, was ich jemals zu Gesicht bekommen hatte. Hauptsächlich ein nackter Rahmen mit einem gewaltigen, verchromten Motor. Zwischen den riesigen Hinterrädern, die größer waren als die Vorderräder, war eine tropfenförmige Passagierkabine montiert und eine Anordnung von Seitenflossen, die sich ausladend hochschwangen und nach hinten führten, wo sich die beiden Endpunkte fast wieder berührten.

»Der Motor«, sagte Frank Gaiders, »stammt aus einem '61er Pontiac, Riesending, hat er vom Schrottplatz gekauft und wieder aufgebaut mit Kompressor, Spezial-Nockenwelle und dem ganzen verdammten Zeug. Hat er alles selber zusammengebaut. Hier in dem Brief, da könn' Sie's sehen, er nennt es C.M. Special. C.M. steht für Clarissa May, das Farris-Girls, mit dem er weg ist. Ich hab' das Ding nur einmal gesehen, vielleicht sieben, acht Monate her, direkt, nachdem er es fertig hatte. Die Zeitschrift hier ha'm wir von seinem Daddy. Ich hab's bei der Amoco-Tankstelle in Lasco City geseh'n. Dem Ding könn' Se schon fast 'n Strafzettel verpassen, wenn's noch stillsteht. Flockiges Erdbeer-Metallic steht hier in dem Brief. Verdammich, leuchtendes Erdbeerrot mit kleinen goldenen Tupfern drin, darüber so an die siebzehn Lackschichten, richtig hochpoliert, un' wenn Sie in die Farbe reinschauen, sieht sie aus, als wär sie fünfzehn Zentimeter dick aufgetragen. Wahnsinnsscheinwerfer vorne, und jede Menge Riesen-Hecklampen hinten, und hochglanzpolierte Auspuffröhren. Hat er fast zwei Jahre lang dran gearbeitet. Breite Rennreifen wie die Kids sie drüben am Flughafen für ihre Drag-Races haben.«

Ich schaute mir das grobkörnige Foto von dem Jungen an, der neben dem Wagen stand, die Hände in die Hüften gestemmt, sehr jung aussehend, sehr normal, ein bißchen gehemmt.

»Ich würde Ihnen doch sicher nicht dazwischenfunken«, fragte ich, »wenn ich mal rausfahre und mit seinen Leuten rede, nur so für den Hintergrund?«

»Solange Sie nichts rauslassen über das, was wir vorhaben«, sagte Lazeer. »Um halb neun heute abend müssen Sie wieder hier ein.«

Lasco City war ein großspuriger Name für ein Kaff mit ungefähr fünfhundert Einwohnern. Beim Dorfkramladen sagten sie mir, ich müsse die Straße nach Westen nehmen, die Cuddards wohnten so achthundert Meter auf der linken Seite, Name auf dem Briefkasten. Eine heruntergekommene Hütte, ein paar Hühner auf dem staubigen Vorplatz, zusammengebrochene Zäune. Leo Cuddard war von der Arbeit nach Hause zurückgekehrt und lud Hohlziegel von seinem altertümlichen Pick-Up. Sein Oberkörper war nackt, ein schlanker, magerer Mann, der unterernährt und erschöpft aussah. Aber seine Rückenmuskeln spielten, wenn er die Steine runterhob. Er hatte helle Haare und helle Augen und einen schmallippigen Mund. Er schaute mich nicht direkt an, grunzte nur und arbeitete weiter, während ich mich vorstellte und den Grund für meinen Besuch nannte.

Schließlich richtete er sich auf und wischte sich mit seinem mageren Arm den Schweiß von der Stirn. Als er mich mit diesen hellen Augen ansah, erinnerte ich mich aus irgendeinem Grund an den schlimmen Ruf, den sich die Soldaten aus Florida im Bürgerkrieg erworben hatten. Unermüdlich, tödlich, gnadenlos.

»Der Junge war keine Hilfe für mich, Mister, aber er hat auch keine Probleme gemacht. Der hatte immer nur dieses Auto im Kopf. Hat mir nich' gefallen, aber ich hab' ihn auch nich' davon abgehalten. Er hat sich den alten Schuppen dahinten zurechtgemacht, um darin zu arbeiten, un' wenn er was brauchte, dann isser losgegangen un' hat gearbeitet, bisser sich's kaufen konnte. Meiste Zeit war immer 'n ganzer Haufen von denen dabei, um ihm zu helfen, Jungs, die gearbeitet ha'm, un' Mädchen, die zugeschaut ha'm. Die mit den knallengen Hosen. Sie ha'm sich Kofferradios aufgestellt un' dieses verrückte Zeug getanzt, un' die Jungs haben rumgehämmert. Wenn ich in die Nähe kam un' zugehört hab, ich könnt' schwör'n, daß ich so gut wie nix verstanden hab. Dann hatter den Wagen zu irgend so 'ner Landes-Show gebracht, wo's Preise gibt un' so 'n Zeug. Aber eines Tages isser einfach so abgehauen, wie sie das heut' eben so machen.«

»Hören Sie denn überhaupt mal was von ihm?«

Er grinste. »Von ihm selber hör' ich nix, aber über ihn hör' ich weiß Gott jede Menge.«

»Was ist mit Brüdern und Schwestern?«

»Er hat nur 'ne Schwester, aber älter, drüben in Waycross, Georgia, mit 'nem Elektriker verheiratet, dann noch mich un' seine Stiefmutter.«

Wie aufs Stichwort trat ein junges Mädchen auf die winzige Veranda. Sie konnte nicht älter als achtzehn sein. Eine weit fortgeschrittene Schwangerschaft wölbte die Vorderseite ihres Baumwollkleides aus. Ihre Stimme war ein schrilles, durchdringendes Geheul. »Leo? Leo, Schätzchen, grad is' dieser Dosenöffner direkt vonner Wand runtergekomm'.«

»Hätten Sie was dagegen, wenn ich mir mal den Schuppen anschaue?«

»Könn' Se machen, Mister.«

Der Schuppen war überraschend ordentlich. Der Junge hatte bewegbare Arbeitslampen installiert. An der Wand hing eine hellblaue Aufhängeplatte mit sauberem Werkzeug. Als ich genauer hinschaute, bemerkte ich, daß sich Rost auszubreiten begann. Auf der Werkbank lagen technische Zeitschriften und Hot-Rod-Hefte. Ich betrachtete das improvisierte Hebezeug für Motoren, die sauberen Regale mit Farbdosen und Schmiermitteln.

Die Familie Farris wohnte etwas mehr im Zentrum der Stadt. Ein paar ihrer Mitglieder saßen gerade beim Abendessen. Soweit ich sehen konnte, waren es sechs Erwachsene und vielleicht ein Dutzend Kinder, vom Babyalter bis hin zu großen, schlacksigen Jungen. Clarissa Mays Mutter kam raus, um mit mir zu reden; sie sagte, ihr Mann fahre einen Interstate-Truck für die Genossenschaft und sei für ein paar Tage unterwegs. Mrs. Farris war unförmig fett, hatte aber hübsche Gesichtszüge, die darauf hindeuteten, daß sie einmal eine gutaussehende Frau gewesen sein mußte. Der Schaukelstuhl ächzte unter ihrem Gewicht, mit einer Zeitung wedelte sie sich Kühlung zu.

»Ich will Ihnen mal was sagen, das hat uns schon das Herz gebrochen, was Clarissa May uns da angetan hat. Ich hab' LeRoy nicht nur einmal gesagt, ich hab's ihm tausendmal gesagt, da kommt nichts Gutes bei raus, wie sie da mit diesem Cuddard-Jungen rummacht. Dem sein Daddy ist nix wert. Den nehm' se immer mal wieder wegen Trunkenheit fest un' stecken ihn für sechzig oder neunzig Tage zum Straßenbau, un' dann das Stubbins-Kind, dasser geheiratet hat, die is' doch so gut wie schwachsinnig. Aber die Kinder, die wer'n e'm größer un' dann wissense alles besser un' drehen dir den Rücken zu wie 'nem Feind. Schrei'm Se das mal richtig hin, un' schrei'm Se, daß ihre Mama und ihr Daddy woll'n, dasse nach Hause kommt, vielleicht liestse das un' kommt zurück. Sie wissen ja, was inner Bibel steht über schärfer als 'n Schlangenzahn un' so. Ich bet' ja nur zum lieben Gott, dasse genug Verstand ham un' mit dem blöden Wagen rauf nach Georgia fahr'n un' doch noch heiraten. Er is' neunzehn un' sie siebzehn. Heutzutage ham se die jungen Leute nich' mehr im Griff. Eines Tages, wie die hier durch die Gegend rasen, alles Angeberei, da bringt dieser Cuddard-Junge sich noch mal um un' mein Kind auch.«

»War sie denn in anderer Beziehung auch schwer zu kontrollieren, Mrs. Farris?«

»Nein, Sir, sie war nett und gut und ordentlich und ruhig, lauter gute Eigenschaften. Sie is' nur wegen Joe Lee Cuddard so bockig geworden. Ich glaube, ich hätt' LeRoy das aus ihr rausprügeln lassen, wenn es nich' wegen ihrer Probleme gewesen wär'.

Mit 'nem jungen Menschen geht man 'n bißchen vorsichtiger um, wenn man nich' weiß, wie lange er ei'm bleibt. Doc Mathis, der hat gesagt, wir soll'n sie nach Miami inne Klinik bring'. Manchmal behieltense sie da, un' manchmal nich', un' manchmal blieb sie inner Schule zurück un' manchmal holte sie rasch wieder auf. Wir hamse oft dahin gebracht. Sie hat e'm schlechtes Blut, un' es geht ihr überhaupt nich' gut. Am besten, sie wär' hier, wo sie Hilfe kriegen kann, wenn es ihr schlecht geht. Letztes Jahr im Oktober, da war'n LeRoy und ich beim Kirchen-Bingo, und Clarissa hatte schon 'n paar Tage im Bett gelegen, da is' dieser wilde Bursche gekomm' un' hatse in dem blöden Auto einfach mitgenomm', die Kleinen konnten ihn nich' aufhalten. Wenn ich daran denk ... sie da draußen ... und wo's ihr so schlecht geht ...«

Kurz nach neun waren wir in Stellung. Ich befand mich mit Sergeant Lazeer am westlichen Ende der neunundzwanzig Kilometer langen geraden Strecke der Landstraße Nr. 21. Der Polizeiwagen war in einen schmalen Feldweg zurückgesetzt, alle Lichter waren ausgeschaltet. Gaiders und McCollum hatten sich in ähnlicher Weise am Ostende der Strecke in Position gebracht. Wir hatten uns mit Insektenschutzmitteln eingerieben und uns gegenseitig den Hemdrücken damit eingesprüht, damit die Moskitos nicht durch den dünnen Stoff stechen konnten.

Lazeer hatte seine Anweisungen per Funk durchgegeben, jetzt rückten wir uns für die Warterei zurecht. »Zu dieser Jahreszeit ist nicht viel Verkehr auf der Straße hier«, sagte er. »Aber wenn irgendwelche Touristen zur falschen Zeit hier durchkommen, können sie alles vermasseln. Wollen wir hoffen, daß keiner auftaucht.«

»Können Sie die Straße mit nur einem Auto an jedem Ende wirklich absperren?«

»Wenn er vom anderen Ende reinkommt, fahr ich sofort raus und stelle mich quer über die Straße an einer Stelle, an der er nicht vorbei kann, und Frank drüben hat eine ähnliche Stelle. Quer, mit allen Lampen und der Rundumleuchte auf dem Dach an, wir beide beziehen etwas abseits Position, denn vielleicht kann er rechtzeitig stoppen, vielleicht aber auch nicht. Aber egal, von wo er kommt, der freie Wagen kann ihm so dicht auf die Pelle rücken, daß er keine Zeit mehr zum Wenden hat, wenn er merkt, daß er in der Falle sitzt.«

Lazeer erwies sich als viel redseliger, als ich vermutet hatte. Er hatte zwanzig Jahre seines Lebens im Strafvollzug verbracht und ein paar wüste Geschichten auf Lager. Ich hatte das Gefühl, er tischte mir die nur auf in der Hoffnung, daß ich ihm den Vorschlag machte, ein Buch über ihn zu schreiben. Von Zeit zu Zeit stiegen wir aus dem Wagen und gingen ein bißchen auf und ab.

»Sergeant, sind Sie sicher, daß Sie Zeit und Ort richtig ausgesucht haben?«

»Er ist immer in Nächten mit Vollmond unterwegs. Drei oder vier Nächte jeden Monat. Er nimmt nicht die großen Highways, nur diese kleinen abgelegenen Landstraßen, die langen geraden Strecken, die asphaltiert sind, auf denen er seine Kiste richtig aufdrehen kann. Guter Gott, der jagt wie 'ne Rakete durch die Ortschaften. Die Berichte, die wir bekommen, sagen, daß er die ganze Nacht auf Achse ist, und diese Straße hier ist eine von denen, die er, egal aus welcher Richtung, vielleicht zwei- oder dreimal langrast, bevor der Mond untergeht. Wir müssen ihn einfach kriegen. Die Leute lachen schon über uns.«

Ich saß da und hörte nur mit halbem Ohr zu, wie Lazeer eine Geschichte voller Blut und Horror erzählte. Ich konnte ganze Scharen von Sumpfkröten hören, deren Gequake sich mit dem hohen Sirren von Insekten vermischte, die dicht an meinem Ohr nach einer Stelle suchten, in die sie reinstechen konnten. Ab und zu erschallte das tiefe Husten eins Alligators.

Plötzlich verstummte Lazeer, ich spürte seine Anspannung. Er beugte sich vor, den Kopf horchend zur Seite geneigt. Und dann vernahm ich es – zuerst noch vermischt mit dem schrillen Geräusch der Sumpflandschaft, dann alles übertönend – das näherkommende, hochtourige Heulen eines überzüchteten Motors.

»Das hör'n Sie einmal und vergessen es nie wieder«, sagte Lazeer, riß das Mikrofon von seinem Haken am Armaturenbrett und hatte sofort Gaiders und McCollum in der Leitung. »Er kommt von dieser Seite rein, Jungens. Los, macht euch fertig.«

Er hängte ein, und in derselben Sekunde schoß der C.M. Special auch schon an uns vorbei. Es war ein volltönendes, nachhallendes Röhren, das ein Echo im Inneren des Ohres wachrief, ein fetzender, rasender Windstoß, der das Blattwerk rüttelte und hochwirbelte. Es war ein dunkler Schatten im Mondlicht, der vorrüberraste, und dessen Geheul abnahm, als der Sturmwind seines Tempos hinter ihm verebbte.

Lazeer jagte den Polizeiwagen mit kreischenden Reifen auf die Straße und in die Kurve, und während sich unsere Geschwindigkeit steigerte, schrie er mir zu: »Der verdammte Idiot fährt ohne Licht, wenn der Mond hell genug ist.«

Wie geplant, fuhren auch wir ohne Licht, damit Joe Lee die Falle erst merkte, wenn es schon zu spät war. Ich zog mir den Gurt fester und starrte auf die mondbeschienene Straße. Lazeer hatte geschätzt, wir würden es in zehn Minuten oder weniger bis zum anderen Ende der Strecke schaffen. Die Welt war wie ein Photo-Negativ – ganz weiß und darauf schwarze Bäume und Büsche und kein einziger Grauton. Während wir rasch schnell wurden, schien der schwere Polizei-Sedan sich merkwürdig leicht anzufühlen. Er machte den reinsten Spitzentanz, vorsichtig und launenhaft, und der Wind war lauter als der Motor. Ich überlegte die ganze Zeit, was wohl passieren würde, wenn Joe Lee da vor uns in der Dunkelheit plötzlich stehenbliebe. Ich starrte nach vorne, um die mörderische Masse seines Wagens zu entdekken.

Dann sah ich weit vor uns das rote Licht des anderen Polizeiautos, und auch den hellen Lichtstrahl dort, wo die Scheinwerfer über den Rand der Straße auf das Dickicht fielen. Als meine Augen sich an das helle Licht gewöhnt hatten, konnte ich die Straße nicht mehr erkennen. Wir rasten mit fürchterlichem Tempo auf sie zu. Plötzlich schaltete Lazeer unsere Scheinwerfer an und ließ die Sirene aufheulen. Jetzt würden wir sehen, wie Joe Lee auf der schmalen Straße umzudrehen und zurückzurasen versuchte, und dann, wie wir ihn abblocken und den nächtlichen Spielereien ein Ende machen würden.

Wir sahen überhaupt nichts. Lazeer stieg auf die Bremse. Er fluchte. Drei Meter vor dem anderen Polizeiwagen kamen wir zum Stehen. McCollum und Gaiders traten aus dem Schatten. Lazeer und ich lösten unsere Gurte und stiegen aus.

»Wir haben nichts gesehen und auch nichts gehört«, sagte Frank Gaiders.

Lazeer faßte alles zusammen. »Okay, also. Ich bin auch ohne Licht gefahren. Vielleicht hat er sich beim ersten Aufblitzen unserer Rundumleuchte ganz eng an den linken Straßenrand gedrängt, soweit wie's gerade noch ging. Ich könnte an ihm vorbeigefahren sein, ohne ihn zu bemerken. Dann dreht er um, fährt dahin, wo er hergekommen ist, und lacht sich kaputt. Die zweite Möglichkeit ist, daß er genau das versucht hat, aber ein bißchen zu dicht an den Rand geraten ist und jetzt im Graben festsitzt. Und die dritte Möglichkeit ist, daß er von der Straße abgekommen ist. Er könnte mit dem Rad über die Kante geraten sein, sich überschlagen und sich hundertzwanzig Meter weit in den Sumpf katapultiert haben. Was wir also jetzt machen, ist, daß wir die Strecke ganz langsam abfahren. Ich fahr' vorne und halte mit dem Suchscheinwerfer auf die rechte Seite, und Ihr bleibt links. Sucht nach dem Wagen und nach Stellen, wo er von der Fahrbahn runtergerasselt sein könnte.«

Bei dem Tempo, das Lazeer fuhr, brauchten wir für die neunundzwanzig Kilometer mehr als eine halbe Stunde. An der Stelle, an der wir gewartet hatten, hielt er an. Er wirkte sehr deprimiert, gleichzeitig aber auch irgendwie amüsiert.

Sie redeten miteinander, dann fuhr er mich zum Gerichtsgebäude, wo mein Wagen stand. Er sagte: »Wir werden uns was Besseres einfallen lassen, ich ruf' Sie dann an. Sie können genau so gut dabei sein, wenn wir endgültig den Schlußstrich ziehen«

Gelassen fuhr ich nach Lauderdale zurück.

Ein paar Tage später, kurz vor Mittag an einem strahlenden Sonntag, rief er mich in meinem Apartment an und sagte: »Wenn Sie beim Schlußpunkt dieser Sache dabei sein wollen, dann machen Sie sich auf die Socken und kommen Sie sofort hierher.«

»Sie haben ihn gekriegt?«

»Na ja, sozusagen.« Er klang niedergeschlagen und bitter. »Er hat den Wagen in einen Kanal an der Route 27 gejagt, ungefähr zwanzig Kilometer südlich von Okeelanta. Der Bergungskran holt ihn jetzt jeden Moment raus. Der Taucher sagt, der Junge und das Mädchen sind noch drin. Kam über die Radionachrichten. Der Taucher hat das Nummernschild gesehen und sagt, das ist seins. Das vom letzten Jahr. Er hat sich nich' mal die Mühe gemacht, sich 'n neues zu besorgen.«

Ich verlor keine Zeit auf der Fahrt zum Ort des Geschehens. Ihn zu finden, war kein Problem. An beiden Seiten des Highways parkten mindestens an die hundert Autos. Ein Verkehrspolizist wollte mich weiterwinken, aber als ich ihm meinen Presseausweis zeigte und sagte, Lazeer habe mich extra angerufen, ließ er mich rein und direkt neben einem Polizeiwagen mitten im Zentrum der Aktivitäten parken.

Ich entdeckte Lazeer am Rande des Kanals und ging zu ihm. Ein großer Bursche mit Taucherbrille, Flossen und Sauerstofftank machte sich gerade bereit, mit dem Haken des Bergungskrans ins Wasser zu steigen.

Lazeer begrüßte mich und sagte: »Beim erstenmal hat er sich losgerissen, jetzt versucht er, das Ding an der Hinterachse festzumachen. Es liegt in sechs Meter tiefem Wasser, die rechte Seite nach oben, mitten im schwarzen Schlamm.‹

»Hat er die Kontrolle darüber verloren?«

»Schwer zu sagen, was passiert is'. Heute morgen is' irgend so 'n Kerl mit 'nem kleinen Flugzeug hier rumgekurvt, ziemlich tief, parallel zum Kanal, das Wasser war wie 'n Spiegel, und da hat er was gesehen da unten, deshalb kam er noch mal zurück und schaute nach, dann fand er 'ne Möglichkeit, sich die Stelle zu merken, direkt gegenüber von den drei Bäumen dahinten, und dann isser zu seinem Flugplatz geflogen und hat uns angerufen. Gegen neun heute morgen hatten wir den Taucher hier. Ich bin gegen zehn hergekommen.«

»Ich schätze, das ist nicht ganz die Art, wie Sie das hier zu Ende bringen wollten, Sergeant.«

»Verdammt richtig. Es war 'n Kampf zwischen ihm und mir, ich wollte ihn auf meine Art zu fassen kriegen. Aber ich denke, es ist schon mal ganz gut, daß er nachts von den Straßen runter ist.«

Ich schaute mich um. Der rotweiße Kran war in Position und aufgebockt. Die Burschen vom Krankentransport lehnten an ihren Wagen, rauchten und unterhielten sich. Der Sonntagsverkehr fuhr langsamer und wurde weitergewinkt.

»Ich denke, man kann sagen, seine Leute sind da«, bemerkte Lazeer.

Erst jetzt wurde mir bewußt, wie merkwürdig die meisten der geparkten Autos aussahen. Sie kamen aus einem halben Dutzend verschiedener Counties, was aus ihren Nummernschildern hervorging. Eine ganze Menge großer, protziger, merkwürdiger Monster, ähnlich wie der C.M. Special in der Ausstattung, aber durchaus anders im Design. Sie sahen aus wie eine Abordnung von Mars-Ungeheuern. Es gab verdreckte Sedans aus den Dreißigern ohne Stoßstangen, aber mit hochmodernen Kraftpaketen unter der Haube und brutalen, großen Rennziffern auf den Türen. Und andere Wagen, die auf den ersten Blick ganz normal aussahen, aber doch ziemlich tief zu liegen schienen, mit klaren Linien und sehr schnittig, von denen sie den ganzen Detroit-Chrom abmontiert und die Löcher zugelötet hatten.

Die Wagen und die Leute entstammten einer anderen Rasse. Gruppen bildeten sich unter ihnen, brachen auseinander, formierten sich wieder neu. Ein Dutzend verschiedener Sender plärrten aus den Radios. Sie tranken Coca-Cola und hockten in dichten Knäueln auf offenen Cabriolets. Sie wanderten von Wagen zu Wagen. Alles hatte einen merkwürdigen Volksfest-Charakter, doch war es irgendwie viel zeremonieller. Ab und zu startete jemand einen Motor, jagte ihn im Leerlauf zu einem brüllenden Röhren hoch und ließ ihn wieder absterben.

Die Mädchen hatten ausnahmslos glänzende Haare, trugen ordentliche Blusen oder Sonnen-Tops und hatten einen Ausdruck von Stille im Gesicht, die eigenartige Gewißheit einer vollständigen Zustimmung, die in schrillem Gegensatz zu ihren frivolen, provozierend hautengen Short-Shorts, Stretchpants und Jeans stand. Die Jungen waren alle schlank, mit sorgfältig gestylten Frisuren, breiten, kräftigen Schultern, und sie bewegten sich mit der lässigen Grazie junger Dschungelkatzen. Ein paar Pärchen tanzten träge miteinander, starrten sich mit einer kalten und formellen Intensität in die Augen, berührten sich nicht und ließen die langen Haare schwingen, während die Hüften der Mädchen im Rhythmus eines stilisierten, zeremoniellen Tanzes kreisten.

Irgendwo sah ich eine größere Gruppe. Ein Junge schlug langsam die Saiten einer Gitarre, ein Mädchen mit einem Bongo-Set fügte scharfe, unregelmäßige Geräuschakzente ein. Ein anderer Junge mit einer näselnden, winselnden Stimme schien aus dem Stegreif dazu zu singen:

»C.M. Special, let it out and GO!
C.M. Special, let it way out and GO!
Iron runs fast and the Moon runs slow.«

Die Gruppe schaute den singenden Jungen an und lauschte ihm mit verhaltener Intensität.

Dann hörte ich das Geräusch der Winde. Es schien lauter zu werden, während die Geräusche ringsum immer mehr verstummten. Die Kids bewegten sich auf den Kran zu. Sie bildeten einen großen, schweigenden Halbkreis. Das gestreckte Stahlkabel, das sehr langsam hochkam, lag in einem stumpfen Winkel in dem in der Sonne glitzernden schwarzbraunen Wasser des Kanals.

Das Gepolter eines vorbeifahrenden Trucks übertönte einen Moment lang das Geräusch des Bergungskrans.

»Kommt gut raus«, sagte jemand.

Zuerst sah man im Wasser einen silbernen Streifen, dicht an dem steilen Abhang unweit des Ufers. Dann stießen die ersten Enden der großen, hochgezogenen Seitenflossen durch die Oberfläche, dann die mächtige hintere Stoßstange, schließlich die satten Linien des Erdbeerrots. An den Stellen, an denen keine Wasserpflanzen oder Schlammklumpen klebten, glänzte die Farbe wie neu. Von den Kids kam ein leises Geräusch, ein Seufzen, ein Murmeln, eine unruhige Bewegung.

Als das Wrack sich weiter hob, schoß dunkles Wasser heraus, und als der Wasserstand im Innern des Wagens gesunken war, konnte ich durch ein verschmiertes Fenster die beiden aneinandergedrängten Körper erkennen, die zusammengesunkene Leiche des Jungen und die des Mädchens, Seite an Seite, noch angeschnallt.

Mehr wollte ich gar nicht sehen. Lazeer war beschäftigt, deshalb stieg ich in mein Auto, kurvte auf die Straße, fuhr nach Hause und machte mir einen Drink.

Gegen drei Uhr dreißig am Nachmittag dieses Tages fing ich mit der Arbeit an. Die Reportage war für den kommenden Sonntag geplant. Ich arbeitete durch bis zwei Uhr morgens. Es waren nur etwa zweitausend Worte, aber sehr kompliziert, und ich wollte, daß es genau richtig klang. Ich mußte bei dieser Sache zwei Herren dienen. Einmal mußte ich nach außen hin der Meinung der Herausgeber zustimmen, die lautete, dergleichen sei einfach nicht in Ordnung, zum anderen wollte ich in meinem eigenen Interesse die Stimmung einer Legende einfangen. Diese Kids schufen sich ihre eigene, besondere Welt, an der wir keinen Anteil hatten. Sie setzten all ihre Fähigkeiten, all ihre Träume und Energie ein, um die künstlichen Gegenstände einer Subkultur aus Kraft, Schönheit, Tempo, Können und Rebellion zu schaffen. Unsere Kultur gab ihnen verdammt wenig, deshalb erkämpften sie sich eine Welt, die nur ihnen gehörte, mit ihren eigenen Bräuchen, Legenden und Tapferkeiten, ihrer eigenen Musik, ihrer eigenen Ethik und Moral.

Am Montagmorgen nahm ich den Artikel ins Büro mit und legte ihn auf Si Walthers Schreibtisch, in der Hoffnung, daß er ein Klassiker würde, wenn er unverändert in Druck ging. Ich nannte ihn »Der kleine Krieg des Joe Lee Cuddard.«

Bis kurz vor Mittag hörte und sah ich nichts von Si. Dann kam er und ließ den Artikel auf meinen Tisch fallen. »Sorry«, sagte er.

»Was ist denn los damit?«

»Teufel auch, eine prima Geschichte. Aber wir drucken keine Literatur. Sie hätten besser recherchieren sollen, Marty, wie Sie es ja sonst auch immer machen. Der Untersuchungsrichter sagt, die beiden lagen seit vielleicht acht Monaten da auf dem Grund des Kanals. Sam hat das Mädchen von der Klinik untersuchen lassen. Vor acht Monaten war sie mehr tot als lebendig. Vermutlich war es so, daß der Junge zu ihr kam und feststellte, daß es ihr schlecht ging, und da kriegte er es mit der Angst zu tun und beschloß, sie auf dem schnellsten Wege nach Miami zu bringen. Sie hatte noch ihren Schlafanzug an, mit einem Pullover drüber. Auf die Art wird's eine Schicksalsgeschichte. Ich hab' sie von Helen schreiben lassen. Auf Seite eins der heutigen Nachmittagsausgabe. Eingerahmt.«

Ich nahm meinen wertlosen Artikel, zerriß ihn und warf

ihn in den Papierkorb. Sergeant Lazeers falsche Mutmaßungen über die Identität seines Mondschein-Roadrunners hatten dafür gesorgt, daß ich wie ein unfähiger Blödmann dastand. Ich schwor mir, sämtliche Fakten zu kontrollieren, sämtliche Namen zu überprüfen, und mich niemals wieder in glühende, flockige erdbeer-metallic Prosa zu verlieren.

Drei Wochen später erhielt ich einen Anruf von Sergeant Lazeer.

Er sagte: »Ich denke, Sie haben herausgefunden, daß irgendein junger Bursche aus 'nem anderen County in mondhellen Nächten hier rauskommt, um sich 'nen Spaß mit uns zu machen.«

»Ja, das habe ich.«

»Tut mir richtig leid um all die Zeit und Mühe, die Sie sich gemacht haben, als wir alle dachten, wir wären hinter Joe Lee Cuddard her. Wir haben ziemlich klaren Mond zur Zeit, morgen wird's 'n richtiger Vollmond sein. Wenn Sie rüberkommen wollen, zeigen wir ihnen den Spaß, denn jetzt habe ich einen Plan, der todsicher ist. Wir haben ihn letzte Nacht ausprobiert, aber da war noch 'n Fehler drin, und er entwischte uns über 'ne Seitenstraße, von der wir nichts wußten. Morgen kriegt er keine Chance mehr, sich so einfach in Luft aufzulösen.«

Ich erinnerte mich des röhrenden Motors, des blitzartigen Auftauchens einer dunklen Form, des fauchenden Fahrtwindes. Plötzlich kribbelte es auf meinem Handrücken. Ich erinnerte mich der Leere jenes Straßenabschnitts, den wir absuchten. Konnte es soviel Stolz und Leidenschaft, soviel Bemühen und Liebe und Hoffnung geben, daß Clarissa May und Joe Lee für immer über die nächtlichen Straßen ihres heimatlichen Countys rasten, im silbernen Mondlicht durch das Land fegten? Und welche Nachricht hatte all diese Kids aus sechs verschiedenen Counties so schnell zusammengetrommelt?

»Sie! Sind Sie noch dran?«

»Tut mir leid. Ich hab' versucht, meinen Terminplan klarzukriegen. Ich glaube nicht, daß ich es schaffe.«

»Na gut, aber diesmal kriegen wir ihn ganz bestimmt.«

»Ich wünsch' Ihnen alles Glück, Sergeant.«

»Sechs Autos diesmal. Straßenbarrikaden. Und 'n Aufklärungsflugzeug. Wenn er diesmal kommt, hat er keine Chance.«

Ich denke, ich hätte doch hinfahren sollen. Vielleicht hätte ich es wieder gehört, vielleicht wieder den dunklen Umriß gesehen, das Brausen des nächtlichen Windes gespürt – vielleicht hätte mich das von seiner Wirklichkeit überzeugt. Sie haben ihn natürlich nicht erwischt. Aber sie kamen dicht ran, verdammt dicht. Sie hatten gerade genug Platz zwischen einem schweren Straßensperrblock und einer Immergrünen Eiche gelassen; es war so eng, fast unmöglich, da durchzukommen. Aber er schlängelte sich durch, fegte auf die Straße zurück und jagte davon, während hinter ihm das tiefe Dröhnen seines Motors langsam verebbte.

Sergeant Lazeer bereitet verbissen die Falle für den kommenden Monat vor. Er sagt, das sei die letzte. Alles, was er bisher hat, sind zwei kleine Flecken – ein Streifen Farbe auf der rauhen Kante eines hölzernen Sägebocks und einen Farbfleck auf dem Stamm jener Eiche. Erdbeerrot. Mit goldenen Tupfern.

Donald E. Westlake
Das ist der Tod

Es ist schwer, nicht an Geister zu glauben, wenn man selber einer ist. Ich habe mich in einem Anfall von Trotz aufgehängt – stärker als Gekränktheit, aber nicht so würdevoll wie Verzweiflung – und bedauerte die ganze Sache schon, bevor alles noch richtig begonnen hatte. In der Sekunde, in der ich den Stuhl wegtrat, wollte ich ihn zurückhaben; aber die Schwerkraft verwandelte meinen früheren Wunsch in einen augenblicklichen Befehl; der Stuhl wollte sich vom Boden, wo er lag, einfach nicht wieder aufrichten, und meine 193 Pfund hörten nicht auf, an dem dicken Strick um meinen Hals nach unten zu ziehen.

Ich hatte natürlich Schmerzen, ganz entsetzliche Schmerzen, die sich in meinem Hals konzentrierten, aber das Erstaunlichste war, daß meine Wangen anzuschwellen schienen. Ich konnte gerade noch über die runden roten Kugeln schauen, meine Augen starrten im Todeskampf auf die Tür, ich wollte mit schierer Gedankenkraft irgend jemanden zwingen, hereinzukommen und mich zu retten, obwohl ich wußte, daß niemand im Haus war, und außerdem war die Tür sowieso sorgfältig abgeschlossen. Meine strampelnden Beine bewirkten, daß ich mich drehte und wendete, so daß ich manchmal der Tür zugewandt war und manchmal dem Fenster, und meine zitternden Hände kämpften mit dem Strick, der sich so tief in meinen Hals eingeschnitten hatte, daß ich ihn kaum finden, ganz sicher aber nicht lockern konnte.

Ich war außer mir und entsetzt, doch zur gleichen Zeit gab es in meinem Gehirn noch einen Rest distanzierter Beobachtung. Ich schien nun plötzlich überall im ganzen Raum zu sein, innerhalb meines zappelnden Körpers, aber auch außerhalb von ihm, sah meine tobenden Verkrampfungen, das dicke Seil, den schweren Balken, die beiden nicht zueinander passenden Nachttischlampen, die meinen doppelten, zuckenden Schatten an die Wände warfen, die abgeschlossene Tür und das weißbehängte Fenster, dessen Blenden ganz tief heruntergezogen waren. *Das ist der Tod*, dachte ich und wollte ihn jetzt nicht mehr – jetzt, als ich absolut keine Wahl mehr hatte.

Mein Name ist – war – Edward Thornburn, und meine Lebensdaten sind 1938 – 1977. Ich brachte mich knapp einen Monat vor meinem vierzigsten Geburtstag um, obwohl ich nicht glaube, daß die allgemein bekannten Probleme dieses Meilensteins viel, falls überhaupt etwas, damit zu tun hatten. Ich schiebe alles (wie bei den meisten Irrtümern und Niederlagen meines Lebens) auf meine Sterilität. Wäre ich in der Lage gewesen, Kinder zu zeugen, wäre meine Ehe intakt geblieben, Emily mir nicht untreu geworden und ich hätte mir nicht in einem endgültigen Anfall von Trotz das Leben genommen.

Schauplatz war das Gästezimmer in unserem Haus in Barnstaple, Connecticut, und es war ein paar Minuten nach neunzehn Uhr; zu dieser Zeit herrschte schon tiefe Abenddämmerung. Ich war kurz vor sechs vom Büro nach Hause gekommen – ich war Häusermakler, ein ziemlich einträglicher Beruf in Connecticut, obwohl meine Einkünfte in letzter Zeit zurückgegangen waren – und hatte die folgende Notiz auf dem Küchentisch gefunden. »Arbeite mit Greg Antiquitäten auf. Fürchte, du mußt dir dein Abendessen selbermachen. Tut mir leid. Alles Liebe, Emily.«

Greg, der war's – Emilys Liebhaber. Er war Inhaber eines Antiquitätengeschäfts irgendwo an der Ausfallstraße nach New York, und Emily betätigte sich stundenweise als seine unterbezahlte Assistentin. Ich wußte, was die beiden da im Hinterzimmer ihres Ladens miteinander trieben an diesen langen Nachmittagen mitten in der Woche, wenn weder Touristen noch Antiquitätensammler kamen, die sie stören konnten. Ich wußte Bescheid und hatte schon seit mehr als drei Jahren Bescheid gewußt, aber ich hatte nie einen Entschluß gefaßt, wie ich mit meinem Wissen umgehen sollte. Tatsache war, daß ich mir selber die Schuld gab, und deshalb wußte ich nicht, wie ich mich verhalten sollte, falls die häßliche Wahrheit jemals ans Licht käme.

Also verhielt ich mich ruhig, war aber nicht zufrieden. Ich war vielmehr unzufrieden, unglücklich, wütend und ärgerlich – eben trotzig.

Ich hatte schon früher versucht, mich umzubringen. Zuerst mit dem Auto, indem ich es gegen einen herankommenden Lastwagen lenkte (in allerletzter Sekunde riß ich das Steuer herum, mitten im Gekreisch wütender Hupen), indem ich es über die Klippen in den Connecticut River fuhr (auf der äußersten Kante trat ich mit voller Kraft auf die Bremse und hockte eine halbe Stunde schweißgebadet im Wagen, bis ich zurücksetzte), und schließlich, indem ich mich mit dem Wagen quer auf einen der wenigen ebenerdigen Bahnübergänge in unserer Gegend stellte. Aber in den nächsten zwanzig Minuten kam kein Zug, mein Trotz verflüchtigte sich, und ich fuhr nach Hause.

Später versuchte ich, mir die Pulsadern an den Handgelenken aufzuschneiden, stellte aber fest, daß es mir unmöglich war, mit scharfem Metall meine Haut zu verletzten. Unmöglich. Allein die Vorstellung – mein Handgelenk und ganz dicht daran dieser schimmernde Stahl – vertrieb meinen Trotz vollkommen. Bis zum nächstenmal.

Diesmal der Strick, und jetzt klappte es. Ha, ich hatte vollen, totalen Erfolg. Meine Beine strampelten in der Luft herum, die Fingernägel krallten sich in meinen Hals, meine hervortretenden Augen stierten über die geschwollenen dunkelroten Wangen, meine Zunge wurde dicker und wuchs in meine Mund zu einem Ballon an, mein ganzer Körper hüpfte und tanzte wie ein Spielzeug am Ende einer Strippe, und die Schmerzen waren schauderhaft, entsetzlich, nicht auszuhalten. Ich kann's nicht aushalten, dachte ich, das kann niemand aushalten. Der sich zusammenziehende Schmerz in meinem Hals war viel schlimmer, als hätte mich jemand mit dem Messer aufgeschlitzt, mein ganzer Kopf blähte sich vor Schmerzen, drohte zu platzen, mein Gesicht wurde schwarz, meine Augen waren nicht mehr die eines Menschen, und der Druck in meinem Kopf nahm ständig zu, als würde ich explodieren. Endlose, schreckliche Schmerzen, unerträglich, aber länger und länger anhaltend.

Meine Beine strampelten jetzt schon schwächer. Arme und Hände baumelten seitlich herunter, die Finger strichen hilflos über die nassen Hosenbeine, mein Kopf hing in einem merkwürdigen Winkel in der Schlinge, ich drehte mich nur noch langsam in der Luft, wie eine kaputte Windharfe an einem windstillen Tag. Die Schmerzen im Kopf und im Hals ließen nach, gingen jedoch nicht vollständig weg.

Und jetzt sah ich, daß meine geweiteten Augen ihren Glanz verloren hatten und grau geworden waren. Die Feuchtigkeit auf den Augäpfeln war getrocknet, sie waren so tot wie Kieselsteine. Und trotzdem konnte ich sie sehen, meine eigenen Augen, und wenn ich mein Gesichtsfeld vergrößerte, konnte ich meinen ganzen Körper sehen, der da hing und sich drehte, aber nicht mehr zuckte, und mit Entsetzen wurde mir klar, daß ich tot war.

Aber *präsent*. Tot, aber immer noch präsent, mit dem kratzenden Schmerz in der Kehle und dem anschwellenden Druck im Kopf. Präsent, aber nicht mehr in diesem verbrauchten Lehm, diesem baumelnden Fleisch; ich war im ganzen Raum verteilt, wie indirektes Licht, überall anwesend, aber ohne Quelle. Was passiert jetzt? überlegte ich wie betäubt von Angst, Merkwüdigkeiten und anhaltenden Schmerzen, und so wartete ich wie ein schwebender Nebel auf das, was jetzt passieren würde.

Aber nichts passierte. Ich wartete, die Leiche hing absolut still, der doppelte Schatten an der Wand zeigte keinerlei Bewegung, die Nachttischlampen brannten weiter, die Tür blieb verschlossen, die Blenden am Fenster heruntergezogen, und nichts passierte.

Und *nun*? Ich wollte diese Frage laut herausschreien, konnte es jedoch nicht. Meine Kehle tat mir weh, aber ich hatte ja gar keine Kehle mehr. Mein Mund brannte, aber ich hatte gar keinen Mund. Jeder letzte Kampf und jede letzte Bewegung meines Körpers blieben mir ins Gedächtnis festgeschrieben, aber ich hatte keinen Körper und kein Gedächtnis und auch kein Selbst, keine Substanz. Keine Kraft zum Sprechen, keine Kraft, um mich zu bewegen, keine Kraft, um dieses Zimmer zu verlassen und diesen baumelnden Körper. Ich konnte hier nur warten und hoffen und weiter warten.

Auf der Kommode dem Bett gegenüber stand eine Digitaluhr, und als es mir zum erstenmal in den Sinn kam, hinzuschauen, war es sieben Uhr einundzwanzig – vielleicht waren zwanzig Minuten vergangen, seit ich den Stuhl weggetreten hatte, vielleicht fünfzehn Minuten, seit ich gestorben war. Mußte nicht irgend etwas passieren? Nicht irgendeine Veränderung eintreten?

Die Uhr zeigte neun Uhr elf, als ich Emilys Volkswagen an der Rückseite des Hauses vorfahren hörte. Ich hatte keinen Zettel hinterlassen, es hatte nichts gegeben, was ich irgend jemandem hätte sagen wollen; ich war außerdem der Überzeugung, mein toter Körper werde seine eigene Sprache sprechen, aber ich hatte nicht daran gedacht, daß ich *präsent* sein würde, wenn Emily mich fand. Ich hatte das Recht dazu gehabt, das zu tun, was ich getan hatte, wie sehr ich es auch jetzt bedauerte; es war mein Recht, ich wußte, daß es das war, aber ich wollte ganz einfach nicht ihr Gesicht sehen, wenn sie durch diese Tür da käme. Sie hatte mich betrogen, sie war der Grund für alles, das mußte ihr genauso klar sein wie mir, aber ich wollte ihr Gesicht einfach nicht sehen.

Die Schmerzen verstärkten sich in dem, was einmal mein Hals, was einmal mein Kopf gewesen war. Ich hörte, wie weit weg, tief unter mir die Hintertür zuschlug, und bewegte mich wie bei Durchzug im Zimmer, aber ich ging nicht weg. Ich konnte nicht weggehen.

»Ed? Ed? Ich bin's, Schatz!«

Ich weiß, daß du es bist. Ich muß jetzt verschwinden, ich kann hier nicht bleiben. Ich muß weggehen. Gibt es einen Gott? Ist das meine Seele, diese schwebende Präsenz? Die Hölle wäre besser als das hier, nimm mich mit in die Hölle oder wohin auch immer ich muß, aber laß mich hier nicht zurück!

Sie kam die Treppe rauf, rief wieder meinen Namen und ging an der geschlossenen Tür des Gästezimmers vorbei. Ich hörte, wie sie in unser Schlafzimmer trat, hörte sie erneut rufen, spürte die beginnende Angst in ihrer Stimme. Wieder ging sie an meinem Zimmer vorbei und runter ins Wohnzimmer und verstummte.

Was tat sie jetzt? Vielleicht suchte sie nach einer Notiz von mir, irgendeiner Nachricht. Vielleicht schaute sie aus dem Fenster, sah meinen Chevrolet und wußte, daß ich im Haus war. Lief vielleicht durch alle Zimmer dieses Hauses, eine zweihundert Jahre alte Scheune, die irgendeiner der Vorbesitzer unmittelbar nach dem zweiten Weltkrieg umgebaut hatte und die ich vor zwölf Jahren gekauft hatte; eingerichtet wurde sie von Emily – und diesem Greg – mit ihren endlosen, verdammten, schrecklichen Antiquitäten. Shaker-Möbel, Möbel im Kolonialstil, handgearbeitete Teppiche und Decken, diese alten gelben Holztische, die einem immer den Eindruck vermitteln, man befinde sich irgendwo in einem ziemlich schäbigen, unbedeutenden Museum – dieses Haus, das ich gekauft, aber nie geliebt habe. Ich hatte es für Emily gekauft, hatte überhaupt alles für Emily getan, weil ich genau wußte, daß ich das eine, worauf es wirklich ankam, niemals für Emily tun können würde. Ich könnte ihr niemals ein Kind machen.

Sie war natürlich nicht schuld daran. Emily ist gut, ich habe ihr niemals die Schuld daran gegeben, ihr niemals vollständig die Schuld daran gegeben an meiner statt. In den ersten Tagen unserer Ehe machte sie ein paar wehmütige Bemerkungen, aber ich schätze, sie sah die Wirkung, die das auf mich hatte, und dann sagte sie lange Zeit gar nichts mehr dazu. Aber ich wußte Bescheid.

Der Balken, an dem ich mich aufgehängt hatte, war Teil der ursprünglichen Gestalt des Hauses, ein mächtiges, von Hand behauenes Stück alten Holzes, achtundzwanzig Zentimeter im Quadrat, das die Spuren des Beils trug, das es geformt hatte.

Ein mächtiger Balken, der mein Gewicht für immer und ewig tragen konnte. Er würde mich tragen, bis ich gefunden und abgeschnitten wurde. Bis ich gefunden wurde.

Die Uhr zeigte neun Uhr dreiundzwanzig, Emily war jetzt zwölf Minuten im Haus, und nun kam sie mit schnellen, leichten Schritten über das alte Dielenholz näher, hielt inne, blieb stehen. »Ed?«

Der Türknopf wurde gedreht.

Die Tür war natürlich abgeschlossen, der Schlüssel steckte von innen im Schloß. Sie müßte sie schon aufbrechen oder jemand anderen rufen, der sie aufbräche. Vielleicht würde sie gar nicht diejenige sein, die mich findet. Hoffnung wallte in mir auf, die Schmerzen ließen nach.

»Ed? Bist du da drin?« Sie klopfte an die Tür, rüttelte am Griff, rief mehrmals meinen Namen, dann drehte sie sich plötzlich um und rannte nach unten, und einen Moment später hörte ich ihre Stimme, aber undeutlich und murmelnd. Sie hatte jemand angerufen.

Greg, dachte ich, und in meinem Hals begann es wieder zu kratzen; ich wollte, daß dies jetzt das Ende war. Ich wollte weggebracht werden, der tote Körper und die lebendige Seele, nur noch weggebracht werden. Ich wollte, daß alles zu einem Ende kam.

Sie blieb unten, während sie auf ihn wartete, und ich blieb oben, während ich auf sie beide wartete. Vielleicht wußte sie ja schon längst, was sie hier vorfinden würde, vielleicht blieb sie deshalb unten.

Daß ich präsent war, wenn Greg reinkam, darum machte ich mir keine Sorgen. Darum Nicht. Emily war es, um die ich mich sorgte.

Die Uhr zeigte neun Uhr vierundvierzig, als ich Reifen auf dem Kies neben dem Haus vernahm. Er trat ein, ich hörte sie unten reden, die tiefere, männliche Stimme langsam und beruhigend, die hellere, weibliche hastig und verängstigt, und dann kamen sie beide nach oben, ohne zu sprechen. Der Türknopf drehte sich, wurde hin- und hergerüttelt, und Gregs Stimme rief: »Ed?«

Nach einem Moment der Stille Emilys Stimme. »Er hat sich doch nichts ... er hat sich doch nichts angetan, oder?«

»Was angetan?« Greg klang schon fast ärgerlich über diese Frage. »Was soll das heißen?«

»Er war so deprimiert, er hat ... Ed!« Heftiges Rütteln an der Tür, sie vibrierte mit dem ganzen Rahmen.

»Emily, nicht! Bleib ruhig.«

»Ich hätte dich nicht anrufen sollen«, sagte sie. »Ed, bitte!«

»Warum nicht? Um Himmels willen, Emily ...«

»Ed, bitte komm raus, jag mir doch nicht so einen Schreck ein!«

»Warum hättest du mich nicht anrufen sollen, Emily?«

»Ed ist ja nicht dumm, Greg. Er ist ...«

Dann gab es eine kurze Pause, in der leise gemurmelt wurde. Sie hielten mich für lebendig, hier in diesem Zimmer, und wollten nicht, daß ich hörte, wie Emily sagte: »Er weiß Bescheid, Greg. Er weiß alles über uns.«

Das Gemurmel ging weiter, dann sagte Greg laut: »Das ist doch lächerlich. Ed? Komm raus, Ed, laß uns darüber reden.« Der Türgriff wurde wieder hin- und hergerüttelt, und jetzt klang Gregs Stimme ärgerlich, als er weitersprach. »Wir müssen da rein, das ist alles. Gibt es noch einen anderen Schlüssel?«

»Ich glaube, alle Schlösser hier oben haben den gleichen Schlüssel. Moment mal.«

Das stimmte. Ein einfacher Dietrich konnte alle Innentüren des Hauses öffnen. Ich wartete und lauschte, wohl wissend, daß Emily gegangen war, um einen anderen Schlüssel zu suchen, und auch wissend, daß sie in Kürze zusammen reinkommen würden, und da verspürte ich ein solches Entsetzen und einen solchen Abscheu davor, daß Emily hereintrat, daß ich fühlte, wie ich in dem Zimmer schimmerte wie ein Spiegelbild in einem halbblinden Spiegel. Oh, könnte ich nicht wenigstens aufhören zu sehen? Als Lebender hatte ich Augen, aber auch Augenlider, ich konnte das Unerträgliche ausschließen, aber jetzt war ich nur eine Präsenz, eine totale Präsenz, ich konnte mein Bewußt-Sein nicht ausschalten.

Das Quietschen des Schlüssels im Schloß kam mir vor, als drehte sich scharfkantiges Metall in meiner Kehle, in meiner Erinnerung an eine Kehle. Schmerz flackerte in mir auf, und durch diesen Schmerz hörte ich Emily fragen, was los sei, und hörte, wie Greg antwortete: »Der Schlüssel steckt von innen im Schloß.«

»Oh, großer Gott! Greg, um Himmels willen, was hat er gemacht?«

»Wir müssen die Tür aus den Angeln heben«, sagte er. »Ruf Tony an. Sag ihm, er soll den Werkzeugkoffer mitbringen.«

»Kannst du den Schüssel nicht rausstoßen?«

Selbstverständlich konnte er das, aber er sagte sehr bestimmt: »Mach schon, Emily«, und ich verstand, daß er überhaupt nicht die Absicht hatte, die Tür auszuheben. Alles, was er wollte, war, daß sie weg war, wenn die Tür aufgemacht wurde. Oh, sehr gut, wirklich sehr gut!

»In Ordnung«, sagte sie mit zweifelnder Stimme, und ich hörte, wie sie nach unten ging, um Tony anzurufen. Ein junger Mann mit einem gewaltigen schwarzen Haarschopf, olivgrüner Gesichtsfarbe und buschigen Augenbrauen. Tony wohnte in Gregs Haus, war so eine Art Mädchen für alles. Er erledigte allerhand Arbeiten im Haus und war (so sagte Greg) ganz geschickt bei der Restauration von Antiquitäten; Farbe abziehen, zerbrochene Teile reparieren, solche Sachen.

Wieder heftiges Rütteln an der Tür, denn Greg versuchte, sie vor Emilys Rückkehr aufzukriegen. Ganz plötzlich und unerwartet verspürte ich eine gewisse Sympathie für Greg. Er war kein schlechter Kerl. Würde er sie jetzt heiraten? Sie könnten hier in diesem Haus wohnen, er hatte mehr für dessen Einrichtung getan als ich. Oder würde dieses Zimmer eine zu schlimme Erinnerung bewahren, würde Emily das Haus verkaufen und irgendwoanders leben? Vielleicht müßte sie es zu einem geringeren Preis verkaufen; als Makler wußte ich, wie schwer es war, ein Haus zu verkaufen, in dem ein Mord passiert war. Ganz egal, wie viele Witze die Leute darüber machen, sie haben immer noch Angst vor dem Übernatürlichen. Viele würden denken, in diesem Zimmer spuke es.

Das war der Moment, in dem mir endlich klar wurde, daß es in diesem Zimmer tatsächlich spukte. Durch mich! Ich bin ein Geist, dachte ich, und sagte mir dieses Wort zum erstenmal, vollkommen überrascht. Ich bin ein Geist. Oh, wie schrecklich! Hier zu schweben, eine knochen- und fleischlose Präsenz zu sein, eine Art ektoplasmischer Moder, der durch Tage und Nächte dringt, allein, unendlich, ein blöder, von Schmerz und Elend geplagter Beobachter des Kommens und Gehens fremder Menschen – sie würde das Haus verkaufen, sie mußte einfach, da war ich ganz sicher. War das meine Strafe? Die Strafe für den Selbstmord, die einsame Hölle dessen, der sich das Leben nimmt? Für immer und ewig ein empfindungsfähiges Nichts zu sein, von einer stärkeren Kraft als der Schwerkraft an den Ort des eigenen Endes gefesselt.

Von diesem Elend wurde ich durch eine lebhafte Bewegung des Schlüssels auf meiner Seite des Schlosses abgelenkt. Ich sah, wie er zitterte und wackelte wie etwas Lebendiges, und dann fiel er raus – er schien *rauszuspringen* wie ein Selbstmörder von einer Klippe –und klirrte auf den Boden, und noch in der gleichen Sekunde wurde die Tür aufgestoßen und Gregs aschfarbenes Gesicht starrte in mein dunkelrotes, und nach der Verblüffung und dem Entsetzen verwandelte sich sein Gesichtsausdruck in Ekel – oder war es Verachtung?, und er zuckte zurück und knallte die Tür hinter sich zu. Wieder drehte sich der Schlüssel im Schloß, dann hörte ich, wie er nach unten hastete.

Die Uhr zeigte neun Uhr achtundfünfzig. Jetzt sagte er es ihr. *Jetzt* gab er ihr einen Drink, um sie zu beruhigen. *Jetzt* rief er die Polizei an. *Jetzt* sprach er mit ihr darüber, ob sie der Polizei etwas von ihrer Affäre sagen sollten; wie würden sie sich entscheiden?

»Neiiiiiiiiiiiiiin!«

Die Uhr zeigte zehn Uhr sieben. Was hatte soviel Zeit in Anspruch genommen? Hatte er die Polizei überhaupt schon angerufen?

Sie kam jetzt die Treppe rauf, stolpernd und eilend, hämmerte gegen die Tür und schrie meinen Namen. Ich verzog mich in die hintersten Winkel des Zimmers. Ich spürte geradezu ihre Faustschläge gegen die Tür, ich verkroch mich vor ihr. Sie darf nicht reinkommen, lieber Gott, mach, daß sie nicht reinkommt! Es ist mir egal, was sie getan hat, mir ist alles vollkommen egal, aber laß nicht zu, daß sie mich sieht! *Mach, daß sie mich nicht sieht!!!*

Greg trat zu ihr. Sie kreischte ihn an, er redete ihr gut zu, sie raste, er argumentierte, sie forderte, er lehnte ab. »Gib mir den Schlüssel. Gib mir den Schlüssel.«

Bestimmt bleibt er standhaft, bestimmt führt er sie weg, bestimmt ist er stärker, kräftiger.

Er gab ihr den Schlüssel.

Nein. Das war nicht auszuhalten. Das ist Horror jenseits aller Schrecken. Sie kam rein, sie kam ins Zimmer, und das Geräusch, das sie machte, wird für immer in meinem Inneren lebendig bleiben. Dieser Schrei war nicht mehr menschlich, es war das Heulen jeder Kreatur, die jemals von der Verzweiflung übermannt wurde. Jetzt weiß ich, was Verzweiflung ist, und warum ich meinen eigenen Zustand lediglich als Trotz, Aufsässigkeit und Wut bezeichnete.

Jetzt, wo alles zu spät war, versuchte Greg, sie zurückzuhalten, versuchte er, ihre Schultern zu packen und sie aus dem Zimmer zu schieben, aber sie machte sich los und ging auf – ging nicht auf mich zu. Ich war überall in diesem Zimmer, gepeinigt von Schmerzen und Zerknirschung, und Emily ging zu dem Kadaver. Sie schaute ihn fast zärtlich an, sie hob sogar die Hand und berührte die geschwollene Wange. »Oh, Ed«, murmelte sie.

Die Schmerzen waren jetzt so stark wie in den Momenten vor meinem Tod. Die schneidende Tortur in meinem Hals, die schreckliche Aufblähung in meinem Kopf – all das ließ mich erneut in Todesqualen zucken; aber ihre Hand auf meiner Wange konnte ich nicht spüren.

Greg folgte ihr, berührte wieder ihre Schulter, und plötzlich löste sich ihr Gesicht auf, sie schrie erneut los und schlang die Arme um die Beine der Leiche, klammerte sich an sie, weinte und keuchte und stammelte Worte, die zu schnell und zu undeutlich waren, als daß man sie hätte verstehen können. Gott sei Dank waren sie zu schnell und zu undeutlich, um verstanden zu werden!

Greg, dieser Idiot, zwang sie schließlich zurück, obwohl er alle Mühe hatte, ihren Griff von der Leiche zu lösen. Aber er schaffte es, zerrte sie aus dem Zimmer und warf die Tür hinter sich zu, und ein paar Minuten lang bewegte und drehte sich die Leiche, bis sie wieder bewegungslos dahing.

Das war das Schlimmste. Nichts konnte so schlimm sein wie das. Die langen Tage und Nächte hier – wie lange muß eine stupide Kreatur wie ich an ihrem Sterbeort herumspuken, bis sie entlassen wird? – würden schrecklich sein, das war mir klar, aber nicht so schlimm wie das hier. Emily würde es überleben, das Haus verkaufen und langsam alles vergessen. (Sogar ich würde langsam vergessen.) Sie und Greg konnten heiraten. Sie war erst sechsunddreißig, sie konnte noch Mutter werden.

Den Rest der Nacht hörte ich sie weinen, irgendwo da unten im Haus. Endlich kam auch die Polizei, und zwei stumme Männer von der Leichenhalle mit grimmigen Gesichtern und weißen Kitteln betraten mein Zimmer und schnitten mich – es – ab. Sie packten es wie ein zerbrochenes Spielzeug in einen großen, ovalen Korb mit langen Handgriffen und trugen es weg.

Ich hatte gedacht, ich könnte gezwungen werden, bei dem Körper zu bleiben, ich hatte die Möglichkeit gefürchtet, mit ihm begraben zu werden und eine Ewigkeit als denkendes Nichts in der schwarzen Finsternis eines Sarges verbringen zu müssen, aber der Körper verließ den Raum, und ich blieb zurück.

Ein Arzt wurde gerufen. Als die Leiche weggetragen wurde, ließ man die Tür offen, und jetzt konnte ich ihre Stimmen unten gut hören. Tony war bei ihnen, ab und zu vernahm ich seine typischen, griesgrämigen, einsilbigen Antworten, doch eine ganze Weile lang war der Arzt der wichtigste von allen. Er versuchte, Emily eine Beruhigungsspritze zu geben, aber sie weinte immer weiter und stieß mit hoher Stimme, überstürzt und gehetzt, hektische Sätze hervor, als habe sie nur wenig Zeit, alles zu sagen. »Ich bin schuld!« winselte sie immer wieder. »Ich war es! Ich bin schuld!«

Jawohl. Das war die Reaktion, die ich gewollt und erwartet hatte, und hier war sie, und es war schrecklich. Alles, was ich mir in den letzten Augenblicken meines Lebens gewünscht hatte, war mir gewährt worden, und alles war auf gespenstische Weise unglaublich. Ich hatte nicht sterben wollen! Ich hatte Emily nicht dieses Leid antun wollen! Und vor allem hatte ich nicht hier sein wollen und all das weder hören noch sehen wollen.

Schließlich schafften sie es, sie zu beruhigen, und dann kam ein Polizist in einem zerknautschten Anzug mit Greg ins Zimmer und hörte zu, während Greg beschrieb, was passiert war. Während Greg sprach, starrte der Polizist ziemlich übellaunig auf den Rest des Strickes, der noch am Balken hing, und als Greg fertig war, fragte er: »Sind Sie ein enger Freund von ihm?«

»Schon eher von seiner Frau. Sie arbeitet für mich. Mir gehört das Bibelot, ein Antiquitätengeschäft an der Straße nach New York.«

»Mmmm. Warum um alles in der Welt haben Sie sie hier reingelassen?«

Greg lächelte, ein schafsköpfiger, peinlicher Gesichtsausdruck. »Sie ist stärker als ich«, sagte er. »Eine durchsetzungsfähigere Persönlichkeit. Das war schon immer so.«

Mit einiger Überraschung wurde mir klar, daß das tatsächlich stimmte. Greg war irgendwie ein Schwächling, Emily hingegen wirklich stark. (Ich war auch irgendwie ein Schwächling, nicht wahr? Emily war die stärkste von uns dreien.)

Der Polizist sagte gerade: »Irgendeine Idee, warum er es getan hat?«

»Ich glaube, er hatte den Verdacht, daß seine Frau eine Affäre mit mir hat.« Es war ganz offensichtlich, daß Greg diesen Satz einstudiert hatte, schon vor einiger Zeit hatte er den Entschluß gefaßt, alles zu sagen, und sich darauf vorbereitet. Er zwinkerte die ganze Zeit, als er sprach, als stünde er in grellem Licht.

Der Polizist schaute ihn rasch und gescheit an. »Hatten Sie eine?«

»Ja.«

»Wollte sie eine Scheidung?«

»Nein. Sie liebte mich nicht, sie liebte ihren Mann.«

»Warum schläft sie dann rum?«

»Emily ›schlief nicht rum‹«, sagte Greg und zeigte seine Verärgerung allein durch die Betonung dieser paar Wörter. »Von Zeit zu Zeit, und nicht besonders häufig, schlief sie mit mir.«

»Warum?«

»Zum Trost.« Jetzt schaute auch Greg zu dem Strick am

Balken auf, als habe das Seil sich in mich verwandelt und als sei es ihm peinlich, in meiner Gegenwart darüber zu sprechen. »Ed war kein Mann, mit dem man es leicht hatte«, sagte er vorsichtig. »Er war launenhaft. Es wurde immer schlimmer.«

»Fröhliche Leute bringen sich ja auch nicht um«, sagte der Polizist.

»Genau. Ed war die meiste Zeit depressiv, ab und zu auf merkwürdige Weise wütend. Das hatte bereits Auswirkungen auf seine Arbeit und kostete ihn einige seiner Kunden. Es bewirkte, daß Emily sich schlecht fühlte, aber trotzdem wollte sie ihn nicht verlasen, sie liebte ihn. Ich weiß nicht, was sie jetzt tun wird.«

»Wollen Sie beide denn nicht heiraten?«

»O nein«. Greg lächelte ein wenig traurig. »Glauben Sie vielleicht, wir hätten ihn umgebracht und ließen es wie Selbstmord aussehen, damit wir heiraten können?«

»Keineswegs«, sagte der Polizist. »Aber wo liegt das Problem? Sind Sie vielleicht schon verheiratet?«

»Ich bin homosexuell.«

Der Polizist konnte nicht überraschter sein als ich. Er sagte: »Das verstehe ich nicht.«

»Ich lebe mit meinem Freund; mit diesem jungen Mann da unten. Ich bin – durchaus fähig, auch gewisse andere Dinge zu tun, doch meine Vorlieben sind eindeutig. Ich mag Emily sehr, sie tat mir leid wegen des Lebens, das sie mit Ed führte. Ich habe Ihnen gesagt, unsere körperlichen Kontakte waren unregelmäßig. Und oft genug nicht besonders erfolgreich.«

Oh, Emily. Arme Emily.

Der Polizist sagte: »Hat Thornburn gewußt, daß Sie – äh – anders sind?«

»Ich habe keine Ahnung. Ich mache das ja auch nicht öffentlich bekannt.«

»In Ordnung.« Der Polizist warf noch einen halb ärgerlichen Blick durchs Zimmer, dann sagte er: »Gehen wir.«

Sie verließen das Zimmer. Die Tür blieb offen, ich hörte sie sprechen, während sie runtergingen. Der Polizist fragte: »Ist jemand da, der über Nacht bleibt? Mrs. Thornburn sollte jetzt nicht allein sein.«

»Sie hat Verwandte in Great Barrington. Ich habe sie bereits angerufen. In Kürze wird bestimmt jemand von ihnen herkommen.«

»Bleiben Sie solange hier? Der Arzt sagt, sie wird vermutlich einschlafen. Nur für den Fall ...«

»Natürlich.«

Das war alles, was ich mitbekommen konnte. Männliche Stimmen murmelten noch eine Weile unten, dann Stille. Ich hörte Autos davonfahren.

Wie kompliziert Männer und Frauen doch sind. Wie dumm sind manche einfachen Dinge. Ich hatte nie jemanden verstanden, am wenigsten mich selber.

In dieser Nacht wurde mein Zimmer noch ein zweitesmal aufgesucht, von Greg, kurz nachdem die Polizei weg war. Er kam rein, wirkte so beleidigt und abgestoßen, als sei die Leiche noch da, stellte den Stuhl aufrecht, kletterte drauf und löste die Reste des Stricks mit einiger Schwierigkeit vom Balken. Als er vom Stuhl stieg, stopfte er sich die Seilreste in die Tasche, dann stellte er den Stuhl an seinen Platz, hob den Schlüssel vom Fußboden auf und steckte ihn ins Schloß, schaltete beide Nachttischlampen aus und verließ das Zimmer. Die Tür zog er hinter sich zu.

Jetzt befand ich mich in der Dunkelheit, die nur von einem dünnen Lichtschimmer unter der Tür und von den Leuchtziffern der Uhr durchbrochen wurde. Wie lange doch eine Minute dauert! Diese Uhr war mein Feind, sie zog jede Minute in die Länge, machte Pause und wartete, machte Pause und wartete, bis ich es nicht mehr aushalten konnte, und dann erst leuchtete die nächste Ziffer auf. Sechzigmal pro Stunde, Stunde um Stunde, die ganze Nacht lang. Ich konnte das keine Nacht lang aushalten, wie sollte ich es eine ganze Ewigkeit ertragen?

Und wie sollte ich die Tortur und die Qualen in meinem Gehirn aushalten? Das jetzt war viel schlimmer als die körperlichen Schmerzen, die mich nie ganz verließen. Ich hatte richtig gelegen bei Emily und Greg, aber gleichzeitig war ich hoffnungs- und gedankenlos im Irrtum gewesen. Ich hatte recht gehabt mit meinem Leben, dennoch hatte ich mich geirrt, ich hatte recht gehabt mit meinem Tod und dennoch falsch gelegen. Wie gern hätte ich alles wiedergutgemacht, und wie unmöglich war es gewesen, überhaupt noch irgend etwas zu tun. Jede meiner Handlungen hatte darauf abgezielt, und alles endete mit schwarzer, völliger Zerknirschung, der schlimmsten aller vorstellbaren Qualen.

Ich hatte die ganze Nacht Zeit, um nachzudenken und die Schmerzen zu spüren und zu warten, ohne zu wissen, worauf ich eigentlich wartete oder wann – falls überhaupt – mein Warten jemals enden würde. Schwach hörte ich die Ankunft von Emilys Schwester und ihrem Schwager, das Murmeln ihrer Gespräche, dann die Abfahrt von Tony und Greg. Nicht lange danach öffnete sich die Tür des Gästezimmers, schloß sich aber fast sofort wieder, ohne daß jemand hereingekommen wäre, und ein wenig später ging das Licht im Flur aus, und jetzt waren es nur noch die Ziffern der Uhr, die in der Dunkelheit leuchteten.

Wann würde ich Emily das nächste Mal sehen? Würde sie dieses Zimmer jemals wieder betreten? Es würde dann nicht so schrecklich sein wie beim erstenmal, aber bestimmt immer noch schlimm genug.

Die Dämmerung ließ die Blende am Fenster grau werden, langsam trat das Zimmer aus der Dunkelheit hervor, schummrig, still und verdrießlich. Offensichtlich war dies ein sonnenloser Tag, an dem es nie richtig hell werden würde. Er zog sich hin und zog sich hin, ohne Konturen, jede einzelne lange Minute von der Uhr vermerkt. Manchmal hatte ich Angst, jemand käme in dieses Zimmer, und manchmal betete ich um etwas, egal, was – sogar um Emilys Anwesenheit –, das diese nicht endenwollende, deprimierende Abwesenheit unterbräche. Aber der Tag ging ohne jedes Ereignis vorüber, kein Geräusch, nirgendwo irgendeine Aktivität – vermutlich hielten sie Emily an diesem ersten Tag ununterbrochen unter Beruhigungsmitteln –, und es war erst zur Abenddämmerung, um sechs Uhr zweiundfünfzig auf der Digitaluhr, als die Tür geöffnet wurde und jemand ins Zimmer trat.

Zuerst erkannte ich ihn nicht. Ein ärgerlich dreinblickender Mann, grob und entschlossen, kam mit schnellen, stolpernden Schritten herein, schaltete beide Nachttischlampen an, schlug die Tür mit mehr Wucht zu, als eigentlich nötig, und schloß sie mit dem Schlüssel ab. Trotzig war sein Verhalten, und erst, als er sich von der Tür umdrehte, sah ich voller Ungläubigkeit, daß er ich war. Ich! Ich war gar nicht tot, ich war lebendig! Aber wie konnte das sein?

Und was trug er da in der Hand? Er holte den Stuhl aus der Ecke, plazierte ihn mitten im Zimmer, stieg drauf –

Nein! Nein!

Er band den Strick um den Balken. Die Schlinge war bereits am anderen Ende geknüpft, jetzt steckte er den Kopf hindurch und zog sie am Hals fest.

Großer Gott, nicht!

Er trat den Stuhl beiseite.

In der Sekunde, in der ich den Stuhl wegtrat, wollte ich ihn zurückhaben; aber die Schwerkraft verwandelte meinen früheren Wunsch in einen augenblicklichen Befehl; der Stuhl wollte sich vom Boden, wo er lag, einfach nicht wieder aufrichten, und meine 193 Pfund hörten nicht auf, an dem dicken Strick um meinen Hals nach unten zu ziehen.

Ich hatte natürlich Schmerzen, ganz entsetzliche Schmerzen, die sich in meinem Hals konzentrierten, aber das Erstaunlichste war, daß meine Wangen anzuschwellen schienen. Ich konnte gerade noch über die runden roten Kugeln schauen, meine Augen starrten im Todeskampf auf die Tür, ich wollte mit schierer Willenskraft irgend jemanden zwingen, hereinzukommen und mich zu retten, obwohl ich wußte, daß niemand im Hause war, und außerdem war die Tür sowieso sorgfältig abgeschlossen. Meine strampelnden Beine bewirkten, daß ich mich drehte und wendete, so daß ich manchmal der Tür zugewandt war und manchmal dem Fenster, und meine zitternden Hände kämpften mit dem Strick, der sich so tief in meinen Hals eingeschnitten hatte, daß ich ihn kaum finden, ganz sicher aber nicht lockern konnte.

Ich war außer mir und entsetzt, doch zur gleichen Zeit gab es in meinem Gehirn noch einen Rest distanzierter Beobachtung. Ich schien nun plötzlich überall im ganzen Raum zu sein, innerhalb meines zappelnden Körpers, aber auch außerhalb von ihm, sah meine tobenden Verkrampfungen, das dicke Seil, den schweren Balken, die beiden nicht zueinander passenden Nachttischlampen, die meinen doppelten, zuckenden Schatten an die Wände warfen, die abgeschlossene Tür und das weißbehängte Fenster, dessen Blenden ganz tief heruntergezogen waren. Das ist der Tod.

Philip José Farmer

Die Offenbarung des Johannes

Der Verfilmung erster Teil

Gott sprach: »Man bringe Cecil B. DeMille vor mich.«

»Tot oder lebendig?« fragte der Erzengel Gabriel.

»Ich will ihm ein Angebot machen, das er nicht ablehnen kann. Könnte selbst Ich das einem Toten machen?«

»Oh, ich verstehe«, sagte Gabriel und verstand nichts. »Es soll geschehen.«

Und es geschah also.

Cecil Blount DeMille stand einigermaßen benommen vor dem Schreibtisch. Ihm paßte das ganz und gar nicht. Er war es gewohnt, hinter dem Schreibtisch zu sitzen, während andere standen. Doch in Anbetracht der Umstände konnte er sich schlecht dagegen verwahren. Mit dem gewaltigen, göttlich schönen, bärtigen, Pfeife rauchenden Mann hinter dem Schreibtisch war wohl nicht gut Kirschen essen. Trotzdem, seine grauen Augen, wenn sie auch stahlhart schienen, blickten nicht ganz so wie die eines Bankers von der Wall Street. Ein Funken Mitgefühl glomm darin.

Da er nicht imstande war, in diese Augen zu blicken, sah DeMille auf den Engel neben ihm. Er hatte immer gedacht, Engel hätten Flügel. Dieser hier hatte keine, obwohl er gewiß fliegen konnte. Er hatte DeMille in den Armen durch die Stratosphäre zu einer Stadt von lauterem Golde gebracht, irgendwo zwischen Erde und Mond. Und das ohne Raumanzug.

Gott, wie alle großen Wesenheiten, kam direkt zur Sache.

»Wir haben 1980 Anno Domini. In zwanzig Jahren beginnt das Tausendjährige Reich Christi. Der Tag des Jüngsten Gerichts. Die Ereignisse sind im Buch der Offenbarung oder der Apokalypse von Johannes dem Theologen geschildert. Du weißt, die sieben Siegel, die vier Reiter, der Blut triefende Mond, Harmagedon und all das.«

DeMille wünschte sehnlichst, man hätte ihm angeboten, sich zu setzen. Einundzwanzig Jahre lang tot gewesen zu sein, ohne auch nur einmal einen Muskel zu bewegen, schien ihn doch geschwächt zu haben.

»Setz dich«, sprach Gott. »Gabriel, reich dem Mann einen Brandy.« Er sog an seiner Pfeife und paffte vor sich hin, winzige Blitze durchzuckten die Rauchwolken.

»Hier, bitte, Mr. DeMille«, sagte Gabriel und reichte ihm den Branntwein in einem geschliffenen Kristallglas. »Napoleon 1880.«

DeMille wußte, daß es einen hundert Jahre alten Brandy überhaupt nicht geben konnte, aber er wollte sich nicht streiten. Das Zeug schmeckte jedenfalls so gut, als ob es tatsächlich so alt wäre. Die hier verstanden wirklich zu leben.

Gott seufzte und sprach: »Das Hauptproblem ist, daß immer weniger Menschen an Mich glauben. Meine Macht ist nicht mehr das, was sie einmal war. Die alten Götter, Zeus, Odin und der ganze Trupp verloren an Kraft und schwanden schlicht dahin, als ihre Gläubigen aufhörten, an sie zu glauben.

Daher kann Ich den Weltuntergang nicht mehr allein inszenieren. Ich brauche jemand mit Erfahrung, technischem Know-how, Verbindungen und einem untadeligen Ruf. Jemand, von dem die Leute wissen, daß es ihn wirklich gegeben hat. Dich. Es sei denn, du wüßtest einen, der mehr Bibelepen gedreht hat als du.«

»Das wär ja das letzte«, erwiderte DeMille. »Aber was ist mit den Gewerkschaften? Die haben mir ganz schön zu schaffen gemacht, diese kommunistischen Mist ..., eh, Dingsbumse, da. Sind die immer noch so stark wie damals?«

»Du hast ja keine Ahnung, wie die jetzt um sich dreschen.«

DeMille biß sich auf die Lippen und sagte bloß: »Die muß man auflösen. Wenn ich nur zwanzig Jahre habe, so einen monumentalen Film zu machen, kann ich mich nicht von diesem arbeitsscheuen Gesindel aufhalten lassen.«

»Nicht daran zu denken«, sagte Gott. »Alle würden streiken, und Verzögerungen können wir uns nicht leisten.«

Er blickte auf seine große Bahnhofsarmbanduhr. »Unser Zeitplan wird reichlich eng.«

»Bei all ihren Tarifordnungen, dem Gezänk zwischen den Einzelgewerkschaften und der ganzen sozialen Abfederung kann man überhaupt nichts schaffen. Und dazu noch die Löhne! Kein Wunder, daß es so schwierig ist, am Ende gar Gewinn zu erzielen. Die Schinderei ist gewaltig.«

»Ich kann mir jederzeit D. W. Griffith holen.«

DeMille lief rot an. »Ihr wollt doch keine zweitklassige Produktion, Herr? Nein, nein, das geht in Ordnung. Ich mache es, ich allein!«

Gott lächelte und lehnte sich zurück. »Habe ich mir gedacht. Übrigens, du bist nicht gleichzeitig Produzent, das bin ich. Meine Engel werden die geschäftsführenden Produktionsleiter sein. Die haben schon Jahrtausende lang nichts Rechtes zu tun gehabt, und, wie bekannt, Müßiggang ist aller Laster Anfang, ha, ha, ha! Du bist natürlich der Hauptregisseur. Aber das wird eine Riesenaufgabe, du brauchst mindestens hunderttausend Regieassistenten.«

»Aber ... das heißt ja an die neunundneunzigtausend Hilfsregisseure ausbilden!«

»Das ist noch die geringste Sorge. Du begreifst jetzt, warum ich mit der ganzen Sache sofort anfangen will.«

DeMille umklammerte die Armlehne des Sessels und fragte mit schwacher Stimme: »Wer soll das denn alles finanzieren?«

Gott runzelte die Stirn. »Das ist auch so ein Problem. Mein Widersacher beherrscht alle Banken. Wenn es ganz schlimm kommt, könnte ich die Himmlische Stadt einschmelzen und verkaufen. Aber der Goldpreis würde dann gewissermaßen in die Hölle stürzen. Und ich müßte nach Beverley Hills umziehen. Der Smog ist dort kaum auszuhalten, und die

Preise, die für Häuser verlangt werden, sind horrend. Wie dem auch sei, Ich werde das Geld schon auftreiben. Überlaß das Mir.«

Die Männer, denen die amerikanischen Banken eigentlich gehörten, saßen um einen langen Mahagonitisch in einem Konferenzraum in einem Wolkenkratzer in Manhattan. Der Vorsitzende des Aufsichtsrats thronte am oberen Ende. Er hatte weder Hörner noch Schwanz und Hufe, die ihm die Legenden andichteten. Es war auch kein Schwefelgestank um ihn. Eher duftete er nach herbem Sekt. Er war verflucht schön und der größte und ansehnlichste von allen Männern im Saal. Seinem Aussehen nach hätte er der oberste der Engel sein können, und das war er vordem auch. Seine Augen blickten böse, aber nicht böser als die der anderen um den Tisch, abgesehen von einem.

Die Ausnahme, Raphael, saß am anderen Ende. Lediglich die blutunterlaufenen Augen paßten nicht zu seiner engelgleichen Erscheinung. Sein Appartement auf der West Side hatte Wände so dünn wie Papier, und die Tanzparty nebenan hatte ihn fast die ganze Nacht nicht schlafen lassen. Trotz seiner Übermüdung hatte er das ihm aufgetragene Angebot sehr wirkungsvoll dargelegt.

Don Francisco »The Fixer« Fica trank sein sechstes Glas Wein, um sich Mut zu machen, bekreuzigte sich sehr zum Mißfallen des Vorsitzenden, schluckte und sagte dann: »Ich bedauere, Signor, aber die Abstimmung ist nun mal so und nicht anders ausgefallen. Einhundert Prozent. Das ist ein sauberes geschäftliches Angebot und völlig legal dazu. Nichts kann uns hindern, einen Riesenprofit daraus zu ziehen. Wir sind entschlossen, den Film zu finanzieren, auf Teufel komm raus!«

Satan erhob sich von seinem Sitz und schlug mit einer gewaltigen, wohl manikürten Faust auf den Tisch. Gläser mit Vino kippten um, halbvolle Teller mit Pasta und Spaghetti schepperten. Alle wurden blaß, Raphael ausgenommen.

»Dio motarello! Lecaculi! Cacasotti! Non romperci i coglioni! Ich bin der Vorsitzende, und ich sage nein, nein, und abermals nein!«

Fica blickte die anderen Oberhäupter der Familien an. Mignotta, Fregna, Stronza, Loffa, Recchione und Bocchino schienen eingeschüchtert, aber jeder gab durch Kopfnicken zu verstehen, Fica solle fortfahren.

»Es tut mir wirklich leid, daß Sie sich unserer Auffassung nicht anschließen können«, sagte Fica. »Aber wenn dem so ist, muß ich Sie bitten, Ihren Rücktritt zu erklären.«

Nur Raphael konnte dem Großen in die Augen sehen, doch Geschäft war Geschäft. Satan fluchte und stieß Drohungen aus. Es half ihm nichts, er verlor alle seine Aktienanteile. Als der reichste Mann der Welt war er in den Saal getreten, und nun stürmte er hinaus ohne jeden Pfennig und als ein ausgestoßenes Mitglied der Organisation.

Raphael holte ihn ein, als er, Verwünschungen murmelnd, die Park Avenue entlangschritt.

»Du bist der Vater der Lüge«, sprach Raphael ihn an, »als Schauspieler oder Politiker kannst du ganz groß herauskommen. In beiden Branchen ist Geld zu scheffeln, auch Ruhm. Wie wär's mit einer Karriere als Schauspieler. Du hast mehr Freunde in Hollywood als sonstwo.«

»Bist du verrückt?« knurrte Satan.

»Nein. Hör zu. Ich habe Vollmacht, dir einen Vertrag für den Film vom Weltuntergang anzubieten. Du wirst eine Hauptrolle haben und in der Werbung obenan stehen. Du mußt die Schlagzeilen nur mit dem Sohn teilen, aber wir könnten dir eine Künstlergarderobe garantieren, die größer ist als seine. Du brauchst nur dich selbst zu spielen, das dürfte dir ein leichtes sein.«

Satan lachte so laut, daß die Leute bis zur übernächsten Kreuzung von den Bürgersteigen flohen. Das Empire State Building schwankte bei dem Wind viel mehr als baustatisch zulässig.

»Du und dein Boss, ihr müßt mich wohl für blöd halten!

Ohne mich wird der Film ein Reinfall, und ihr sitzt schön in der Tinte. Warum sollte ich euch helfen, ich will doch nicht für ewig in einem feurigen Pfuhl enden! Hau ab!«

Raphael rief ihm nach: »Roman Polanski können wir allemal engagieren.«

Raphael erstattete Gott Bericht, der auf seinem Thron aus Jaspis und Karneol ausruhte, über dem ein Regenbogen leuchtete.

»Er hat recht, Eure Göttlichkeit. Wenn er sich weigert mitzuwirken, stirbt das ganze Projekt. Ohne echten Satan keine echte Apokalypse.«

Gott lächelte. »Wir werden ja sehen.«

Raphael wollte ihn fragen, was er im Sinne habe. Aber ein Engel erschien mit dem Ersuchen, Gott möge sich in die Abteilung für Spezialeffekte begeben. Die Techniker kämen mit der Roll-den-Himmel-auf-wie-ein-Buch-Maschine nicht zurecht.

»Schwachköpfe!« grummelte Gott. »Muß ich denn alles selber machen?«

Satan zog in ein Mietshaus in der 121. Straße und beantragte Sozialhilfe. Es lebte sich gar nicht schlecht so, jedenfalls für jemand, der sonst in der Hölle zu Haus war. Doch nach zwei Monaten gingen keine Schecks mit der Unterstützung mehr ein. Es gab keine Arbeitslosigkeit mehr. Um Erwerbsfähige, die nicht arbeiten wollten, war es schlecht bestellt. Die Zentrale Besetzungsabteilung hatte aber auch jeden engagiert als Studioarbeiter oder Star, für Nebenrollen oder als Komparse.

Mittlerweile hatten die Werbeagenturen auf der Erde die Botschaft verbreitet – ob das für gut oder schlecht erachtet wurde, hing vom Standpunkt des einzelnen ab –, daß die Bibel wahr sei. War man nicht Christ, und was schlimmer war, kein aufrichtig gläubiger Christ, so war man der Verderbnis verfallen.

Raphael schoß abermals hinauf in den Himmel.

»Mein Gott, es ist nicht zu glauben, was sich unten abspielt! Die Christen bereuen ihre Sünden und geloben gut zu sein auf immer und ewig, Amen! Die Juden, Moslems, Hindus, Buddhisten, Scientologen, Animisten und wer sonst noch alles drängen sich um die Taufbecken. Selbst die Atheisten haben sich bekehrt, und alle kommunistischen und marxistisch-sozialistischen Regierungen sind gestürzt.«

»Sehr hübsch«, meinte Gott, »aber Ich bin von der Aufrichtigkeit der christlichen Nationen erst überzeugt, wenn sie ihre gegenwärtigen Regierungen davonjagen und selbst den letzten amtlichen Hundefänger nicht mehr dulden.«

»Genau das tun sie ja!« rief Raphael. »Vielleicht, o Herr, habt Ihr das noch nicht ganz ermessen. So steht es jedenfalls im Buch der Offenbarung nicht drin. Wir werden das Drehbuch ganz schön umschreiben müssen! Es sei denn, Ihr bringt die Sache in Ordnung!«

Gott schien sehr ruhig. »Das Drehbuch? Wie kommt Ellison damit voran?«

Natürlich wußte Gott sehr wohl, was alles vor sich ging, aber manchmal tat Er so, als ob Er etwas nicht wußte. Er brauchte den Vorwand, um reden zu können. Da Er nur hin und wieder ein Gebot zu erlassen hatte, ergaben sich lange Schweigeminuten dazwischen, die mitunter Jahrhunderte dauerten.

Er hatte ausschließlich Science-Fiction-Autoren zur Arbeit am Drehbuch engagiert, denn die waren die einzigen, deren Vorstellungskraft für diese Aufgabe ausreichte. Außerdem ließen sie sich durch wissenschaftliche Unmöglichkeiten nicht aus dem Konzept bringen. Gott mochte Ellison, den Hauptverfasser, denn er war der einzige Mensch, der Ihm bisher begegnet war, der es wagte, Ihm zu widersprechen. Doch auch Ellison war gehandikapt, denn in Gegenwart des Allmächtigen durfte er weder fluchen noch Lästerungen ausstoßen.

»Ellison bekommt einen Schlaganfall, wenn er merkt, daß wir umschreiben lassen«, sagte Raphael. »Er tobt wie ein Irrer, wenn jemand in seinem Text herumpfuscht.«

»Ich lade ihn zum Dinner ein«, sprach Gott. »Wenn er zu eigensinnig ist, schleudere Ich ein paar Blitze durch die Gegend. Das dürfte ihn daran erinnern, daß er sich früher schon einmal verbrannt hat ... Na gut!«

Raphael wollte Gott fragen, wie frei man mit dem Buch umgehen durfte, aber da kam der Oberfinanzchef herein. Der Engel verzog sich. Gott geriet immer aus der Fassung, wenn Er sich mit Geldangelegenheiten abgeben mußte.

Der Oberregieassistent meldete: »Wir stehen jetzt vor einem Riesenproblem, Mr. DeMille. Wir können die Harmagedon-Szenen nicht machen. Israel ist bereit, uns den Schauplatz zu vermieten, aber wo kriegen wir die Streitmacht von Gog und Magog her, die gegen die Kräfte des Guten angeht? Alle haben sich bekehrt. Niemand ist bereit, auf der Seite des Antichrist und Satan zu kämpfen. Das heißt, wir müssen das Drehbuch wieder ändern. Ich möchte aber nicht derjenige sein, der das Ellison beizubiegen hat ...«

»Was soll ich denn noch alles bedenken«, stöhnte DeMille. »Das ist doch überhaupt kein Problem. Engagiert einfach Schauspieler für die Rollen der Schurken.«

»Das hatte ich auch schon überlegt. Aber die fordern eine Zulage. Die sagen, sie könnten möglicherweise Verfolgungen ausgesetzt sein, bloß weil sie die Kerle mit den schwarzen Hüten spielen. Kompensation wegen Schädigung des gesellschaftlichen Ansehens nennen sie das. Und die Berufsverbände und die Gewerkschaften wollen da nicht ran. Gleicher Lohn für alle Kleindarsteller oder kein Film – und dabei bleibt's.«

DeMille seufzte. »Es ist sowieso egal, solange wir Satan nicht bewegen können, sich selbst zu spielen.« Der Assistent nickte. Bis jetzt hatten sie immer um die Teufelsszenen herumgefilmt. Aber viel länger konnten sie die Sache nicht vor sich her schieben.

DeMille erhob sich. »Ich muß mir das Vorspielen für die Große Hure von Babylon angucken.«

Von den hunderttausend Bewerberinnen für die Rolle

waren noch hundert übriggeblieben, aber soweit er sie gesehen hatte, konnte keine davon den Part spielen. Alle waren sie jetzt gute Christinnen, ganz gleich, was sie vorher gemacht hatten; nicht eine war mit dem Herzen bei der Sache. DeMille hatte vorgehabt, die Rolle mit einem Sternchen, seiner allerneuesten Gespielin, einem wilden kleinen Biest, zu besetzen. Die war hundert Prozent richtig dafür, wenn sie hielt, was sie versprach. Aber gerade als er mit ihr zum ersten Mal ins Bett gehen wollte, klingelte das Telefon.

»Laß das Techtelmechtel, C. B.«, hatte Gott gesagt. »Du bist jetzt einer meiner frommen Gläubigen, eines der verlorenen Schafe, die zur Herde zurückgefunden haben. Also Schluß damit. Sonst ab mit dir auf den Friedhof, und ich hole mir Griffith.«

»Aber – aber ich bin schließlich Cecil B. DeMille! Die Vorschriften sind o.k. fürs gemeine Volk, doch ...«

»Wirf das Scharlachweib hinaus! Füg dich oder du fliegst. Wenn du sie heiratest, gut! Aber denk dran, Scheidungen gibt's nicht mehr.«

DeMille war vergnatzt. Die Ewigkeit ließ sich ja an, als ob man ständig neben der Zensurbehörde wohnen mußte.

Am nächsten Tag summte sein Tischapparat, und seine Sekretärin sagte ganz aufgeregt: »Mr. DeMille! Satan ist hier! Auf meinem Terminkalender steht er nicht, er behauptet aber steif und fest, bei Ihnen einen Dauertermin zu haben!«

Dämonisches Gelächter dröhnte aus dem Intercom.

»C. B., alter Junge! Ich hab's mir anders überlegt! Hatte mich anonym für die Rolle beworben, aber dein Blödmann von Assistent hat gemeint, ich sei nicht der Typ dafür. Deshalb lande ich bei dir. Ich kann mit der Arbeit anfangen, sowie wir den Vertrag unterschrieben haben.«

Bei dem Vertrag ging es aber nicht um den, den der große Regisseur im Sinne hatte. Satan rauchte eine dicke Zigarre, gluckste vor Vergnügen und tanzte herum, als er ihm die Klauseln vorlas.

»Und mach dir keinen Kopf wegen der Unterschrift mit

eigenem Blut. Das ist unhygienisch heutzutage. Die Tinte in deinem Parker tut's; mir ist alles recht, wenn's nur in die Hölle führt – echt.«

»Du bekommst immerhin meine Seele«, wandte DeMille ein.

»Dabei mache ich nicht mal einen Reibach. Aber wenn du nicht unterschreibst, spiele ich nicht für euch. Ohne mich geht der Film glatt in die Hose. Kannst ja den Produktionsleiter fragen, der wird's dir bestätigen.«

»Ich ruf ihn auf der Stelle an.«

»Nein! Du unterschreibst jetzt, sofort, sonst steig ich aus für immer.«

DeMille neigte das Haupt, mehr voller Verzweiflung als im Gebet.

»Jetzt!«

DeMille setzte seine Unterschrift auf die punktierte Linie. Er war eigentlich nie richtig unschlüssig gewesen. Dazu war er eben zu sehr Filmregisseur.

Nachdem Satan sich die Hände reibend gegangen war, hämmerte DeMille eine Telefonnummer in die Tasten. Die Schaltkreise leiteten die Signale zu einem Sender, der schickte die Impulse zu einem Satelliten hoch, und von dem wurden sie direkt in die Himmlische Stadt gestrahlt. Irgendwie kam eine falsche Verbindung zustande. Er legte schnell auf, als sich Israel, der Todesengel, meldete. Beim zweiten Versuch kam er durch.

»Eure Göttlichkeit, vermute ich. Wißt Ihr, was ich gerade getan habe? Nur so konnten wir ihn dazu bringen, für uns zu spielen. Ihr versteht das wohl, nicht wahr?«

»Ja, aber wenn du denkst, den Vertrag zu brechen oder Mich zu bewegen, das für dich zu tun, vergiß es. Wie würde Ich denn dastehen, wenn Ich etwas derart Unmoralisches täte. Mach dir keine Sorgen. Er kann seine Krallen erst in deine Seele schlagen, wenn Ich zustimme.«

Mir keine Sorgen machen, dachte DeMille. Wenn einer in die Hölle stürzt, bin ich es, nicht Er.

»Apropos, Krallen. Ich möchte dich an einen Artikel in deinem Vertrag mit dem Studio erinnern. Wenn du je vom Weg des Heils abweichst, und ich denke dabei nicht einmal an das Flittchen, das du beschlafen wolltest, dann stirbst du. Nicht nur die Mafia kann einen Vertrag auslöschen. *Capice?*«

DeMille, dem der kalte Schweiß auf der Stirn stand, legte auf. Gewissermaßen war er bereits in der Hölle. Sein ganzes Leben ohne Frauen, von dem einen Eheweib abgesehen. Es war schon schlimm genug, auf jede Abwechslung verzichten zu müssen – aber was, wenn die eine, die er heiratete, ihn vor die Tür setzte, wie das eine seiner Frauen – wie hieß die doch gleich – getan hatte.

Nicht mal im Suff konnte er seine Ehedramen vergessen. Gott hatte zwar das Trinken in Seinem Buch nicht verboten, hatte aber verkündet, daß Mäßigung bei harten Sachen geboten sei und Ausreden nicht geduldet würden. Vielleicht konnte er wenigstens Bier trinken, so widerwärtig plebejisch das auch war.

Selbst bei seiner Arbeit war er nicht richtig froh. Er wurde einfach nicht mehr so respektiert wie früher. Wenn er die Kameraleute und ihre Gehilfen zusammenschiß, die Beleuchter und die Schauspieler, brüllten die einfach zurück, daß ihm die christliche Demut fehle, daß er zu hochfahrend sei, zu arrogant. Gott würde ihn sich vorknöpfen, wenn er seine Schandschnauze nicht im Zaum hielte.

Das verschlug ihm die Sprache, er zitterte am ganzen Leibe. Er hatte immer gedacht, daß der Regisseur – und nicht Gott – Gott sei und sich entsprechend verhalten. Ihm fiel ein, daß er genau das zu Charlton Heston gesagt hatte, als Heston, der immerhin Moses darstellte, sich einen Wutanfall geleistet hatte, bloß weil er während der Aufnahmen zu den »Zehn Geboten« in einen Haufen Kamelmist getreten war.

Steckte mehr hinter dem Verfilmen des Weltendes, als man von außen wahrnehmen konnte? Hatte Gott scheinbar einem jeden die Sünden vergeben und die Glaubensschwäche, ließ aber alle auf raffinierte, ja hinterhältige Weise dafür büßen? Hatte er vergeben, aber nicht vergessen? Oder umgekehrt?

Gott achtete selbst auf das Fallen eines Sperlings, wenngleich es DeMilles Verständnis überstieg, warum der Sperling, ein bekanntermaßen zudringlicher und unreiner Vogel, in Gottes Augen bedeutsam war.

Er hatte das ungute Gefühl, daß alles gar nicht so einfach und offensichtlich war, wie er gedacht hatte, als man ihn vor der Zeit mit einer Art Kaiserschnitt aus dem Grabe gezogen und wie einen Säugling in Gabriels Armen ins Büro des Obersten Produzenten geschafft hatte.

Aus dem Interview-Feature im »Playboy« vom Dezember 1990.

Playboy: Mr. Satan, warum haben Sie sich überhaupt entschieden, sich selbst zu spielen?

Satan: Verdammt, das möchte ich auch wissen.

Playboy: Es gibt Gerüchte, daß man von Ihnen verlangt, in den Weltuntergangsszenen Kleidung zu tragen, und daß Sie sich standhaft weigern. Ist was dran an den Gerüchten?

Satan: O ja. Alle Welt weiß, daß ich nie bekleidet gehe, es sei denn, ich will unter Menschen erscheinen und nicht unnötige Aufmerksamkeit erregen. Wenn ich Sachen anziehen würde, wäre das unrealistisch. Das wär einfach Schwindel, obwohl es in dem Film, weiß Gott, genug faulen Zauber gibt. Der Produktionsleiter besteht darauf, daß es ein Film auch für Jugendliche in Begleitung Erwachsener wird und nicht einer für Zuschauer über achtzehn. Deshalb habe ich neulich die Aufnahmen geschmissen. Meine Rechtsanwälte liegen jetzt mit dem Studio im Clinch deswegen. Aber Sie können Gift drauf nehmen, ich geh nicht wieder hin, wenn es nicht so gemacht wird, wie ich es will, wie es richtig ist. Schließlich bin ich Künstler, und meine Berufsehre steht auf dem Spiel. Sagen Sie mal selbst, wenn Sie so'n Bolzen hätten, würden Sie den verstecken?

Playboy: Die Bullen in Chicago würden mich festnehmen, ehe ich noch hundert Schritt von meiner Bude weg wär. Ich weiß zwar nicht, ob man mich wegen Erregung öffentlichen Ärgernisses belangen würde oder wegen verschwenderischen Umgangs mit Naturschätzen.

Satan: Die würden nicht wagen, mich zu verhaften. Ich weiß zu viel über die Stadtverwaltung.

Playboy: Ist ja 'n Mordsding. Ich hab immer gedacht, Engel sind geschlechtslos. Sie sind doch ein gefallener Engel, nicht wahr?

Satan: Blödmann! Wie haben Sie denn recherchiert? Steht doch in der Bibel, Erstes Buch Mose, Kapitel 6, Vers 2; da heißt es, daß die Kinder Gottes, also die Engel, die Töchter der Menschen zu Weibern nahmen und ihnen Kinder zeugten. Denken Sie etwa die Kinder waren Retortenbabys? Ich verweise auf Judas 7, Sie Dämel, wo es heißt, daß die Engel wie die Sodomiter Unzucht trieben und unnatürlichen Lastern nachgingen.

Playboy: Pfui! Das stinkt ja nach Pech und Schwefel. Sie brauchen sich nicht gleich so hochzuschaukeln, Mr. Satan. Ich hab mich erst vor ein paar Jahren bekehrt und bin bisher kaum dazugekommen, die Bibel zu lesen.

Satan: Ich les die Bibel jeden Tag. Die ganze. Ich bin ein Schnell-Leser, müssen Sie wissen.

Playboy: Sie lesen die Bibel? (Pause) Hi, hi! Lesen Sie sie vielleicht aus demselben Grund wie W. C. Fields, der Komiker, als er im Sterben lag?

Satan: Was hatte denn der für einen Grund?

Playboy: Er hoffte auf Hintertürchen.

DeMille befand sich in einem Satelliten und dirigierte die Kameraleute, die aus zwanzig Kilometern Höhe die Massenszenen aufnahmen. Der schreckliche Zeitdruck, unter dem er arbeiten mußte, schmeckte ihm ganz und gar nicht. Er hatte überhaupt keine Chance, jede Szene drei bis vier mal zu probieren, um die beste Einstellung herauszubekommen. Oder die Aufnahmen zu wiederholen, wenn die Schauspieler den Text vermasselten; und, du lieber Himmel, das taten sie bei jeder Gelegenheit.

Er wischte sich die Glatze. »Mir ist egal, was der Produktionsleiter sagt. Wir müssen mindestens tausend Einstellungen noch mal machen. Und eine Million Kilometer an Filmlängen haben wir sowieso noch vor uns.«

Sie waren fast am Ende der Szenenfolge mit dem Eröffnen der sieben Siegel. Das Lamm, vom Sohn des Produzenten gespielt, hatte gerade das sechste Siegel aufgebrochen. Das gewaltige Erdbeben, das dann einsetzte, hatte gut geklappt. Die Sonne darzustellen, die schwarz ward wie ein Sargtuch, war ein Kinderspiel gewesen. Doch beim Mond, der rot ward wie Blut, hatte es Farbprobleme gegeben. Auf den Probekopien sah er eher aus wie Orangensaft, nicht wie Hämoglobin. Die Szenen, von denen geschrieben steht: »Und die Sterne des Himmels fielen auf die Erde, gleichwie ein Feigenbaum seine Feigen abwirft, wenn er von großem Wind bewegt wird«, waren nach DeMilles Meinung prächtig gelungen, der visuelle Eindruck zumindest. Nur wußte jedermann, daß die Sterne nicht blitzende, am Himmel befestigte Steinchen sind, sondern kolossale atomare Feuerbälle, von denen ein jeder um ein Vielfaches größer ist als die Erde. Schon ein einziger – von der Erde Millionen Meilen entfernt –, würde sie vernichten. Wo blieb da die Glaubwürdigkeit?

»Ich versteh Sie nicht, Boss«, sagte DeMilles Assistent. »Sie haben sich doch nicht um Glaubwürdigkeit geschert, als Sie die ›Zehn Gebote‹ drehten. Wie Heston, ich meine Moses, das Rote Meer teilt, das war der übelste Trick, den ich je gesehen habe. Er muß Millionen Christen zu Ungläubigen gemacht haben. Trotzdem war der Film ein Kassenschlager.«

»An den tanzenden Girls lag's, die haben die Sache rausgerissen«, schrie DeMille lachend. »Wen kümmert schon all der andere Mist, wenn so viele hübsche, langbeinige Fotzen ihre Schleier wirbeln lassen!«

Seine Sekretärin schwebte von ihrem Bürosessel. »Ich kündige, Sie Chauvischwein! Ich und meine Schwestern sind einfach Fotzen für Sie, Sie kahlköpfiger Arsch?«

Das rote Telefon zur Himmlischen Stadt schrillte, er nahm den Hörer ab.

»Nimm dich in Acht mit deinen Ausdrücken«, donnerte der Produzent. »Wenn du zu oft aus der Reihe tanzt, schick ich dich ins Grab zurück! Und Satan packt dich dann im Handumdrehen!«

Gezüchtigt und vor Wut kochend, machte sich DeMille wieder ans Werk und rief die Trickfabrik in Hollywood an. Mit einem Schwenk des Satelliten um die Erde mußten nun die Szenen gedreht werden, von denen es hieß, »und der Himmel entwich wie ein zusammengerolltes Buch, und alle Berge und Inseln wurden bewegt aus ihren Örtern«. Wenn das Drehbuch im wahrsten Sinne des Wortes diese Bewegung vorgeschrieben hätte, wäre das Problem mit der Tektonik ins Ungeheure gewachsen und die Realisierung wahrscheinlich unmöglich geworden. In dem Falle jedoch brauchte die Abteilung Spezialeffekte die Szenen nur zu simulieren.

Auch so blieb die Finanzlage angespannt. Allerdings bekam der Produzent dank seiner einzigartigen Fähigkeit die prekäre Situation in den Griff. Während im Originalbuch echte Verschiebungen von Grönland, England, Irland, Japan und Madagaskar vorgesehen waren – ganz abgesehen von tausenden kleineren Inseln –, behalf man sich mit der Vorspiegelung falscher Tatsachen.

»Eure Göttlichkeit, ich bringe schlechte Nachrichten«, meldete Raphael.

Der Produktionsleiter war zu beschäftigt, um sich in ein Gespräch über Dinge einzulassen, die er längst wußte. Millionen von Gläubigen waren rückfällig geworden und gaben sich wieder ihrem alten sündhaften Lebenswandel hin. Sie wiegten sich in dem Glauben, da so viele Ereignisse der

Apokalypse nur vorgetäuscht wurden, müsse auch Gott nicht unbedingt fähig sein, irgendwelche echten Katastrophen hereinbrechen zu lassen. Also brauchten sie nicht in Furcht und Schrecken zu leben.

Der Oberste Produzent jedoch hatte beschlossen, einen Teil der Gottlosen auszulöschen; die Erkenntnis, daß Gott durchaus noch was drauf hatte, würde zugleich die Gläubigen stärken.

»Sie werden bald was Echtes bekommen, daß ihnen Hören und Sehen vergeht«, sagte er. »Aber wir müssen DeMille Zeit lassen, seine Kameras an die richtigen Stellen zu bringen. Und wir müssen natürlich auch das Drehbuch umschreiben.«

Raphael stöhnte. »Könnte nicht jemand anderes Ellison das stecken? Der wird entsetzlich hochgehen.«

»Ich werde es selber tun. Du siehst ganz schön geschlaucht aus, Raphael. Du mußt mal ausspannen. Nimm zwei Wochen Urlaub. Aber geh nicht auf die Erde. Da dürfte es für eine ganze Weile sehr ungemütlich werden.«

Raphael, der ein empfindsames Herz hatte, sagte: »Danke, Boss. Ich möchte das lieber nicht mitansehen.«

Das Siegel wurde den Gläubigen auf die Stirne gedrückt, auf daß sie verschont blieben, wenn das dritte Teil der Erde verbrannte und das dritte Teil des Meeres Blut ward und das dritte Teil der Schiffe verderbt wurde (was auch einschloß, daß das dritte Teil der Flugzeuge in der Luft abstürzte, eine Kleinigkeit, die Sankt Johannes übersehen hatte), und das dritte Teil der Wasser zu Wermut ward (eine überflüssige Maßnahme, da ein Drittel bereits gründlich verschmutzt war), und der Tag das dritte Teil nicht schien, und auf daß sie verschont blieben beim Loslassen der riesigen mutierten Heuschrecken aus dem Brunnen des Abgrunds und beim Loslassen der Giftgas schnaubenden mutierten Pferde, die ein Drittel der Menschheit dahinrafften.

DeMille war entzückt. Noch nie waren solche Schreckensszenen gefilmt worden. Und die waren nichts im Vergleich zu den Plagen, die danach kamen. Im Schneideraum blieb davon soviel Material übrig, daß er noch hundert Dokumentarstreifen daraus machen konnte, wenn der Film erst mal gelaufen war. Und dann rief ihn der Produzent an.

»Du mußt wieder Spezialeffekte einsetzen, mein Junge.«

»Aber warum, Eure Göttlichkeit? Wir müssen noch die Szenen mit der Großen Babylonischen Hure abdrehen, mit den beiden Tieren, und die Stirnsiegelung der Gottlosen und das Lamm auf dem Berg Zion mit den hundertundvierundvierzigtausend Knechten Gottes, die mit Weibern nicht befleckt sind, und ...«

»Weil schon keine Gottlosen mehr übrig sind, du Döskopp! Und von den Frommen auch nicht mehr viele!«

»Das ließ sich nicht vermeiden«, erwiderte DeMille. »Diese Feuer und Schwefel schnaubenden Rosse mit den Skorpionsschwänzen waren nicht recht zu bändigen. Aber zumindest müssen wir noch die Szenen drehen, wo der Rest der Menschheit, der die Plagen überlebt, immer noch nicht der Götzenanbetung abschwört und nicht Buße tut für seine Morde, Zauberei, Hurerei und Dieberei.«

»Ändert das Drehbuch.«

»Diesmal schmeißt Ellison bestimmt alles hin.«

»Soll er. Ich hab schon einen Lohnschreiber aus der Provinz. Der kommt auf seine Stelle, ist übrigens billiger.«

DeMille brachte seine Mannschaft von hunderttausend in die Himmlische Stadt. Hier drehten sie den Krieg zwischen Satan und seinen Dämonen auf der einen Seite und Michael und seinen Engeln auf der anderen. Das entsprach nicht der chronologischen Abfolge, wie sie St. Johannes aufgeschrieben hat. Aber die logistischen Probleme waren so enorm, daß man meinte, es sei das beste, diese Szenen gleich mitabzudrehen.

Wie im umgeschriebenen Drehbuch vorgesehen, wurden Satan und seine Heerscharen geschlagen, aber eine Menge von nichtbeteiligten Zivilisten gehörten auch zu den Opfern, darunter DeMilles bester Kameramann. Außerdem wurden die Dreharbeiten aufgehalten, als Satan darauf bestand, daß ein Double die Rolle übernimmt, wenn er vom Himmel auf die Erde geschleudert wird.

»Oder nehmt eine Puppe!« brüllte er. »Zwanzigtausend Klafter tief zu fallen, ist eine verdammt lange Strecke! Wenn ich dabei schwer verletzt werde, bin ich kaum noch in der Lage, die Rolle zu Ende zu spielen.«

Zu der lautstarken Auseinandersetzung zwischen dem Regisseur und Satan kam es am Rande der Himmlischen Stadt. Der Produktionsleiter trat unbemerkt hinzu, stellte sich hinter Satan und stieß ihn zum zweiten Mal während ihrer Bekanntschaft von der Stadt zu gräßlicher Zerschmetterung in wildem Feuerbrand.

Satan kreischte: »Ich geh vor Gericht!«, während er häuptlings auf den Planeten unter ihm zustürzte. Er gab ein wundervolles Schauspiel ab, wie er auflodernd in die Atmosphäre eindrang, aber die Leute auf Erden beachteten das kaum. Sie waren mittlerweile an feurige Zeichen am Himmel gewohnt. Genau genommen, hatten sie das schon ziemlich satt.

DeMille wütete und sprang umher und war außer sich. Nur die Anwesenheit des Produzenten hielt ihn ab, zu fluchen und unflätige Schmähungen auszustoßen.

»Das konnten wir nicht aufnehmen, keine Kamera-Einstellung! Jetzt muß das ganze wiederholt werden!«.

»In seinem Kontrakt steht nur ein Sturz«, sagte Gott. »Dreht, bis er sich erholt hat, die Schlacht zwischen dem Reiter, der da heißt Treu und Wahrhaftig, und dem Tier mit dem falschen Propheten.«

»Und wie mach ich den Höllensturz?« jammerte DeMille.

»Trick siebzehn«, sprach der Produzent und schritt in sein Büro.

Der Schrift nach fuhr ein Engel vom Himmel und band den zerschundenen und versengten, stöhnenden Satan mit einer Kette und warf ihn in den Abgrund, den Grand Canyon.

Und verschloß ihn und versiegelte oben darauf (war das eine tolle Szene!), auf daß Satan nicht mehr verführen sollte die Völker, bis daß vollendet würden tausend Jahre.

Ein paar Jahre später entstand über dem Teufel, der sich in seinen Fesseln unablässig wand, ein Vulkan, und die Umweltschutzbehörde strengte einen Prozeß gegen die Himmlische FilmAG an wegen der daraus erwachsenden Luftverschmutzung.

Dann veranstaltete Gott, der nun sehr mächtig war, da auf Erden nur noch Gläubige existierten, die erste Auferstehung. Nur die Märtyrer wurden dabei erweckt. Und die Erde, auf der wegen der jüngsten Kriege und Heimsuchungen ziemlich viel Platz war, bevölkerte sich plötzlich wieder.

Teil I war beendet bis auf ein paar noch einmal zu drehende Szenen, das Einkopieren von Stimmen und Hintergrundgeräuschen und das Synchronisieren der Musik, die von den Cherubim und Seraphim gespielt wurde (alle jetzt stramm in der Gewerkschaft).

Der große Galaabend der Uraufführung in dem neu erbauten Theater in Hollywood, das sechs Millionen Platz bot, kam heran. Nach der Vorstellung erhob sich das Publikum und bereitete DeMille Ovationen. Aber was »Time«, »Newsweek« und der »Manchester Guardian« über den Film schrieben, war ein einziger Verriß.

»Da sind ja immer noch ein paar Burschen, die in die Hölle gehören«, wetterte Gott.

DeMille machte sich nichts draus. Der Film war ein Kassenschlager erster Güte, allein im ersten halben Jahr spielte er zehn Milliarden Dollar ein. Und wenn er dann noch an die Wiederaufführungen dachte und an die Fernsehrechte … na, hatte einer schon mal was Besseres zustandegebracht?

Tausend Jahre blieben ihm noch. Das hörte sich ziemlich lange an. Jetzt jedenfalls. Aber … was passierte ihm, wenn der Satanas los wurde aus seinem Gefängnis und ausging, zu verführen die Heiden an den vier Enden der Erde. Nach dem Buch, das Johannes der Theologe verfaßt hatte, würde noch einmal eine weltweite Schlacht entbrennen. Satan würde erneut besiegt und in den feurigen Pfuhl und Schwefel geworfen werden.

(Seinen Oscar aber würde er behalten dürfen.)

Würde Gott zulassen, daß Satan DeMille mit sich nahm in den Abgrund, weil er den Pakt mit dem Teufel geschlossen hatte? Oder würde der Herr ihn lange genug erhalten, um auch bei Teil II Regie zu führen? Wenn Satan dann auf ewig begraben war, wäre eine zweite Auferstehung fällig, und die von den Toten Auferstandenen würden gerichtet werden. Die Böcke, die Verderbten, würden in den Pfuhl geschleudert werden, um Satan Gesellschaft zu leisten. DeMille müßte unter den Geretteten sein, den Schafen, gehörte er doch zu den Wiedergeborenen. Bloß da war dieser Pakt mit dem Versucher.

DeMille arrangierte eine Beratung mit dem Produktionsleiter. Vordergründig ging es um Teil II, aber DeMille brachte es fertig, auf das Thema zu kommen, das ihn eigentlich interessierte.

»Ich kann deinen Vertrag mit ihm nicht brechen«, sagte Gott.

»Aber ich habe doch nur unterschrieben, damit Ihr Satan für die Rolle bekommt. Es war die reine Selbstaufopferung. Niemand hat größere Liebe, denn die, daß er sein Leben … und so weiter. Zählt das alles nicht?«

»Reden wir über die Aufnahmen neuer Himmel und neue Erde.«

Wenigstens muß ich nicht in die Hölle, bevor der Film fertig ist, dachte DeMille. Aber danach. Er konnte nicht einmal den Gedanken daran ertragen.

»Das wird ein schreckliches technisches Problem«, fuhr Gott fort und unterbrach DeMilles düstere Überlegungen. »Wenn die zweite Auferstehung stattfindet, wird nicht einmal ein Stehplatz für jeden auf der Erde sein. Deshalb will ich die alte Erde auflösen und eine neue schaffen. Aber ich kann die alte Erde nicht einfach kopieren. Das Problem Lebensraum würde ständig bleiben. Ich erwäge, Dysonsche sphärische Körper zu schaffen.«

»Was ist denn das?«

»Ein Plan eines Mathematikers aus dem zwanzigsten Jahrhundert, der vorsieht, den Riesenplaneten Jupiter in große Stücke zu zerlegen und in eine Umlaufbahn zu bringen, die von der Sonne so weit entfernt ist wie die Erde. Die Oberflächen dieser Brocken würden einer Bevölkerung Raum bieten, die ungleich größer ist als die auf der Erde. Ein wahrhaft göttliches Projekt.«

»Das wär ein atemberaubender Dokumentarfilm, wenn man das drehen könnte. Und wenn wir noch eine Liebesgeschichte einbauen, läßt sich daraus ein teuf..., Verzeihung, himmlisch guter Streifen machen.«

Gott blickte auf seine große Bahnhofsarmbanduhr.

»Ich habe noch einen anderen Termin, C. B. Die Beratung ist beendet.«

DeMille verabschiedete sich und ging niedergeschlagen auf das Portal zu. Er war noch immer ohne Antwort betreffs seines letztendlichen Schicksals. Gott hielt ihn am Gängelband. Er hatte das Gefühl, er würde bis zur letzten Minute nicht wissen, was ihm bevorstand. Tausend Jahre Ungewißheit würde er erdulden müssen, tausend Jahre geistige Qual. Sein Leben würde am seidenen Faden hängen. Würde Gott Nachsicht üben? Wollte er den Helden erst in letzter Sekunde retten?

»C. B.«, sprach Gott.

DeMille drehte sich mit einem Ruck um, das Herz jagte, die Knie wurden ihm weich. Was kam jetzt? Das endgültige Aus? Hatte Gott auf Seinen unerforschlichen und wunderbaren Wegen aus irgendeinem Grunde beschlossen, daß es für ihn kein »Fortsetzung folgt« gab? Das schien unwahrscheinlich. Aber der Oberste Produzent hatte nie in Aussicht gestellt, daß er ihn als Regisseur von Teil II nehmen würde, und erst recht keinen Vertrag mit ihm geschlossen.

Könnte ja sein, daß er wie so viele impulsive Produzenten plötzlich befunden hatte, DeMille sei nicht der Richtige für den Job. Das bedeutete, er könnte jetzt und sofort veranlassen, daß sein Ex-Regisseur vom Fleck weg in den feurigen Pfuhl geworfen wurde.

Gott sagte: »Ich kann deinen Pakt mit Satan nicht brechen ... Also ...«

»Ja?«

DeMilles Stimme klang, als ob er ganz weit entfernt sei.

»Satan kann deine Seele nicht haben, bevor du stirbst.«

»Ja?«

Seine Stimme klang nur noch wie der ersterbende Ton der letzten Tropfen aus einer verstopften Wasserleitung.

»Also, wenn du nicht stirbst, und das hängt natürlich davon ab, wie du dich aufführst, kann Satan nie deine Seele kriegen.« Gott lächelte und sprach: »Auf Wiedersehen in Ewigkeit.«

Harlan Ellison
Die Lachspur

Ich habe meine Tante Babe aus drei Gründen geliebt. Der erste war, daß sie mit mir, obwohl ich erst zehn oder elf war, genauso flirtete, wie mit jedem Mann in jedem Alter, der das Glück hatte, in die Glut ihrer Blickrichtung zu geraten. Der zweite waren ihre Brüste – ich kannte sie als »Tittchen« –, die deine Arterien aussehen ließen wie den Holland Tunnel während der Rush Hour. Und der dritte war ihr Lachen. Nie davor und nie seitdem gab es in der Geschichte dieses Planeten einschließlich jeder Art von Lebensform, sei sie ausgestorben oder noch vorhanden, ein Geräusch, das so fröhlich war wie das Lachen von Tante Babe, das ich mir als Kind vorstellte wie das Geräusch des Toonerville Trolleys, der den Berg runterpoltert. Wenn Du noch nie etwas von diesem uralten Comic gesehen hast, und keine Ahnung hast, wie der Toonerville Trolley ausgesehen hat, vergiß es. Es war ein unglaublich tolles Lachen. Du mußtest einfach auch grinsen.

Meine Tante Babe starb daran, daß sie einschlief und nicht mehr aufwachte – 1955, als ich zwölf Jahre alt war.

Zum ersten Mal erkannte ich ihr Lachen, als ich im November 1957 einen Ausschnitt aus *Leave It to Beaver* anschaute. Es war auf der Lachspur, die sie hineingeschnitten hatten, nachdem die Show aufgenommen war, aber ich war erst vierzehn und dachte, daß das richtige Leute wären, die da über Jerry Mathers Malheur lachten. Ich brüllte meiner Mutter zu, sie solle sofort kommen, und sie kam aus der Küche gerannt, ihre Hände völlig mit Wachs bedeckt, weil sie gerade am Einkochen war, und sie dachte, ich hätte mich verletzt oder so.

»Nein ... nein, mit mir ist alles in Ordnung ... hör' doch!«

Sie stand da und horchte. »Was soll ich denn hören?« fragte sie nach einer Minute.

»Warte ... warte ... da ist es! Hörst Du's? Es ist Tante Babe. Sie ist nicht tot, sie ist bei dieser Show.«

Meine Mutter schaute mich genauso an, wie deine Mutter dich anschauen würde, wenn du etwas in der Art sagen würdest, und sie schüttelte den Kopf und sagte etwas auf Italienisch, das sicher schon mal meine Großmutter vor langer Zeit zu ihr mit dem gleichen Kopfschütteln gesagt hatte; und sie ging wieder zurück, um weiter Brombeeren in Gläser zu zwängen. Und *ich* saß da und schaute dem Beav zu und Eddie Haskell und Whitey Whitney, und war jedes Mal vollkommen erledigt, wenn meine Tante Babe über ihre Witzchen lachte.

Ich hörte das Lachen von Tante Babe bei den *Real McCoys* 1958, bei *Hennessey* und *Die vielen Lieben der Dobie Gillis* 1959, bei der *Andy Griffith Show* 1960; bei *Car 54* und *Wo bist du?* 1962, und in den folgenden Jahren lachte ich gemeinsam mit ihr in der *Dick Van Dyke Show*, der *Lucy Show*, bei *Mein geliebter Marsmensch*, der *Addams Family*, *Bezaubernde Jeannie* und *Get Smart!*

1970 hörte ich meine Tante Babe über *Green Acres* lachen, das ich – obwohl ich Eddie Albert und Alvy Moore eigentlich immer gemocht habe – schrecklich lahm fand; und es machte mir zu schaffen, daß es mit ihrem Geschmack so deutlich abwärts gegangen war. Außerdem machte ihr Lachen einen etwas dünnen Eindruck. Einfach nicht mehr so überschwenglich wie der bergab rasende Toonerville Trolley.

1972 wußte ich, daß etwas nicht stimmte, denn Tante Babe bog sich bei *Me and the Chimp* vor Lachen, während man bei *My World ... And Welcome to It* keinen Ton von ihr hörte.

1972 war ich beinahe dreißig, arbeitete beim Fernsehen, und weil ich mit dem Klang von Tante Babes Lachen schon so lange gelebt hatte, dachte ich nie daran, daß etwas seltsam daran sein könnte, und erwähnte es auch niemandem gegenüber.

Aber dann saß ich eines Nachts mit einer gefrorenen Pizza und einer Dr.-Brown-Limo da und schaute mir eine Episode von dieser Serie an, an der ich gerade schrieb, eine Sitcom namens *Misty Malone*, vielleicht erinnert sich jemand daran, da hörte ich meine Tante Babe über eine Zeile lachen, die der Redakteur nicht verstanden und umgeschrieben hatte. In diesem Moment, wumm! geht mir ein Licht auf, kommt mir die Erleuchtung, kommt das plötzliche Erwachen, und ich höre mich sagen: »Das ist verrückt. Babe ist seit siebzehn Jahren tot und begraben, und es kann einfach nicht sein, daß sie über diese Schwachsinnszeile lacht, die Bill Tidy aus meinen güldenen Zeilen gemacht hat, das ist wirklich vollkommen verrückt. Was zum Henker geht hier eigentlich vor!?«

Abgesehen davon hörte sich ihr Lachen jetzt an, wie ein 1971er Pinto, der mit aufheulendem Motor versucht, aus einer verschneiten Spurrille rauszukommen, in die Asche geschaufelt wurde.

Und ich glaube, daß ich zum ersten Mal kapiert habe, daß Babe nicht am Leben war bei den Aufnahmen von all den Shows in all den Jahren, sondern sich nur auf einer alten Lachspur befand. Dabei erinnerte ich mich an den Nachmittag 1953, als sie mich auf den Hollywood-Ranch-Markt zum Einkaufen mitgenommen hatte, und einer dieser Typen stand da und verteilte Tickets für die Aufnahmen von Fernsehshows, und Babe nahm zwei Tickets für *Our Miss Brooks* und ging mit ihrem damaligem Schwarm hin. Später erzählte sie uns, daß sie Eve Arden lustiger als Lucille Ball fand.

Die Spur mit dem Gelächter von dieser Show von 1953 war offensichtlich immer noch im Umlauf. War tatsächlich zwanzig Jahre lang im Umlauf gewesen. Und zwanzig Jahre lang war meine Tante Babe gezwungen worden, über den gleichen alten Komödienkram zu lachen, immer und immer wieder. Sie mußte über das Salz anstelle des Zuckers in Fred MacMurrays Kaffee lachen; über Oma Clampett, die Buddy Ebsen in Beverly Hills auf Opossumjagd schickte; über den Versuch Bob Cummings, zu verheimlichen, daß Julie Newmar ein Roboter war; darüber, wie der Fonz *beinahe* mit einem Kamm durch seinen Pompadour kam; über all die Verwechslungsgeschichten, über all die unwahrscheinlichen Lösungen von ausweglosen Situationen im letzten Moment und all das großkotzige Schmierentheater von Gilligan bis Gidget. Und ich fühlte mich ganz schrecklich für sie.

Indigene Amerikaner, die wir früher, als ich ein Kind war, noch Indianer nennen durften, glauben, wenn jemand ein Bild von ihnen mit einer Kamera macht, daß die Kiste dann ihre Seele einsperrt. Deshalb gehen sie Fotografen aus dem Weg. Indigene Amerikaner werden selten Bankräuber; in Banken gibt es Kameras. Es gab auch kein Abschlußbild von Cochise in seinem High School-Jahrbuch.

Was wäre, wenn – sagte ich zu mir, wie ich da mit dieser gräßlichen Pizza dasaß, die auf meinem Schoß kalt wurde – was wäre, wenn meine wunderbare Tante Babe, die ein Mädchen aus Ziegfeld war und meinen Onkel Morrie geliebt hatte, und die so großartige Tittchen hatte und nie verraten hat, daß sie ganz genau wußte, was ich tat, wenn ich auf der Fahrt nach Hause im Auto einschlief und mich an sie kuschelte, was wäre wenn die Seele meiner lieben Tante Babe, genauso wie ihr Lachen, auf dieser verdammten Spur gefangen war?

Und was, wenn sie da drinnen war, für immer da drinnen, dazu verdammt, endlos über die schwachsinnige Scheiße zu lachen, die ehemalige Friseure überarbeitet hatten, anstatt im Himmel herumzuschweben und mit den Engeln zu flirten, was ganz sicher ihr angemessenes Schicksal war, wo sie doch so ein toller Mensch gewesen war? Was dann?

Diese Art von Gedanken machte mir ganz schön Kopfschmerzen.

Und ich fühlte mich noch schlechter, je mehr ich drüber nachdachte, weil ich nicht wußte, wie ich die Lage ändern konnte. Ich wußte nur, daß es das war, was meiner Tante Babe passiert war, und daß sie da drinnen war, dazu verdammt, in der blödesten Hölle aller Zeiten zu schmoren. Auf irgendeine mysteriöse Art war sie zu einer ewigen elektronischen Wiederkehr verflucht worden. In der Sprachtherapie gibt es einen Namen dafür: Kataphasie, Sprachwiederholung. Aber an der Häufigkeit, mit der ich Babe zu jener Zeit hörte, und an dem wahllosen Gebrauch, der von ihrem Lachen gemacht wurde – nicht nur bei *M*A*S*H* und *Maude*, sondern auch bei solchen Schlafmitteln wie der *Sandy Duncan Show* und einer Wiederauflage mit Larry Hagman namens *Here We Go Again* –, und daran, daß ihr Lachen anfing zu schlurfen wie ein schlittschuhlaufender Elefant, konnte ich erkennen, daß sie da drinnen nicht gerade viel Spaß hatte. Ich fing an zu glauben, daß sie so eine Art Sklave auf einem Bohnenacker war und immer mal wieder elektronisch zum Lachen gebracht wurde. Sie war ein Videogaleerensklave, einer dieser Sardinenbüchsenmenschen, ein Mitglied einer unheimlichen Meute aneinandergeketteter Sträflinge. Kataphasie, nur schlimmer. Oh, wie sehr wünschte ich mir sie zu retten; sie da rauszuschaffen und ihre gequälte Seele freizulassen wie ein weißes Kaninchen, damit sie in den großen weißen Weiten verschwinden konnte, wo die Worte *Laverne and Shirley* nie im strahlenden Nebel erzittert waren.

Dann ging ich ins Bett und dachte bis 1978 nicht mehr darüber nach.

Im September 1978 arbeitete ich wieder für Bill Tidy. In späteren Jahren würde ich diese pockenverseuchte Zeit als die »Phase, als ich in einen Haufen Tidy hineintrat« bezeichnen. Wir alle haben wohl eine schwarze Eminenz in unserem Leben, die irgendwie einen Fluch über uns legt. Menschen, so geradezu überirdisch abscheulich, daß wir uns fortwährend fragen, wenn wir in ihrer Gesellschaft sind: Warum zum Henker, warum zum Teufel, warum verdammt und verflucht noch mal sitze ich hier mit diesem elenden Stück Scheiße herum? Dies ist der übelste Mensch, der je geboren wurde, und irgend jemand müßte mit einem Stück Kernseife das Leben aus ihm herauswaschen.

Aber nein, da sitzt du, und wenn du das nächste mal wieder blinzelst, sitzt du wieder da. So wird sich wahrscheinlich Katharina die Große bei ihren Treffen mit Rasputin gefühlt haben.

Bill Tidy hatte diese Macht über mich.

1973 war ich ein Komödienschreiber gewesen, der sich emporkämpfen wollte und mit *Misty Malone* seine erste Chance bekommen hatte, mit Tidy als Produzenten. Ein autoritärer Faschist mit dem kreativen Gespür einer Ölpumpe. Aber jetzt, nur fünf Jahre später, lagen die Dinge völlig anders: Ich hatte eine Serie geschaffen, was bedeutete, daß ich ein sich emporkämpfender Komödienschreiber mit einem persönlichen Parkplatz vor dem Studio war; und Bill Tidy, ein direkter Nachfahre des Blob-Ungeheuers, das Steve McQueen fressen wollte, hatte die halbe Fernsehindustrie verschlungen. Er war jetzt die keuchende Hälfte von Tidy-Spellberg Productions, der Partner eines anderen Ex-Friseurs namens Harvey Spellberg, den er bei einem metaphysischen Meditationsworkshop in Reno in Nevada kennengelernt hat. Sie wurden Geschäftsbrüder im Geiste, während sie an irgendwelchen Scheißtischen beteten, bauten auf ihren unfehlbaren Sinn für das Maß an Beleidigung, den das amerikanische Fernsehpublikum ertragen konnte (ein viel höherer Würgreflex-Grad als selbst die Experten vorausgesagt hatten, die damit den Weg für *Three's Company* bahnten), und avancierten in nur wenigen Jahren damit zu den Hoflieferanten von schwafeligem Schwachsinn für drei Fernsehanstalten.

Bill Tidy war für die Kunstwelt das, was Pekin in Nord-Dakota für wildes Nachtleben war.

Aber er war der Schnellste in der Stadt, wenn es darum ging, die Idee zu einer Serie an einen Sender zu verkaufen, und so hatte ihm mein Agent das Exposé von *Ain't It the Truth* ohne meine Kenntnis geschickt; und bevor ich noch schreien konnte: »Nein, nein, mein Herr und Gebieter! Es gibt viele Dinge, die die Menschen niemals kennenlernen sollten, Doktor von Frankenstein!«, hatte der Fernsehsender schon einen Entwicklungsvertrag mit dem Rupert Murdoch der Hirnlosigkeit abgeschlossen, und ganz plötzlich war ich – wie man so schön dazu sagt – wieder im Bett mit Bill Tidy.

Das ist Zweischneidigkeit total: fünf Jahre lang im Abseits geschuftet, etwas geschaffen zu haben, was garantiert auf Sendung gehen wird, und dieses Werk in den Händen einer Kröte mit dem Charme einer Leichenhalle und der Intelligenz eines Salatkopfes zu sehen. Ich dachte ernsthaft daran, nach Pekin in Nord-Dakota zu ziehen, wo das Wort Koaxialkabel für die einfachen, fröhlichen Eingeborenen nur ein sinnlos ausgestoßener Laut ist, wo sich der Fluch des Jim Nabors nie offenbarte, wo ich einen Getreide- und Viehfutterladen aufmachen könnte und nie mehr im selben Zimmer mit Bill Tidy sitzen müßte und sehen, wie er in seiner Nase bohrt und dann heimlich seine Ausbeute untersucht.

Aber ich war schwach, und selbst wenn die Serie im Laufe der Saison eingegangen wäre, hätte ich doch etwas vorzuweisen gehabt, das zu größerem führen könnte. Also zog ich die Bezüge ab, schüttelte die Kissen auf, brachte die Müllbude in Ordnung und stieg mit Bill Tidy ins Bett.

Im September war ich ein lallender Irrer. Ich verbrachte einen Großteil meiner Zeit damit, davon zu träumen, wie ich Hühnern die Köpfe abbeißen könnte. Der geistesgestörte Wind von Fernsehgestammel und schäumenden Tidyismen wehte durch die verwunschene Kathedrale meines Hirns. Was ich an noch so geringer Originalität und Phantasie in das Serienkonzept eingebracht hatte – und schließlich reden wir ja hier über eine Fernsehkomödie zur besten Sendezeit und nicht über eine Führung von Alistair Cooke durch die Bibliothek von Alexandria im öffentlich-rechtlichen Kanal – wurde in Bill Tidys Produktion langsam aber sicher herausgefiltert. Jedes Mal wenn eine Zeile oder eine Szene mit ein bißchen Charme oder ästhetischem Wert den Mut hatte, ihren Kopf aus dem Haufen *Merde* des Drehbuchs zu stecken, stürzte sich Tidy als Gevatter Tod auf die Szene und fuchtelte mit der Sense seines verblödeten Geschmacks – die intellektuelle Enthauptung folgte sofort.

Ich legte mir einen Leistenbruch zu, ich konnte keine feste Nahrung mehr bei mir behalten und brauchte zum Überleben püriertes Gemüse aus Gerbers unerschöpflichem und brechreizerregendem Speiseschrank, ich fauchte jeden an, Sex war eine Idee für mich, deren Zeit gekommen und wieder gegangen war, und ich sah mein kleines zartes Opfer an die Götter der Komödie in etwas verwandelt, was am besten für ein Leben unter bemoosten Steinen taugte.

Wenn ich gewußt hätte, daß am Donnerstagabend, dem 14. September 1978, *Ain't It the Truth* zur selben Zeit lief wie eine neue Show auf ABC namens *Mork & Mindy* und daß innerhalb von drei Wochen ein Derwisch namens Robin Williams sich an Nielsens Einschaltquotenskala gütlich tun würde, so wie ein Hai einen ganzen Kontinent verschlingt, dann hätte ich genügend geistige Gesundheit bewahren können, um das gesamte Mittelalter durchzustehen. Dann wäre ich auch nie an Wally Modisett geraten, das Phantom des Sweetening, ich hätte nicht in die Black Box gesprochen, und ich hätte nicht die Erlösung für die Seele meiner armen Tante Babe gefunden.

Aber Anfang September hatte Williams noch nicht sein erstes *Nanu-nanu* ausgestoßen (außer bei einer Nebenfolge von *Happy Days*, aber wer, zum Teufel, hat das schon gesehen?), und wir hatten die ersten drei Folgen von *Ain't It the Truth* vor Live-Publikum eingespielt, wenn man die Leute, die freiwillig zu Sitcom-Aufnahmen gehen, tatsächlich »lebendig« nennen kann, und eines Nachts spät erschien das Gespenst von Bill Tidy in meiner Tür, sein großes Pferdegesicht schaute auf mich herab wie der Dämon, der im Abschnitt *Night on Bald Mountain* von Disney's *Fantasia* emporsteigt; und sein Schwefelatem kam durch den Raum und bewirkte, daß sich sämtliche Härchen in meiner Nase sträubten und versuchten, sich irgendwo in meinem Hinterkopf zu verstecken. Und die beiden reflektierenden Vegemite-Pfützen, die er Augen nennt, glühten mich an, und das war es, was er sagte.

Zuerst sagte er: »Diese verdammte käsefressende Tunte von Regisseur wird hier nie wieder arbeiten. Er hat noch zwei Tage, darauf kannst Du Gift nehmen. Danach werd' ich diesen Judenbengel hier nie wieder arbeiten sehen.«

Dann sagte er: »Ich hab' mir noch 'n Apartmenthaus in Phoenix gekauft. Das ist 'ne Investition. Besser als Picassos.«

Dann sagte er: »Den hab' ich heute beim Mittagessen gehört: Eine Fotze ist nur eine Miesmuschel, die eine Perücke zur Tarnung trägt. Gut, wa?«

Dann sagte er: »Ich will, daß du heute abend länger dableibst. Ich kann sonst niemandem trauen. Um acht rum taucht hier so'n Typ auf. Er wird dich finden. Name kann dir egal sein. Er wird sich mit dir bekanntmachen. Nimm ihn mit rüber ins Mischstudio, zeig' ihm die ersten drei Shows. Sonst kommt niemand hier rein, capisco, Amigo?«

Ich mußte mich so anstrengen, daß mir nicht das Kotzen kam, daß ich seine Anweisung kaum mitkriegte. Bill Tidy gab den Worten *König der Schweine in Menschengestalt* neuen Inhalt. Die einzigen Gruppen, die er im Zeitraum von dreizehn Sekunden nicht beleidigt hatte, waren Schwarze, Araber, Spastiker und Dukoboren, und wenn ich nicht schnell seinen Forderungen nachgab, würde er sich sicher auch noch auf sie stürzen. »Verstanden, Bill. Ja, Sir, Sie können auf mich zählen. Jajaja, ganz richtig, total richtig. Ich heren Ihre Worten. Ich sein Ihr Sklave. Ich gern für Sie arbeiten, Massa Tidysa, Sie sich auf mich verlassen!«

Er schaute mich an. »Weißt du, Angelo, du wirst immer seltsamer, wie so 'n komisches Insekt irgendwie.«

Damit drehte er sich um und verschwand, ließ mich allein mit der einbrechenden Dunkelheit. Ich stellte meine Fühler gerade und rieb meine Hinterbeine aneinander.

Ich war auf dem Stuhl zusammengesackt, saß mit geschlossenen Augen im dunklen Büro, wo sich nur die Deckenlampe bemühte, gegen das sterbende Licht anzugehen, als ich jemanden flüstern hörte: »Mach' das Licht aus.«

Ich öffnete die Augen. Das Zimmer war leer. Ich schaute aus dem Fenster hinter meinem Schreibtisch. Es war Nacht. Ich war im dritten Stock des Produktionsgebäudes. Niemand war da.

»Das Licht. Mach' das Licht aus, hörst du, was ich sage?«

Ich schleppte mich zur offenen Tür und dem dunklen Korridor dahinter. »Reden Sie mit mir?« Nichts bewegte sich da draußen.

»Das Licht. Langsam, du bist ganz schön langsam.«

Als Katholik reagiere ich wie ein Pawlowscher Hund auf Schuldzuweisungen. Ich machte das Licht aus.

Ich sah, wie sich etwas Schattenhaftes aus dem tieferen Dunkel des Korridors entfernte und in mein Büro schlich. »Darf ich meine Augen offenlassen, oder würde eine Augenbinde Ihnen Ihre haarsträubende Paranoia erträglicher machen?«

Die schattenhafte Figur schnaubte verächtlich. »Bei den Preisen kannst du noch ganz was anderes zu mir sagen, und es würde mich nicht jucken.« Ich hörte seine Finger knakken. »Kannst du mich jetzt bitte in die Mischkabine mitnehmen?«

Ich stand auf. Dann setzte ich mich. »Hab keine Lust drauf.« Ich verschränkte meine Arme.

Die Stimme des Schattens bekam etwas Mutwilliges.

»Also los, auf geht's. Ich muß drei Shows machen und hab' nicht die ganze Nacht Zeit. Die Welt steht nicht still. Komm jetzt.«

»So steht es nicht geschrieben, Lamont Cranston. Ich bin in den letzten Tagen viel herumkommandiert geworden, und weil ich Sie nicht von einem hartnäckigen Dreckfleck unterscheiden kann, setz' ich mich zur Wehr. Denk an Alamo. Millionen für seine Verteidigung, nicht einen Cent als Zeichen der Anerkennung. Das einzige, vor dem wir Angst haben müssen, ist die Angst selbst. Vierundvierzig vierzig oder Kampf.«

»Ich glaube, es heißt vierund*fünfzig* vierzig oder Kampf«, sagte er.

Wir dachten eine Weile darüber nach. Nach langer Zeit sagte ich dann: »Wer zum Teufel sind Sie, und was machen Sie Geheimnisvolles und Verbotenes, daß erstens Bill Tidy Sie engagiert, was Sie auf die gleiche Stufe mit mir stellt, das heißt auf die Stufe von Grabräubern, Hundefängern und Leuten, die Pferde dopen; und zweitens, was ist so geheim und verwerflich, daß Sie es mitten in der Nacht tun müssen, in einem Outfit, das sich nur für den Überfall eines Kommandotrupps eignet? Beantworten Sie die Frage in Cis-Dur.«

Er kicherte. Es war ein nettes Kichern. »Du bist in Ordnung, Kleiner«, sagte er. Und er ließ sich in den Stuhl auf der anderen Seite meines Schreibtischs fallen, wo sonst die Autoren ihre Ideen für Stories ausbreiten; und er machte die Deckenlampe an.

»Wally Modisett«, sagte er und streckte seine Hand im schwarzen Handschuh aus. »Sound-Cutter.« Ich nahm seine Hand und schüttelte sie. »Freischaffend«, sagte er.

Das hörte sich gar nicht so mysteriös an. »Warum dieses schaurige Gespenstergetue?«

Dann sagte er das Wort, das niemand in Hollywood sagt. Er betrachtete aufmerksam mein Gesicht, besonders den Mund, wo die Lügen herkommen, und sagte: »Ich befasse mich mit Sweetening.«

Hätte ich ein silbernes Kruzifix gehabt, ich hätte damit mit ausgestrecktem Arm nach ihm gestoßen. *Sei ruhig, mein Herz*, dachte ich.

Es gibt viele Dinge, über die man in der Fernsehindustrie nicht spricht. Man spricht den Namen des leitenden Angestellten bei NBC nicht aus, der sich von Autorinnen in seinem Büro einen blasen ließ und ihnen dafür Aufträge verschaffte, auch wenn er jetzt mit einem lukrativen Vertrag mit einem Großstudio in den Ruhestand versetzt wurde und der Sender über einige Jahre hinweg seine psychiatrische Behandlung bezahlt hat. Man redet nicht über den erstaunlichen digitalen Trick, den die Buchhalter einer großen Produktionsfirma bei der Honorarabrechnung gemacht haben, die damit einige Superstars um ein paar Dezimalstellen ihres Honorars gebracht haben, auch wenn das in den Nachrichten groß aufgemotzt wurde und jeder herumhetzte und versuchte, die Sache außergerichtlich beizulegen, solange der *TV Guide* zuschaute. Man redet nicht darüber, wie das Studio die dralle Naive, die über Nacht eine landesweite Sensation geworden war, so lange eingeschüchtert hat, bis sie ihre Forderungen nach dem dreifachen Honorar für die zweite Spielzeit ihrer Serie runterschraubte, ja man erwähnt nicht mal ihren Küchenstuhl, in dessen Sitz sie von unten Nägel eingeschlagen hatten.

Und man redet nie, überhaupt nie, nein niemals über die Phantome des Sweetening.

Diese Show wurde live vor Studiopublikum aufgenommen!

Wenn man das einmal gehört hat, hat man es mindestens schon zweimal gehört. Und deshalb, wenn dieses Studiopublikum aus der Fassung gerät und sich auf den Fußboden schmeißt und sich kugelt vor Lachen und mit den Füßen stampft und so laut brüllt, daß es sich die Bäuche festhalten muß, und die Tränen der Ausgelassenheit es blind machen, und seine Nasen vom vielen Schreien schon anschwellen, und es sich anhört, als ob alle nach genetischen Aspekten ausgewählt wären, superkitzlige Menschen, mit denen man einfach mitlachen muß, weil es eben kein konserviertes Lachen ist, es ist ja ein Live-Publikum, denn: *Diese Show wurde live vor Studiopublikum aufgenommen!*

Und hoch oben in der Höhe des eleganten Opernhauses schaut das Phantom des Sweetening herab und kichert selbstgefällig.

Sie sind legendär. Jahrelang gab es nur Charlie Douglas, sein Name wurde nie ausgesprochen. Ein Lach-Profi. Ein Soundtechniker. Ein Sweetener. Man sagt, daß er noch immer die Lacher benutzt, die er aus Radioshows der Vierziger und Fünfziger geklaut hat. Goldene Lacher. Absolut einmalige Originale. Besondere, gehaltvolle Lacher, die mit einem Wohlklang zusammenfließen, ihn unterstützen, anheben und aufbauen, so daß du ins Unbewußte getroffen wirst. Gelächter aus der *Jack Benny Show*, Gelächter aus Teilen der *Fred Allen Show*, die unten in Allen's Alley aufgenommen wurde, aus *The Chase & Sanborn Hour* mit Edgar Bergen und Charlie McCarthy (eine der Shows, in der Charlie mit W.C. Fields verwechselt wurde). Die Lacher, die Ed Wynn bekam, die Goodman und Jane Ace bekamen, die Fanny Brice bekam. Prachtvolle, patinafarbene Lacher, aus einer Zeit, als in diesem Land der Humor noch nicht von so Scheißern wie Bill Tidy produziert wurde. Lange Zeit galt Charlie Douglas als der einzige Mann, der sogar aus dem langweiligsten Rumgepolter noch einen Hit machen konnte.

Aber niemand wußte, wie gut er war. Außer das Finanzamt, das Notiz von seinem Untergrunderfolg in der Branche nahm, indem es riesige Mengen seines hartverdienten Geldes abscheffelte.

Er benutzte große Spotmaster-Kassetten, die so aussahen wie 8-Spur-Bänder mit dreißig Schnitten pro Kassette, zwölf bis vierzehn pro Auftrag, und so wurde Charlie Douglas der Profikiller des brüllenden Gelächters, der Straßenräuber des haltlosen Gegackers, der John Wayne des kreischenden Wahnsinns; er war ein Troubleshooter, der in einem ganz speziellen Handwerk Überstunden machte, wo er eine Geheimwaffe mit einem nie ausgesprochenen Code-Namen darstellte.

Und mit sich trug er von Studio zu Studio die Geräusche von wunderbar glücklichen Augenblicken, die er von Radiowellen gestohlen hatte, die sich jetzt schon längst auf dem Weg nach Proxima Centauri befanden.

Und lange Zeit hatte Charlie Douglas das alles für sich allein, weil er ein streng gehütetes Geheimnis war; nicht eines jener offenen Geheimnisse, die vielleicht in Kankakee oder Key West unbekannt waren, wie Merv Griffin oder Ida Lupino oder Roger Moore, über die man aber an der Polo Lounge und bei Chasen's sehr gut Bescheid wußte.

Aber die Zeiten wurden üppiger, die Branche expandierte, und es gab mehr Arbeit und mehr Geld, als ein Phantom des Sweetenings allein bewältigen konnte.

Doch Not macht erfinderisch und rief noch mehr Audio-Glücksritter auf den Plan: Carroll Pratt und Craig Porter und Tom Kafka und zwei ruhige, aber sensationelle Jungs aus Tokyo und Techniker von Glen Glenn Sound und Vidtronics. Aber du darfst niemals ihre Namen oder die Shows erwähnen, über die sie ihre Lacher gelegt haben, wenn du nicht deine Brötchen in Zukunft woanders verdienen willst. Es ist ein offenes Geheimnis, das von der Zunft streng gewahrt wird. Die Fernsehanstalten verleugnen ihre Existenz, die Bosse der Produktionsgesellschaften würden sich eher an die Tür ihrer Chefzimmer nageln lassen, als zugeben, daß über ihre Shows, die vor einem Studiopublikum live aufgenommen wurden, noch Extra-Lacher gelegt wurden. Mitten in der Nacht. Von Phantomen.

Wally Modisett ist einer der geheimnisvollsten von ihnen.

Und jetzt saß ich ihm gegenüber. Er trug einen schwarzen Rollkragenpullover, Jeans und Handschuhe. Und er stellte die legendäre Black Box auf den Schreibtisch. Ich schaute sie an. Er kicherte.

»Das ist sie,« sagte er.

»Verdammt noch mal,« sagte ich.

Ich fühlte mich wie in der Kirche.

Das A und O beim Tonschnitt ist der Equalizer. Mit Bass und Höhen kann man ein einzelnes Lachen isolieren, es noch zwanzig Jahre später aus einer Tonspur herausziehen. Das kann man dann auf eine Endlosschleife bringen, die man wiederum mit einem Mehrspur-Tonbandgerät über die Show legen kann; damit kann man ein- und ausblenden, zusammenfließen lassen und einzelne Lacher akzentuieren, dieses ganz spezielle Lachen, das ins Unbewußte eindringt, über die Tonspur des Live-Publikums im Studio legen. Sie tun es und haben es immer getan, und bald werden sie in der Lage sein, es digital zu tun. Und er saß mir gegenüber mit seiner legendären Black Box. Legendär deshalb, weil Wally Modisett ein Genie des Tons war, ein elektronischer Machiavelli, der ein geheimes System erdacht hatte, mit dessen Hilfe er das alles mit einer kleinen schwarzen Kiste machen konnte, die er mitten in der Nacht mit in die verlassenen Studios nahm, in die kleine Kabine des Mischraums, und durch das er kein Mehrspur-Gerät brauchte. Würde es sich nicht um ein Geheimnis handeln, das bis ins Grab verleugnet werden mußte, die Mogule der Fernsehindustrie würden Wally Modisetts Kopf am Mount Rushmore verewigen lassen, an der leeren Stelle zwischen Teddy Roosevelt und Abe Lincoln.

Was normalerweise zweiundzwanzig Spuren für eine komplizierte Schichtung auf einem riesigen Gerät brauchte, konnte Wally Modisett in der Hand mit sich herumtragen. Als ich in sein langes, sensibles Gesicht mit den dunklen Ringen unter den Augen schaute, ahnte ich, daß große Dinge auf mich zukamen. In seinen Augen lag ein Lachen.

Ich saß den Großteil der Nacht da und spielte ihm Szenen aus *Ain't It the Truth* vor. Ich hockte unten im Vorführraum, während sich das Phantom des Sweetening in der Kabine eingeschlossen hatte. *Niemand* sollte ihn dabei beobachten, wie er zauberte.

Die Szenen liefen zusammen mit der Tonspur des Live-Publikums im Studio, und er benutzte Endlosschleifen von seinen Kassetten, die Bezeichnungen trugen wie »Einzel-Gekicher 1« und »Einzel-Gekicher 2« oder das etwas stärkere »Einzel-Gekicher 3« sowie das gefürchtete »glucksende Gelächter« und den Klassiker »Geplatzter Reifen« – diese von ihm selbst kreierten Endlosschleifen, die kleiner waren als die des Spotmasters, und er baute und mischte und bastelte eine Wahnsinnslachspur daraus, bis sogar ich über das blödsinnige Zeug lachte, das Bill Tidy so weit verhunzt hatte, daß es nur völlig Verblödete zum Schreien komisch finden konnten.

Und dann, nach der hundertsten Wiederholung – Modisett hatte das Maß an Ausgelassenheit noch ein bißchen gesteigert –, hörte ich meine tote Tante Babe. Ich saß aufrecht in meinem Vorführraumsessel, schlug auf den Knopf des Schaltpults, das mich mit der Tonkabine verband, und schrie: »Hey, das letzte! Das letzte Lachen … Was war das …?«

Erst antwortete er nicht. Dann hörte ich ihn blechern durch die Wechselsprechanlage sagen: »Ich nenne es einen Wackler.«

»Woher hast du es?«

Stille.

»Mach schon, Mann, woher hast du dieses Lachen?«

»Warum willst du das wissen?«

Einen Moment saß ich da, dann sagte ich: »Hör zu, entweder kommst du jetzt zu mir runter, oder du läßt mich hoch kommen. Ich muß mit dir reden.«

Stille. Nach einem Augenblick: »Gibt es hier irgendwo eine Kaffeemaschine?«

»Ja, drüben bei der Bühne.«

»Ich bin in einer Viertelstunde unten. Wir können dann einen Kaffee zusammen trinken. Meinst du, du hältst es so lange aus?«

»Wenn man einer Ente den Fuß auf dem Boden festnagelt, läuft sie dann im Kreis?«
Ich brauchte fast eine Stunde, um ihn rumzukriegen. Schließlich fand er heraus, daß ich fast genauso durchgeknallt war, wie er selbst, und die Idee so verrückt, daß es Spaß machen könnte, sie auszuprobieren. Ich sagte ihm, daß ich mich über seinen Entschluß freute, denn sonst wäre ich ihm in sein geheimes Versteck gefolgt und hätte ihn irgendwie erpresst, bis er es getan hätte, und er sagte: »Ja, ich seh' ein, daß du so was machen würdest. Du bist nicht gerade ein harmloser Typ.«

»Versuch mal, mit Bill Tidy zusammenzuarbeiten«, sagte ich. »Das würde sogar aus Mutter Theresa eine Hure machen.«

»Gib mir ein bißchen Zeit«, sagte er. »Ich komme wieder auf dich zu.«

Anderthalb Jahre hörte ich nichts mehr von ihm. *Ain't It the Truth* war über den Schindanger namens Bildschirm gegangen genauso wie die *Chicago Teddy Bears* und *Angie* und die *Dumplings*. Niemand hatte es verpaßt, nicht mal ihr Erfinder. Bill Tidy hatte seine Sense mit Geschick geschwungen.

Und dann klingelte in einer Sommernacht in Los Angeles kurz nach zwei Uhr mein Telefon, ich angelte irgendwie den Hörer von der Gabel und hörte eine Stimme sagen: »Ich hab's. Komm' her.« Und er gab mir eine Adresse, und ich ging hin.

Das Lagerhaus war riesig, aber sein ganzes Zeug war in eine Ecke gequetscht. Mehrspurgeräte und Oszilloskopen und Videorekorder und riesige Mylar-Schaumstofflautsprecher, die aussahen wie die Rücksitze eines 1933er Chevy. Und genau in der Mitte des Fußbodens war eine größere Black Box.

»Willst du mich verarschen?« sagte ich.

Er benahm sich wie ein zehnjähriges Kind. »Würde ich das tun? Ich sag' dir was, mein Junge, ich bin gewesen, wo noch niemand vor mir war. Ich habe es getan! Jonas Salk und Marie Curie und Lee De Forest und die ganzen anderen müssen zur Seite treten, aus dem Weg rutschen, auf den Rücksitz hüpfen.« Und er sprang herum und schrie: »*Ich bin der König!*«

Nachdem es mir gelungen war, ihn von den Laufplanken, die sich wie ein Spinnennetz über uns hinzogen, herunterzuzerren, drückte er sich verständlicher aus. Immer noch nicht *sehr*, denn ich kapierte nicht die Hälfte von dem, was er sagte, aber verständlich genug, um mich glauben zu machen, daß diese seltsame Besessenheit von mir irgendwas mit der Wirklichkeit zu tun haben mochte.

»Als sie 1953 Shows aufgenommen haben, als deine Tante *Our Miss Brooks* angeschaut hat, benutzten sie ein Viertelzoll-Tonbandgerät. Sie hatten Richtmikrophone über dem Publikum, um einzelne Lacher auszusondern. Eine Spur für das Programm und die andere für das Publikum. Dann haben sie sich ausgesucht, was sie wollten, den Equalizer eingesetzt und das Lachen für den späteren Gebrauch auf eine Spur gepackt. Damit konnten sie es rüberlegen, wo und sooft sie wollten.«

Er ging zu einem tragbaren Kühlschrank, holte eine Dr.-Pepper-Limo heraus und schaute in meine Richtung. Ich schüttelte den Kopf. Ich war viel zu aufgeregt für Junk-Food. Er öffnete die Dose mit einem Knall, nahm einen Schluck und kam zu mir zurück.

»Das erste, was ich tun mußte, war das Originaltape zu finden, das Masterband. Dauerte ganz schön lang. Es war gelagert zusammen mit ... nun, das mußt du wirklich nicht wissen. Es war jedenfalls gelagert. Ich hab' mich sicher durch tausend alte Masterbänder durchgehört. Aber ich hab' sie gefunden. Dann mußte ich sie herausziehen. Aber nicht nur den *Klang* ihres Lachens. Das tatsächliche Lachen selbst. Die elektronischen Impulse. Ich habe ein Vorläufermodell davon dafür benutzt.« Er wedelte mit der Hand in Richtung Black Box.

»Sie hörte sich für mich ein bißchen dünn an, über die Jahre hinweg,« sagte ich. »Undeutlich manchmal. Kratzig.«

»Ja, ja, ja.« Ungeduldig, mit der großen Enthüllung voranzukommen. »Das war so, weil sie nach der fünften, sechsten, ja zwanzigsten Generation von einer Aufnahme zur nächsten immer schwächer wurde. Nein, ich habe sie in alter Frische, ich habe etwas getan, das ich ›Entwindung‹ nenne.«

»Und das bedeutet?«

»Egal.«

»Sagst du jedes Mal ›egal‹, wenn ich dich frage, wie zum Henker du das eigentlich hingekriegt hast?«

»Wie Groucho schon zu seinen Mitstreitern sagte: ›Darauf kannst du deinen Arsch verwetten.‹«

Ich zuckte mit den Schultern. Es war sein Märchen.

»Als ich sie endlich entwunden hatte, setzte ich sie auf eine Endlosschleife. Aber natürlich nicht auf eine ganz normale, hundsgewöhnliche Endlosschleife. Willst du wissen, was für eine Sorte von Endlosschleife das genau war?«

Ich schaute ihn an. »Wirst du mir dann sagen, daß ich abhauen soll?«

»Nein, nun mach' schon, frag' mich!«

»Schon gut: Ich frage. Was für eine Endlosschleife war das denn genau?«

»Eine Moebiusschleife.«

Er schaute mich an, als ob er gerade die Geburt eines Kalbs mit zwei Köpfen verkündet hätte. Ich hatte keinen Schimmer, wovon er redete. Trotzdem pfiff ich durch meine beiden Schneidezähne, laut genug, um ein Echo in dem Lagerhaus hervorzurufen, und sagte: »Echt? Kein Scheiß?«

Er schien erfreut und redete noch schneller weiter als vorher. »Jetzt gebe ich sie in einen Computer ein, chiffrier' sie digital, damit sie nie wieder ausdünnt. Clever, was? Dann gebe ich sie in ein Programm ein, das sie angleichen und synthetisieren soll, um das Instrument zu simulieren, das diesen Sound einst hervorgebracht hat; mit anderen Worten: die Kehle und die Zunge deiner Tante, ihr Gaumen, ihr Kehlkopf und das ganze Zeug. Dann kommt der knifflige Teil. Ich bastele ein Programm zusammen, das die wirkliche *physische* Situation herstellt, ein Gebiet, einen *Ort*, wo diese Stimme existiert. Und ich schicke den Computer auf die Suche, um mir alles herbeizuschaffen, woraus dieser Platz besteht.«

»Jetzt hör mal auf, *hör* auf, Lamont. Willst du mir damit etwa erzählen, daß du, die Schleife mit der Stimme von Babe in der Hand, auf die Suche nach dem sagenhaften Land Oz gegangen bist?«

Er nickte ungefähr hundertsechzehn Mal.

»Wie hast du denn das fertiggebracht? Ich weiß: hau ab. Aber das ist doch irgendwie so 'n metaphysischer Scheiß. So was gibt's doch nicht.«

»Lahmärsche können so was natürlich nicht, mein Junge. Aber *ich* kann es. Und ich *habe* es getan.« Er nickte in Richtung der Black Box.

»Das Fernsehkomödienland, in dem meine Tante Babe gefangen ist, das ist also da drinnen, in diesem Würfel?«

»Ich nenn's 'ne Ähnlichkeitsmatrix«, sagte er mit einem Akzent, der ihm in South Central L.A. wahrscheinlich das Leben gekostet hätte.

»Du kannst auch Rosenwasser dazu sagen, wenn du willst, Modisett, aber für mich hört es sich an wie der Ausläufer des Bandini Gebirges.«

Sein Grinsen war der mutierte Sprößling von Hohn und Häme. Ich habe diesen Blick bislang erst einmal gesehen, und zwar auf dem Gesicht eines durchgefallenen Akademikers bei einer College-Cocktailparty. Im Lauf des Abends benutzte der Typ diesen Grinstrick einmal zu viel, und ein kleines Zwitschervögelchen von Englischprof gab ihm allergrößten Anlaß, einen Kieferchirurgen aufzusuchen.

»Ich kann sie wie einen Klon rekonstruieren, direkt in der Maschine«, sagte er.

»Woher weißt du das? Schon ausprobiert?«

»Es ist deine Tante, nicht meine,« sagte er. »Ich hab' dir gesagt, daß ich wieder auf dich zukommen würde. Nun bin ich zurück, und ich bin bereit, das Showboot auf den Fluß hinauszufahren.«

Und so drehte er an allen möglichen Sachen auf dem großen Schaltbrett herum, bewegte die Schiebschalter der Verstärkerschlitze nach oben, und machte dies und machte das, und ein musikalisches Summen kam aus den Quadro-Boxen, und er schaute über seine Schulter zu mir, über das Gewirr von Leitungen und Kabeln, die in die Black Box hineinführten, und er sagte: »Weck sie auf.«

Ich sagte: »Was?«

Er sagte: »Weck sie auf. Sie war fast fünfundzwanzig Jahre lang ein elektronischer Code. Sie ist ein amputierter Froschschenkel. Setz' sie unter Strom.«

»Wie denn?«

»Ruf sie. Sie wird deine Stimme erkennen.«

»Wie denn? Es ist ja schon so lange her. Ich hör' mich nicht mehr so an wie das Kind, das ich war, als sie starb.«

»Vertrau' mir«, sagte er. »Ruf sie.«

Ich fühlte mich wie ein verdammter Idiot. »Wo muß ich hineinsprechen?«

»Red' einfach, Arschloch. Sie wird dich hören.«

Und so stand ich mitten in diesem Lagerhaus und sagte: »Tante Babe?« Nichts zu hören.

»Ein bißchen lauter. Sachte, aber lauter. Erschreck' sie nicht.«

»Du bist doch nicht bei ...« Sein Blick ließ mich verstummen. Ich atmete tief ein und sagte ein bißchen lauter: »Hey, Tante Babe? Bist du da drinnen? Ich bin's, Angelo.«

Ich hörte etwas. Erst klang es wie eine Maus, die auf einer Schultafel auf mich zurannte, einer Schultafel, die vielleicht hundert Kilometer lang war. Dann war da etwas wie der Wind, den man in einem dichten Wald im Herbst vernehmen kann. Dann das Geräusch von jemandem, der Weihnachtsgeschenke aufmacht. Dann das Geräusch vom Wasser einer Brandung, das am Grunde einer Klippe in eine Höhle fließt und dann wieder heraussprudelt. Dann das Geräusch eines weinenden Babys, das plötzlich sehr, sehr tief wird, als ob es sich um ein 300-Pfund-Killer-Baby handeln würde mit dem Appetit auf frischgeschlachtete Dinosaurierhäppchen. Dieser überwältigende Wahnsinn ging eine Weile so weiter, und dann, ganz plötzlich, aus dem Nichts heraus, hörte ich meine Tante Babe sich räuspern, als ob sie morgens aufstehen würde. Dieses träge Räuspern, das sich anhört, als ob man massenhaft Joghurt aus einem Spülbecken schaufelt.

»Angelo …?«

Ich bekreuzigte mich ungefähr elf Mal, ratterte ein paar schnelle Avemarias und Vaterunser runter, schluckte schwer und sagte: »Ja, Tante Babe, ich bin's. Wie geht's dir?«

»Laß mich noch einen Augenblick hier, um mich zurechtzufinden.« Es dauerte länger als einen Augenblick. Sie schwieg ein paar Minuten, auch wenn sie einmal sagte: »Ich bin gleich bei dir, *mia caro*.«

Und schließlich hörte ich sie sagen: »Mir hängt es wirklich zum Hals raus. Kannst du dir vorstellen, was sie alles mit mir gemacht haben? Hast du auch nur die geringste Vorstellung davon, wie oft ich die *Partridge Family* anschauen mußte? Kannst du dir irgendwie vorstellen, wie sehr ich solche Musik hasse? Niemals Cole Porter, nie Sammy Cahn, nicht mal ein bißchen Gus Edwards. Ich würde mich ja schon mit Sigmund Romberg zufriedengeben nach diesen ganzen quäkenden Kindern. *Caro nipote, quanto mi sei mancato!* Angelo … *bello bello*. Ich möchte, daß du mir alles erzählst, was passiert ist, denn sobald ich eine Chance bekomme, werde ich einen Riesenkrach machen, das kannst du glauben!«

Es *war* Babe. Meine liebste Tante Babe. Ich hatte diese wunderbare Mischung aus beißendem Englisch und singendem Italienisch mit seinem Hauch von Showbiz-Jiddisch seit bald dreißig Jahren nicht mehr gehört. Und ich hatte seit fast zwanzig Jahren kein Italienisch mehr *gesprochen.* Aber trotzdem hörte ich mich ins Nichts hinein sagen: »*Come te la sei passata?*« Wie ist es dir gegangen?

»*Ti voglio bene – bambino caro.* Mir geht's gut. Ich bin ein bißchen durcheinander, ich hab' recht lange geschlafen, aber *come sta la famiglia? Anche quelli che non posso sopportare.*«

Und so erzählte ich ihr alles über die Familie, sogar über die, die sie nicht ausstehen konnte, wie Onkel Nuncio mit dem Ziegenatem und die Frau von Carmine, Giuletta, von der Babe immer ein Flittchen genannt wurde. Und nach einer Weile sollte ich versuchen, ihr zu erklären, was mit ihr passiert war, und ich tat mein Bestes, worauf sie erwiderte: »*Non mi sento come un fantasma.*«

Und so sagte ich ihr, daß sie sich nicht wie ein Geist fühlen würde, weil sie streng genommen auch gar kein Geist war. Eher ein einsames Zufallslachen in der leeren Nacht. Nun, das kam nicht gerade riesig bei ihr an, denn sofort hat sie begriffen, daß sie, wenn sie nicht da war, wo Tote üblicherweise sind, nie meinen Onkel Morrie wiedersehen würde; und das machte sie sehr traurig. »*Oh, dio!*« und sie fing an zu weinen.

Und so versuchte ich sie aufzumuntern, indem ich ihr alles erzählte, was seit 1955 in der Welt passiert war, aber es stellte sich heraus, daß sie das meiste davon sowieso schon wußte. Hatte sie schließlich nicht da dringesteckt im größten Plappermaul, das die Welt je gekannt hat? Obwohl sie sich in so etwas wie dem Alphastadium des Nahschlafs befand, wurde ihre Essenz dennoch durchsickert von Nachrichten und Sonderreportagen, Dokumentarfilmen und öffentlichen Durchsagen, Talkshows und Podiumsdiskussionen, Sondersendungen und Live-Übertragungen von sich überschlagenden Ereignissen.

Schließlich erzählte ich ihr, wie ich mit ihr in Verbindung gekommen war, redete über Modisett und die große Black Box, darüber, wie das Phantom des Sweetening sie entwunden hatte, und über Bill Tidy.

Der Name war ihr nicht neu.

Denn wäre sie schließlich sonst in diesem dauerredenden, dauersingenden, dauertanzenden elektromagnetischen Zuhälter gefangen gewesen, ohne Tidys endlosen Nachschub an hirnlosen, langweiligen Albernheiten?

Ich entwarf für Babe ein anschauliches Wortgemälde von meinem Arbeitgeber und von unserer unheiligen Verbindung. Sie sagte: »*Stronzo! Figlio di una mignotta! Mascalzone!*« Sie nannte ihn außerdem *bischero*, was sie sicher eher in der Bedeutung von Doofmann oder Einfaltspinsel verwendete, als in seiner eigentlichen Bedeutung: »Mann mit Erektion«.

Modisett, der kein Italienisch sprach, schaute mich wild an und schien sich in der ungetrübten Freude zu sonnen, einen Fuß in ein anderes Reich gesetzt zu haben. Aber selbst er konnte aus dem Ton des Abscheus, der in Babes körperloser Stimme lag, heraushören, daß sie lange außerordentliche Folterqualen gelitten hatte, wie sie da im Meer von Tidy-Produkten schwimmen mußte.

Was Tidy mir angetan hatte, machte sie wütend. Sie war noch immer meine liebende Tante Babe.

Und so verbrachte ich die ganze Nacht und den nächsten Tag und die nächste Nacht plaudernd mit meiner toten Tante Babe – während Modisett meistens schlief und sich Dr. Pepper den Rachen runterkippte.

Ihr werdet niemals wissen, wie zornig jemand werden kann, wenn er Gary Coleman zu lange ausgesetzt wird.

Das Phantom des Sweetening kann sich nicht erklären, was dann passiert ist. Er sagt, daß es der Stringenz der Booleschen Algebra widerspricht, was auch immer das bedeuten mag. Er sagt, daß es über die Parameter der Maxwell-Gleichung hinausgeht, was Maxwell eigentlich in Rage bringen sollte. Er sagt (und er geifert dabei mehr als ein bißchen), daß es Minkowskis Kovariantentensor defloriert, vergewaltigt & ausplündert, sowie in ihn einbricht und eindringt. Er sagt, daß es ausreicht, um Philo T. Farnsworth so heftig im Grabe rotieren zu lassen, daß er schließlich sogar mit Wladimir K. Sworykin in seinem kollidieren würde. Er sagt, daß es Marvin Minsky dazu bringen könnte, am M.I.T.-Institut in Zungen zu reden. Er sagt – und das ließ mir wirklich plötzlich die Schuppen von den Augen fallen –, er sagt, daß es (warte kurz) »die Riemannsche Geometrie auf den Kopf stellt«. Worauf ich sagte: »Da willst du mich doch verarschen! Doch nicht die elende Riemannsche Scheißgeometrie!?!«

Für mich ist das alles zwar totales Geschwätz, aber es ließ Modisett in die Knie gehen, er hatte Schaum vor dem Mund und nuckelte an den Steckdosen herum.

Offensichtlich hatte Babe im Kommunikationssystem der Radiowellen gewisse Pfade gefunden. Das Phantom des Sweetening sagte, daß es vielleicht passiert ist wegen etwas, das er »Magnet-Abdruck« nennt, ein Phänomen, das bei Audiokassetten auftritt, wenn eine Schicht die nächste magnetisiert, so daß man ein Echo von dem Wort oder dem Geräusch hört, das als nächstes ertönt. Er sagt, wenn das Band mit den »Köpfen nach außen« aufgewickelt und so gelagert wird, dann hüpft das Signal. Das Signal, das meine Tante Babe ist, ist gehüpft. Und hüpft weiter. Sie bewegt sich frei im Kommunikationssystem und trant nicht herum: *sie weiß!* Und Modisett sagt, der Grund, daß sie sie nicht fangen und löschen können, sei, daß altes Band *immer* durchblute. Das erklärt auch, warum letztes Jahr, als Bill Tidy seine große millionenschwere Fernsehshow ausstrahlte, anstatt eines vor Lachen tosenden Publikums über all dem Lärm eine Frauenstimme schrie: »Das ist doof! Döfer als doof! Das ist kotzlangweilig! Eh, Leute, laßt uns für solche Scheiße einen guten alten Bronx-Applaus austeilen! Los, wir zeigen ihnen, was wir *wirklich* von diesem Mega-Flop halten!«

Und dann kam, anstelle von anschwellendem Gelächter, anstelle von Brüllen, ein Buhkonzert, das sogar die *Titanic* auf den Meeresgrund versenkt haben würde.

Nun, sie zogen das Band heraus und versuchten sie zu finden, aber sie war weg, hatte sich über die Ähnlichkeitsmatrix abgesetzt wie Bambi, nur um am nächsten Abend bei einer neuen Abscheulichkeit von Tidy-Spellberg Productions aufzutauchen.

Nun, und es gab keine Möglichkeit, das aufzuhalten, und die Sender wurden ziemlich sauer auf Tidy und Co., denn sie konnten die Wiederholungsshows, die Millionen und Abermillionen von Dollar wert waren, gar nicht benutzen, für die sie doch schon Millionen und Abermillionen an Senderechten bezahlt hatten, und sie verklagten Bill Tidy wie verrückt. Der wiederum ist vor nicht allzu langer Zeit total durchgedreht, und ich habe gehört, daß er jetzt versucht, Grundstücke mit Seeblick in Pekin, Nord-Dakota, zu verkaufen, und sich dabei Silas Marner oder so ähnlich nennt, denn fast die gesamte zivilisierte Welt sucht ihn, um ihm einen Prozeß nach dem anderen anzuhängen.

Und ich könnte ein bißchen Mitleid mit dem alten Schleimer haben, aber ich habe keine Zeit. Zur Zeit laufen drei Erfolgsshows von mir, auf ABC, NBC und CBS.

Sie sind große Hits, denn irgendwie, niemand scheint es sich erklären zu können, treffen sie alle ins Unbewußte der Zuschauer, und so schießen sie auf der Nielsen Einschaltquotenskala ganz nach oben.

Und ich habe zu Tante Babe gesagt: »Hör zu, willst du nicht in den Himmel oder wo immer das ist? Ich meine, willst du nicht mal raus aus diesem Schwebezustand?«

Darauf sagte sie voller Liebe, denn sie will ja ihren *bambino caro* beschützen, und sie will es irgendwie wettmachen, daß er nicht mehr auf ihrer wundervollen Brust einschlafen kann: »Hier aufhören, Angelo, mein Liebling? Wie ... und das Showbusiness aufgeben?«

Clive Barker

Bekenntnisse eines (Pornographen-) Leichentuchs

Er war einmal Fleisch gewesen. Fleisch und Bein und heißes Streben. Aber das war eine Ewigkeit her, zumindest schien es so, und die Erinnerung an jenes selige Stadium verblaßte schnell.

Einige Spuren seines früheren Lebens hielten sich noch; Zeit und Erschöpfung konnten ihm nicht alles rauben. Klar und schmerzlich konnte er sich die Gesichter jener vergegenwärtigen, die er geliebt und gehaßt hatte. Aus der Vergangenheit schauten sie unverwandt herüber zu ihm, klar und leuchtend. Noch immer konnte er den herzigen Gutenacht-Ausdruck in den Augen seiner Kinder sehen sowie den gleichen Blick, weniger herzig, aber nicht minder gutenachtartig, in den Augen der brutalen Rohlinge, die er ermordet hatte.

Bei manchen dieser Erinnerungen hätte er am liebsten geweint, nur daß sich aus seinen stärkesteifen Augen keine Tränen herauswringen ließen. Außerdem war es für Reue viel zu spät. Reue war ein den Lebenden vorbehaltener Luxus: Sie hatten noch die Zeit, den Atem und die Energie zum Handeln.

Er war über all das hinaus. Er, Mutterns kleiner Ronnie (ach, wenn sie ihn jetzt sehen könnte), er war fast drei Wochen tot. Bei weitem zu spät für Reuegefühle.

Er hatte alles in seiner Macht Stehende getan, um die Fehler, die er begangen hatte, wiedergutzumachen. Er hatte seine Spannweite bis an ihre Grenzen in die Länge gezogen und darüber hinaus; kostbare Zeit hatte er sich selber abgeluchst, um die losen Enden seiner ausgefransten Existenz zu vernähen. Mutterns kleiner Ronnie war immer pingelig proper gewesen: ein Ausbund an Ordentlichkeit. Das war einer der Gründe, weshalb er an Buchführung Gefallen gefunden hatte. Die Verfolgung von ein paar falsch eingetragenen Pence durch Hunderte von Ziffern war ein Spiel nach seinem Geschmack; und wie befriedigend dann der akkurate Bücherabschluß am Ende des Tages. Unglücklicherweise war das Leben nicht so perfektionierbar, wie ihm jetzt, zu spät am Tag, klar wurde. Und doch, er hatte sein Möglichstes getan, und das war, wie Mutter zu sagen pflegte, alles, was einer zu tun sich erhoffen konnte. Nichts blieb ihm mehr übrig, als zu beichten und nach dem Sündenbekenntnis vor sein Strafgericht zu treten, mit leeren Händen und zerknirscht. Wie er so dasaß, über den vom Gebrauch polierten Beichtstuhlsitz in St. Mary Magdalene drapiert, härmte er sich ab, daß die Gestalt seines widerrechtlich angeeigneten Körpers nicht mehr standhielte, nicht lange genug, um sich all der Sünden, die in seinem Leinenherzen erschlaffend dahinsiechten, zu entledigen. Er konzentrierte sich darauf, Leib und Seele für diese letzten, lebenswichtigen paar Minuten beisammenzuhalten.

Bald würde Pater Rooney kommen, sich hinter das Trenngitter des Beichtstuhls setzen und Worte des Trostes, des Verstehens, der Vergebung finden; dann konnte Ronnie Glass in den noch verbleibenden Minuten seiner gestohlenen Existenz seine Geschichte erzählen.

Anfangen würde er damit, jenen schrecklichsten Schandfleck auf seinem Charakter abzustreiten: die Beschuldigung, Pornograph zu sein.

Pornograph.

Der Gedanke war absurd. Nicht die leiseste Spur eines Pornographen steckte in ihm. Jeder, der ihn in seinen zweiunddreißig Jahren näher kennengelernt hatte, hätte das bezeugt. Lieber Gott, nicht mal Sex mochte er besonders gern. Darin lag die Ironie. Von allen Leuten, die man hätte beschuldigen können, mit Schweinkram hausieren zu gehen, kam er wohl am wenigsten in Betracht. Während es den Anschein gehabt hatte, als stellte jeder um ihn herum seinen

Ehebruch wie ein drittes Bein zur Schau, hatte er einen untadeligen Lebenswandel geführt. Das verbotene Leben des Leibes passierte – wie ein Verkehrsunfall – anderen Leuten, nicht ihm. Sex war bloß eine Achterbahnfahrt, die man sich etwa einmal jährlich genehmigen konnte. Zweimal mochte noch hingehen, dreimal war ekelerregend. Was Wunder also, daß in neun Jahren Ehe mit einem braven katholischen Mädchen dieser brave katholische Junge nur zwei Kinder zeugte?

Aber er war ein liebevoller Gatte gewesen auf seine lustlose Art, und seine Frau Bernadette hatte seine Gleichgültigkeit gegenüber Sex geteilt, weswegen sein unenthusiastisches Glied nie zu einem Zankapfel zwischen ihnen geworden war. Und die Kinder waren eine Freude. Samantha entwickelte sich bereits zu einem Muster an Artigkeit und Adrettheit, und Imogen (obzwar kaum zwei) hatte das Lächeln ihrer Mutter.

Das Leben war schön gewesen, alles in allem. Er war beinahe Eigentümer einer nichtssagenden Doppelhaushälfte in der belaubteren Vorortgegend von London-Süd gewesen. Er hatte einen kleinen Garten besessen, sonntags-gepflegt, und eine Seele vom selben Schlag. Es war, soweit er es beurteilen konnte, ein Musterleben gewesen: anspruchslos und frei von Schmutz.

Und das wäre es auch geblieben, hätte es nicht diesen Wurm der Habgier in seinem Wesen gegeben. Habgier hatte ihn zugrunde gerichtet, ohne Zweifel.

Wäre er nicht habgierig gewesen, hätte er den Job gleich von vornherein abgelehnt, den Maguire ihm angeboten hatte. Dann hätte er sich auf seinen Instinkt verlassen, sich mit einem Blick in dem engen, verrauchten Büro über der ungarischen Konditorei in Soho umgesehn – und das Weite gesucht. Aber sein brennendes Verlangen nach Wohlhabenheit lenkte ihn von der nackten Wahrheit ab, so daß er all seine buchhalterischen Fähigkeiten einsetzte, um einem Unternehmen, das nach Korruption stank, einen Anstrich von Seriosität zu verleihen. Im Grunde seines Herzens hatte er natürlich alles gewußt. Gewußt, daß Maguire trotz seines endlosen Geredes von moralischer Wiederaufrüstung, seiner zärtlichen Zuneigung zu seinen Kindern und seiner besessenen Hingabe an die vornehme Freizeitkunst des Bonsai ein mieses Schwein war. Der Gemeinste der Gemeinen. Aber Ronnie hatte dieses Wissen erfolgreich ausgesperrt und sich mit seinem Job zufriedengegeben: der Bilanz der Bücher. Maguire war großzügig, und dadurch ließ sich die Blindheit leichter aufrechterhalten. Ronnie fing sogar an, den Mann und seine Kompagnons zu mögen. Er gewöhnte sich nachgerade an den Anblick der watschelnden Masse, die Dennis »Dork« Luzzati hieß und der unentwegt Reste von frischer Sahnetorte an den fetten Lippen hingen; gewöhnte sich gleichfalls an den kleinen dreifingrigen Henry B. Henry mit seinen Kartentricks und den dazugehörigen Quasselarien, eine neue Nummer täglich. Sie waren nicht die geistig anspruchsvollsten Gesprächspartner, und im Tennisclub wären sie mit Sicherheit nicht willkommen gewesen, aber sie schienen durchaus harmlos zu sein.

Es war folglich ein Schock, ein schrecklicher Schock, als er schließlich den Schleier lüftete und Dork, Henry und Maguire als die Bestien sah, die sie in Wirklichkeit waren.

Zu der Enthüllung kam es rein zufällig.

Eines Nachts, nach dem späten Abschluß einer Steuerarbeit, hatte Ronnie sich schnell noch ein Taxi genommen, in der Absicht, Maguire im Lagerhaus seinen Bericht persönlich auszuhändigen. Tatsächlich hatte er zuvor noch nie das Lagerhaus aufgesucht, obwohl es die drei in seinem Beisein oft genug erwähnten. Maguire bewahrte dort seine Büchervorräte für einige Monate im voraus auf. Hauptsächlich Kochbücher aus Europa, zumindest wußte Ronnie von nichts anderem. In dieser Nacht, dieser letzten Nacht der Reinlichkeit, stolperte er über die Wahrheit in all ihrer farbgetreuen Glorie.

Maguire war da; umgeben von Paketen und Kisten, saß er

in einem der unverputzten Räume auf einem Stuhl. Eine nackte Glühbirne warf einen Heiligenschein um sein sich lichtendes Haupt, die Kopfhaut schimmerte rosa. Dork war auch da, in eine Torte vertieft. Henry B. legte gerade eine Patience. Rings um das Trio türmten sich in hohen Stapeln Magazine zu Abertausenden übereinander, mit glänzenden Titelseiten, jungfräulich-unberührt und irgendwie fleischig. Maguire schaute auf von seinen Berechnungen.

»Glassy«, sagte er. Er gebrauchte immer diesen Spitznamen. Ronnie starrte in den Raum und erriet sogar von weitem, worum es sich bei diesen aufgehäuften Schätzen handelte.

»Na, komm' Sie schon rein«, sagte Henry B. »Lust auf 'n Spielchen?«

»Gucken Sie nicht so streng«, beschwichtigte ihn Maguire, »das ist Ware wie jede andere.«

Eine Art unterschwelliges dumpfes Grauen bewog Ronnie, an einen der Magazinstöße heranzutreten und das oberste Exemplar aufzuschlagen.

»Sex pur«, stand auf der Titelseite, »Ekstasen der Erotik in Farbe. Der Superporno für anspruchsvolle Erwachsene. Text: Englisch/Deutsch/Französisch.« Außerstande, sich zurückzuhalten, fing er an, das Magazin durchzusehen. Sein Gesicht brannte dabei vor Verlegenheit; nur mit halbem Ohr hörte er den Schwall von Witzeleien und Drohungen, den Maguire heraussprudelte.

Schwärme obszöner Bilder flogen ihm in gräßlicher Überfülle von allen Seiten entgegen. Noch nie in seinem Leben hatte er etwas Derartiges gesehen. Jede sexuelle Handlung, die zwischen sich dazu bereit findenden Erwachsenen möglich war (und nur ein paar Akrobaten, gedopte Akrobaten, konnten sich zu solchen Handlungen bereitfinden), war in prächtiger Detailtreue wiedergegeben. Aus einem öligen Sexmorast hochkletternd, lächelten die Darsteller dieser unaussprechlichen Akte Ronnie mit glasigen Augen an; weder Scham noch Schuldbewußtsein zeichneten ihre lustgedunsenen Gesichter. Jeder Schlitz, jeder Spalt, jede Runzel und Pustel ihrer Körper war zur Schau gestellt, nackter noch als nackt. Der sich ausstülpende, keuchend zuckende Exzeß dieser Entblößungen versengte Ronnie den Magen.

Er klappte das Magazin zu und schaute sich flüchtig noch einen Haufen daneben an. Andere Gesichter, dasselbe rasende Sich-Paaren. Noch die abartigste Lasterhaftigkeit wurde mit dazu passendem Bildmaterial versorgt. Allein schon die Titel bezeugten die Wonnen, die im jeweiligen Heft zu erwarten waren. »Rassefrauen in Ketten«, lautete einer, »Sklaven des Gummis«, verhieß ein anderer. »Neufundländer Lover« präsentierte sich ein drittes Heft, in perfekter Scharfeinstellung bis aufs allerletzte nasse Schnauzhaar.

Langsam drang Michael Maguires zigaretten-ramponierte Stimme in Ronnies taumelndes Hirn. Sie beschwatzte ihn, versuchte es zumindest, und, was schlimmer war, sie verspottete ihn auf ihre subtile Art wegen seiner Naivität.

»Sie mußten ja früher oder später draufkommen«, sagte er. »Je früher, um so besser, nicht? Schadet niemand. Doch recht amüsant, das Ganze.«

Ronnie schüttelte heftig den Kopf, versuchte, die Bilder zu verscheuchen, die hinter seinen Augen Wurzeln geschlagen hatten. Sie vervielfältigten sich bereits, drangen erobernd in ein Territorium ein, das so gänzlich unbeleckt von derartigen Möglichkeiten gewesen war. In seiner Vorstellung tollten Neufundländer in Leder herum und schlürften aus den Körpern ihrer gefesselten Huren. Es war beängstigend, wie diese Abbildungen ihm die Augen überfluteten, jede Seite ein neuer Gegenstand des Abscheus. Er hatte das Gefühl, ersticken zu müssen, es sei denn, er unternahm etwas.

»Grauenvoll«, mehr brachte er nicht heraus. »Grauenvoll. Grauenvoll. Grauenvoll.«

Er versetzte einem Stoß »Rassefrauen in Ketten« einen Fußtritt. Als dieser umkippte, breitete sich das Bild der Titelseite in mehrfacher Wiederholung über den schmutzigen Boden aus.

»Lassen Sie das«, sagte Maguire sehr ruhig.

»Grauenvoll«, sagte Ronnie. »Sie sind alle grauenvoll.«

»Herrscht 'ne lebhafte Nachfrage danach.«

»Nicht bei mir!« sagte er, als hätte Maguire behauptet, daß er irgendein persönliches Interesse daran habe.

»Schön, dann mögen Sie sie eben nicht. Er mag sie nicht, Dork.«

Dork wischte sich mit einem exquisiten Taschentuch Schlagsahne von den kurzen Fingern.

»Wieso nicht?«

»Sind ihm zu schmutzig.«

»Grauenvoll«, sagte Ronnie nochmals.

»Also, du steckst bis zum Hals in der Sache drin, mein Sohn«, sagte Maguire. War seine Stimme nicht die des Teufels? Jawohl, die Stimme des Teufels. »Mach lieber halblang, und trag's mit Fassung«

»Halblang soll er'n machen«, wieherte Dork, »gelungen, Mick, echt gelungen.«

Ronnie schaute Maguire an. Der Mann war fünfundvierzig, vielleicht fünfzig; aber sein Gesicht hatte einen vergrämten, kaputten Ausdruck, vorzeitig gealtert. Der Charme war dahin; es war kaum menschlich, dieses Gesicht, mit dem er einem den Blick festleimte. Der Schweiß, die Borsten, der gespitzte Mund erinnerten Ronnie an den einladend hergereckten Hintern von einer der aufgespreizt-roten Schlampen in den Pornoheften.

»Wir drei sind durch die Bank stadtbekannte Schurken«, sagte selbiges Organ, »und wir haben nichts zu verlieren, wenn sie uns wieder erwischen.«

»Nichts«, sagte Dork.

»Du hingegen, mein Sohn, du bist ein Profi mit absolut reiner Weste. Also, wie ich das sehe: Wenn du über dieses schmutzige Geschäft rumtratschen willst, dann isses bald aus mit deinem guten Ruf als gewissenhafter, rechtschaffener Buchhalter. Ich würd' sogar so weit gehen und behaupten, daß du nie mehr Arbeit kriegst. Kapiert, was ich meine?«

Ronnie wollte Maguire eine reinhauen, also tat er es; mit voller Wucht noch dazu. Es gab ein befriedigendes Knakken, als Maguires Zähne mit ebendieser Wucht gegeneinanderstießen, und rasch quoll Blut zwischen seinen Lippen heraus. Es war das erste Mal seit seiner Schulzeit, daß Ronnie sich prügelte, und er war zu langsam, um dem unvermeidlichen Vergeltungsschlag auszuweichen. Der Hieb, mit dem Maguire konterte, streckte Ronnie blutbefleckt zu Boden, mitten unter die »Rassefrauen«. Ehe er sich aufrappeln konnte, hatte Dork ihm den Absatz ins Gesicht geknallt und zermalmte ihm damit den Nasenknorpel. Während Ronnie sich das Blut aus den Augen wischte, hievte ihn Dork auf die Beine und hielt ihn als unfreiwillige Zielscheibe Maguire vor die Nase. Die beringte Hand wurde zur Faust, und in den nächsten fünf Minuten benutzte Maguire Ronnie als Sandsack: fing unterm Gürtel an und arbeitete sich nach oben.

Ronnie fand den Schmerz merkwürdig beruhigend; er schien seine schuldig gewordene Psyche besser zu kurieren als eine Reihe Ave Marias. Als Dork ihn nach der Tracht Prügel verunstaltet hinaus ins Dunkel hatte entwischen lassen, verspürte er keinerlei Wut mehr, nur das Bedürfnis, die Reinigung zu Ende zu bringen, die Maguire begonnen hatte.

Er ging heim zu Bernadette und log ihr vor, auf der Straße überfallen und ausgeraubt worden zu sein. Sie tröstete ihn so lieb, daß es ihn ganz krank machte, sie hinters Licht zu führen, aber er hatte keine andere Wahl. In dieser Nacht und in der Nacht darauf fand er keinen Schlaf. Er lag in seinem Bett, kaum eineinhalb Meter von dem seiner vertrauensvollen Gattin entfernt, und versuchte, sich über seine Gefühle klarzuwerden. Er wußte instinktiv, daß die Wahrheit früher oder später an die Öffentlichkeit gelangen würde. Mit Sicherheit war es besser, zur Polizei zu gehen und alles zu gestehen. Aber dazu brauchte es Mut, und noch nie war ihm so bang ums Herz gewesen. So brachte er die Nacht auf Freitag und die auf Samstag mit Ausflüchten hin, ließ die Blutergüsse sich gelb färben und die Verwirrung abklingen.

Dann, am Sonntag, war die Kacke am Dampfen.

Die miesesten der Sonntags-Schmierblätter hatten sein Gesicht auf der Titelseite – groß und breit mit der dazugehörigen Balkenüberschrift: »Pornozar Ronald Glass«. Im Innenteil waren Fotografien, aus harmlos-unverfänglichem Zusammenhang herausgerissen und zu Dokumenten der Schuld umfunktioniert. Glass mit dem scheinbaren Ausdruck des Verfolgtseins. Glass mit dem scheinbaren Ausdruck der Verschlagenheit. Sein von Natur aus starker Bartwuchs ließ ihn schlecht rasiert aussehen; sein kurzer Haarschnitt suggerierte die Gefängnisästhetik, für die so mancher aus der kriminellen Bruderschaft ein Faible hat. Da er kurzsichtig war, blinzelte er; blinzelnd fotografiert sah er aus wie eine lüsterne Ratte.

Er stand beim Zeitungshändler und starrte sein eigenes Gesicht an; er wußte, daß sein persönliches Armageddon sich am Horizont abzeichnete. Bebend las er die schrecklichen Lügen im Innenteil.

Irgend jemand, nie bekam er eindeutig heraus, wer, hatte die ganze Geschichte ausgeplaudert. Von der Pornographie, den Bordells, den Sexshops, den Kinos. Die geheime Schweinkramwelt, deren Gehirn und Drahtzieher Maguire war, wurde hier ausführlich und in jeder widerlichen Einzelheit geschildert – nur daß Maguires Name nicht auftauchte. Ebensowenig der Dorks oder Henrys. Es war Glass, Glass von A bis Z: Seine Schuld war offenkundig. Man hatte ihn fein säuberlich reingehängt, keine Frage. Einen Kinderverderber nannte ihn der Leitartikel, einen kleinen Schmutzfink, betucht und geil geworden.

Es war zu spät, um irgend etwas abzustreiten. Bis er wieder nach Hause kam, war Bernadette abgezogen, mit den Kindern im Schlepptau. Jemand hatte sie mit der Neuigkeit beglückt, sie ihr wahrscheinlich übers Telefon durchgespeichelt: voller Wonne über den bloßen Dreck daran.

Er stand in der Küche, wo der Tisch für ein Frühstück gedeckt war, das die Familie noch nicht verzehrt hatte und jetzt nie mehr verzehren würde, und er weinte. Nicht besonders viel: Sein Tränenvorrat war ausgesprochen begrenzt, aber groß genug, um seine Pflicht als getan zu empfinden. Dann, nach dieser Zerknirschungsgeste, setzte er sich hin wie jeder anständige Mann, dem man schweres Unrecht angetan hat, und sann auf Mord.

In vielerlei Hinsicht war die Beschaffung des Schießeisens schwieriger als alles, was darauf folgte. Dazu bedurfte es einiger umsichtiger Überlegung und gewinnender Worte sowie einer ganzen Menge Bargeld. Er brauchte eineinhalb Tage, um die von ihm gewünschte Waffe ausfindig zu machen und den Umgang mit ihr zu lernen.

Dann machte er sich zu einem ihm genehmen Zeitpunkt an die Erledigung seiner Arbeit.

Henry B. starb als erster. Ronnie erschoß ihn in seiner kiefernatur-verschalten Küche im aufstrebenden Islington. Er hatte eine Tasse frisch gebrühten Kaffee in der dreifingrigen Hand und einen Ausdruck geradezu bedauernswerten Entsetzens im Gesicht. Der erste Schuß erwischte ihn seitlich, beulte dabei sein Hemd ein und ließ ein bißchen Blut hervorquellen, jedoch weit weniger, als Ronnie gegebenenfalls zu verkraften bereit war. Zuversichtlicher geworden, feuerte er abermals. Der zweite Schuß traf seinen Mann in den Hals; und das schien der tödliche Treffer gewesen zu sein. Henry B. stürzte vornüber wie ein Stummfilmkomiker und ließ die Kaffeetasse erst in dem Augenblick los, in dem er auf dem Boten aufschlug. Die Tasse kreiselte in dem Restegemisch aus Kaffee und Leben und kam schließlich scheppernd zum Stehen.

Ronnie trat zu dem vor ihm liegenden Körper und feuerte Henry B. eine dritte Kugel direkt ins Genick. Dieser letzte Schuß war fast sportlich-lässig: rasch und akkurat. Dann entkam Ronnie problemlos durch den Hintereingang, beinahe in Hochstimmung angesichts der Mühelosigkeit der Tat. Es kam ihm vor, als hätte er in seinem Keller eine Ratte in die Enge getrieben und getötet; eine unliebsame Pflicht, die getan werden mußte.

Der euphorische Schauder dauerte fünf Minuten. Dann mußte er sich heftig erbrechen.

Jedenfalls: Das war Henry. Aus und vorbei mit seinen Tricks. Dorks Tod war etwas sensationeller. Seine Uhr lief beim Hunderennen ab. Ja wirklich, er zeigte Ronnie gerade seinen Gewinncoupon, als er spürte, wie sich das langklingige Messer klammheimlich zwischen seiner vierten und fünften Rippe hineinzwängte. Er konnte kaum glauben, daß man dabei war, ihn zu ermorden, sein tortengemästetes Gesicht spiegelte grenzenlose Verwunderung wider. Dauernd sah er sich rings nach den in dichtem Gedränge herumlaufenden Wettgenossen um, als müßte jeden Moment einer von ihnen lachend mit dem Finger auf ihn zeigen und ihm sagen, daß das alles nur ein Scherz sei, ein vorweggenommenes Geburtstagsspielchen. Dann drehte Ronnie die Klinge in der Wunde (das sei ganz bestimmt tödlich, hatte er gelesen), und Dork wurde klar, daß dies, Gewinncoupon hin oder her, nicht sein Glückstag war.

Sein schwerer Körper wurde in dem drangvollen Gewühl an die zehn Meter weiter getragen, bis er sich in den Drehkreuzzähnen des Ausgangs verkeilte. Erst dann spürte jemand den von Dork herrührenden heißen Guß und schrie auf. Mittlerweile war Ronnie längst über alle Berge. Zufrieden und sich nachgerade sauberer fühlend, ging er nach Hause. Bernadette war dagewesen, um sich Kleider und Lieblingsnippes zusammenzusuchen. Er wollte ihr sagen: Nimm alles, mir liegt nichts dran. Aber sie war hereingeschlüpft und wieder gegangen wie das Gespenst einer Hausfrau. In der Küche war der Tisch noch immer für jenes unwiderruflich letzte Sonntagsfrühstück gedeckt. Staub war auf den Cornflakes in den Schalen der Kinder; die ranzige Butter fettete allmählich die Luft ein. Ronnie saß da, den späten Nachmittag über, die Abenddämmerung über, und weiter bis in die frühen Morgenstunden des folgenden Tages. Er kostete seine neu entdeckte Macht über Leben und Tod aus. Dann ging er in seinen Kleidern zu Bett, da ihm an Ordentlichsein nichts mehr lag, und schlief den Schlaf der beinah Gerechten.

Es fiel Maguire nicht besonders schwer zu erraten, wer Dork und Henry B. abserviert hatte, auch wenn die Vorstellung, daß sich ausgerechnet dieser Wurm gekrümmt hatte, schwer nachzuvollziehen war. Viele aus der kriminellen Zunft hatten Ronald Glass gekannt und hatten mit Maguire über den kleinen Betrug gelacht, mit dem man dem Unschuldigen so übel mitgespielt hatte. Aber keiner hatte ihn solcher extremen Sanktionen gegen seine Feinde für fähig gehalten. In manchen schäbigeren Quartieren feierte man ihn jetzt wegen seiner bloßen Blutrünstigkeit; andere, Maguire mit eingeschlossen, hatten das Gefühl, er sei zu weit gegangen, um wie ein verirrtes Schaf freudig in die Herde aufgenommen zu werden. Die vorherrschende Auffassung ging dahin, daß er zu beseitigen sei, ehe er dem prekären Gleichgewicht der Macht noch weiteren Schaden zufügen könne.

So waren Ronnies Tage mit einem Male gezählt. Man hätte sie an den drei Fingern von Henry B.s Hand abzählen können.

Am Samstag nachmittag kamen sie ihn holen, und sie brachten ihn schnell in ihre Gewalt, ohne daß ihm Zeit blieb, zu seiner Verteidigung eine Waffe zu zücken. Sie eskortierten ihn zu einem Lagerhaus für Salami und gekochtes Fleisch, und im eisig-weißen Schutz des Kühlraums hängten sie ihn an einem Haken auf und folterten ihn. Jedem, der irgendeinen Anspruch auf Dorks oder Henry B.s Zuneigung hatte, wurde Gelegenheit gegeben, seinen Kummer an ihm abzuarbeiten. Mit Messern, mit Hämmern, mit Schweißbrennern. Sie zerschmetterten ihm die Knie und die Ellbogen. Sie rissen ihm die Trommelfelle heraus und brannten das Fleisch von seinen Fußsohlen.

Endlich, etwa gegen elf, verloren sie allmählich das Interesse. Die Clubs kamen grade auf Touren, die Spieltische fingen gerade zu brodeln an, es war Zeit, mit der Gerechtigkeit zu einem Ende und hinaus in die Stadt zu kommen.

Zu ebendiesem Zeitpunkt kreuzte Micky Maguire auf, tödlich schick gekleidet in seinem Sonntagsstaat. Ronnie wußte, Maguire war hier irgendwo in dem trüben Dunst, aber seine Sinne waren beinah ausgelöscht, und nur andeutungsweise sah er, wie das Schießeisen auf seinen Kopf gerichtet wurde, und nur andeutungsweise spürte er, wie das Detonationsgeräusch in dem weiß gekachelten Raum herumhüpfte.

Eine einzelne Kugel, makellos plaziert, drang durch seine Stirnmitte ins Hirn ein. So akkurat, daß es vielleicht sogar seinen Maßstäben genügt hätte: wie ein drittes Auge.

Sein Körper zuckte einen Moment an seinem Haken und starb. Maguire steckte den Applaus weg wie ein Mann – ein Küßchen den Damen, ein Dankeschön seinen lieben Freunden, die dieser seiner Tat beigewohnt hatten – und zog ab zum Spielen. Die Leiche wurde am frühen Sonntagmorgen in einem Plastiksack am Rand des Epping Forest abgeladen, gerade als sich der Dämmerungschor in den Eschen und Platanen aufeinander einstimmte. Und damit war die Sache im Grunde genommen erledigt. Nur daß es jetzt erst richtig losging.

Ronnies Körper wurde tagsdarauf von einem Jogger gefunden, der vor sieben auf den Beinen war. Innerhalb der gut vierundzwanzig Stunden zwischen der Deponierung und der Auffindung war die Leiche bereits in Verfall übergegangen.

Aber der Pathologe hatte schon weit, weit Schlimmeres gesehen. Leidenschaftslos sah er zu, wie die zwei Anatomiegehilfen den Körper entkleideten, die Kleider zusammenlegten und sie in mit Etiketten versehenen Plastikbeuteln verstauten. Geduldig und aufmerksam wartete er, während die Frau des Verschiedenen in sein widerhallendes Reich geleitet wurde, aschfahl im Gesicht, die Augen bis zum Platzen verschwollen von zu vielen Tränen. Ohne Liebe schaute sie auf ihren Mann hinunter und bestaunte durchaus unerschrocken die Wunden und Folterspuren. Für den Pathologen war dieses letzte Zusammentreffen zwischen Pornozar und ungerührter Gattin nur das Schlußkapitel einer ganzen Geschichte. Die lieblose Ehe der beiden, die Auseinandersetzungen wegen seines verachtenswerten Lebenswandels, die Verzweiflung der Frau, seine brutale Herzlosigkeit, und nun: ihre Erleichterung, daß die Tortur endgültig vorbei war und ihr die Freiheit gegeben wurde, ein neues Leben zu beginnen, ohne ihn. Der Pathologe notierte sich im Kopf, die Adresse der charmanten Witwe nachzuschlagen. Sie war hinreißend in ihrer Gleichgültigkeit gegenüber all den Verstümmelungen; das Wasser lief ihm im Mund zusammen, wenn er über sie nachdachte.

Ronnie wußte, daß Bernadette gekommen und gegangen war; auch die anderen Gesichter konnte er wahrnehmen, die in die Leichenhalle hereinplatzten, bloß um sich den daliegenden Pornozaren zu begucken. Noch im Tode war er ein Gegenstand der Faszination. Und ein Horror war es, den er nicht vorausgesehen hatte: in seinen kühlen Gehirnwindungen herumzuschwirren wie ein Mieter, der sich weigert, sich von den Vollstreckungsbeamten rausschmeißen zu lassen – sehen zu müssen, wie ihn die Welt noch immer umschwebte, und nicht imstande zu sein, auf sie einzuwirken.

In den Tagen seit seinem Tod hatte es keinerlei Hinweis auf einen Ausweg aus dieser Lage gegeben. Er hatte hier herumgesessen in seinem eigenen toten Schädel, außerstande, einen Durchschlupf hinaus in die lebende Welt ausfindig zu machen, und irgendwie nicht gewillt, das Leben gänzlich fahrenzulassen und sich dem Himmel anheimzugeben. Noch immer gab es einen Willen zur Rache in ihm. Ein Teil seines Selbst, unversöhnlich gegenüber Vergehen, war darauf eingestellt, das Paradies zu vertagen, um die von ihm begonnene Aufgabe zu Ende zu bringen. Die Bücher mußten abgeschlossen werden; und ehe Michael Maguire nicht tot war, konnte Ronnie seine Buße nicht antreten.

In seinem runden Knochengefängnis sah er dem Kommen und Gehen der Neugierigen zu und verknüpfte seine Willensfäden. Der Pathologe verrichtete seine Arbeit an Ronnies Leichnam mit dem Feingefühl eines Fischausweiders: Schludrig grub er ihm die Kugel aus der Hirnschale und schnüffelte in den Kuddelmuddelpartien aus zertrümmertem Knochen und Knorpel herum, die früher seine Knie und Ellbogen gewesen waren. Ronnie konnte den Mann nicht leiden. Er hatte auf die höchst unstandesgemäße Weise nach Bernadette geschielt; und jetzt, wo er den Profi mimte, war seine Gefühllosigkeit absolut schandbar. Ach, was gäbe er drum, wenn ihm eine Stimme, eine Faust, ein Körper eine Zeitlang zur Verfügung stünden! Dann würde er diesem Schlachtfleischschnippler zeigen, wie man mit Körpern umgeht. Aber der Wille allein reichte nicht aus: Er brauchte ein Zentrum und ein Vehikel zur Flucht.

Der Pathologe beendete seinen Bericht und seine grobe Zunäherei, warf seine saftglänzenden Handschuhe und seine besudelten Instrumente auf den Handkarren neben die Tupfer und den Alkohol und überließ den Leichnam den Assistenten.

Ronnie hörte, wie sich beim Weggehen des Mannes die Schwingtüren hinter ihm schlossen. Irgendwo lief Wasser, platschte in den Ausguß; das Geräusch irritierte ihn.

Die zwei Mitarbeiter standen neben dem Tisch, auf dem er lag, und unterhielten sich über ihre Schuhe. Ausgerechnet über Schuhe! So was Banales, dachte Ronnie, so was nervtötend Banales.

»Kennst du diese neuen Sohlen, Lenny ? Solche, wie ich sie mir auf meine braunen Wildlederschuhe hab' machen lassen? Kannst echt vergessen. Taugen überhaupt nichts.«

»Wundert mich nicht.«

»Und was ich dafür hab' hinlegen müssen. Schau dir

das an; schau dir das bloß an! In einem Monat durchgelaufen.«

»Papierdünn.«

»Aber genau, Lenny, papierdünn sind die. Ich tu' sie wieder runter.«

»'s einzig Wahre.«

»Mach' ich glatt.«

»'s einzig Wahre.«

Diese stupide Unterhaltung überstieg nach jenen Stunden der Folter, des plötzlichen Todes und der Obduktion, die er vor so kurzer Zeit ertragen hatte, beinah das Maß des Erträglichen. Ronnies Geist fing an, in seinem Gehirn unablässig rundherum zu schwirren wie eine wütende, in einem umgestülpten Marmeladenglas gefangene Biene, entschlossen, ins Freie zu gelangen und draufloszustechen.

Immer rundherum – wie die Unterhaltung.

»Arschig papierdünn.«

»Wundert mich nicht.«

»Dreck, ausländischer. Diese Sohlen. Kommen aus diesem bekackten Korea.«

»Korea?«

»Logo, drum sind sie ja papierdünn.«

Einfach unverzeihlich, diese mühsam sich hinschleppende Stumpfsinnigkeit dieser Typen. Daß sie leben und handeln und sein durften, während er ewig herumsummte und dabei vor Frustration kochte. War das fair?

»Sauber abgeknallt, Maßarbeit«, sagte Lenny.

»Was?«

»Die Leiche. Der abservierte – wie heißt er gleich – Pornozar. Peng! Mitten in die Stirn. Siehst du das? Zack-bumm, und rein wie'n Wiesel.«

Lennys Genosse war anscheinend noch immer von seiner papierdünnen Sohle in Anspruch genommen. Er gab keine Antwort. Wißbegierig schob Lenny das Leichentuch zentimeterweise von Ronnies Stirn zurück. Die Einschnittstellen des zersägten und skalpierten Fleisches waren unelegant vernäht, aber das Einschußloch war akkurate Maßarbeit.

»Schau dir das an.«

Der andere sah sich flüchtig nach dem toten Gesicht um. Die Kopfwunde war gereinigt worden, nachdem die Sondierzange ihre Arbeit geleistet hatte. Die Ränder waren weiß und schrumplig aufgeworfen.

»Ich hab' gedacht, sie zielen normalerweise aufs Herz«, sagte der Sohlenforscher.

»Das hier war nicht irgendein Straßenkampf. Es war eine Hinrichtung, etwas Förmliches«, sagte Lenny und stieß seinen kleinen Finger in die Wunde. »Ein astreiner Schuß. Peng! Genau in die Stirnmitte. Als ob er drei Augen hätte.«

»Ja, Mann ...«

Das Leichentuch wurde wieder über Ronnies Gesicht geworfen. Die Biene surrte weiter, immer rundherum.

»Hast schon vom dritten Auge gehört, oder?«

»Du etwa?«

»Stella hat mir was vorgelesen drüber; soll das Zentrum des Körpers sein.«

»Dein Nabel ist das. Wie kann deine Stirn das Zentrum von deinem Körper sein?«

»Also ...«

»Dein Nabel ist das.«

»Nein, ich mein' mehr dein geistiges Zentrum.«

Der andere ließ sich zu keiner Antwort herab.

»Ziemlich genau da, wo das Einschußloch ist«, sagte Lenny, noch immer in Bewunderung für Ronnies Killer versunken.

Die Biene lauschte. Das Einschußloch war bloß eines von vielen Löchern in seinem Leben. Löcher, wo seine Frau und seine Kinder hätten sein sollen. Löcher, die wie blinde Augen aus den Magazinseiten zu ihm aufzwinkerten, rosa und braun und haarlippig. Löcher rechts von ihm, Löcher links ...

Konnte es sein, daß er hier – endlich – ein Loch gefunden

hatte, das er sich zunutze machen konnte? Warum nicht über die Wunde hinausgelangen?

Sein Geist riß sich zusammen und steuerte auf seine Stirn los: In einer Mischung aus Beklommenheit und Erregung durchkroch er die Großhirnrinde. Weiter vorn konnte er das Ausgangstor wahrnehmen – wie das Licht am Ende eines langen Tunnels. Außerhalb des Lochs erstrahlten Kette und Schuß seines Leichentuchs wie ein verheißenes Land. Sein Richtungssinn war gut; das Licht nahm zu, während er kroch, die Stimmen wurden lauter. Ohne großes Trara spie Ronnies Geist sich selbst in die Außenwelt: ein minimales Ausschwitzen von Seele. Die winzigen Flüssigkeitspartikel, die seinen Willen und sein Bewußtsein beförderten, wurden von dem Leichenlaken aufgesaugt wie Tränen von einem Tempotaschentuch.

Sein physisch greifbarer Leib war jetzt vollends ausgestorben; eine eisige Masse, nur noch für die Flammen tauglich.

Ronnie Glass existierte in einer neuen Welt: einer weißleinenen Welt, die mit keiner bisher von ihm erlebten oder geträumten Seinsweise vergleichbar war.

Ronnie Glass war sein Leichentuch.

Wäre Ronnies Pathologe nicht vergeßlich gewesen, dann wäre er nicht in diesem Moment in die Leichenhalle zurückgekommen, um hier nach dem Notizbuch, in das er die Telefonnummer der Glass-Witwe geschrieben hatte, zu suchen; und wäre er nicht zurückgekommen, wäre er am Leben geblieben. Aber so wie die Dinge lagen …

»Habt ihr mit dem noch nicht angefangen?« schnauzte er die Gehilfen an.

Sie murmelten irgendeine Entschuldigung. In den Abendstunden war er immer gereizt; sie waren seine kindischen Ausbrüche gewöhnt.

»Na, macht schon«, sagte er, streifte dabei das Leichentuch von dem Körper und warf es verärgert zu Boden, »bevor der Kacker voll Grausen hier rausmarschiert. Wollen doch unser kleines Hotel nicht in Verruf bringen, hab' ich recht?«

»Nein, Sir. Das heißt, ja, Sir.«

»Also, dann steht nicht rum! Packt ihn schon zusammen! Da is' 'ne Witwe, die ihn so bald wie möglich weghaben will. Was ich von ihm sehn muß, hab' ich gesehn.«

Ronnie lag in einem zerkrumpelten Haufen am Boden und durchwirkte langsam dieses neugefundene Terrain nach allen Seiten mit seinem Einfluß. Es fühlte sich gut an, einen Körper zu haben, selbst wenn er steril und rechteckig war. Unter gezielter Anwendung einer Willenskraft, von der er nicht gewußt hatte, daß er sie besaß, brachte Ronnie das Leichentuch voll unter seine Kontrolle.

Dieses verweigerte zunächst das Leben. Immer war es passiv gewesen; das war sein Grundzustand. An eine Besetzung durch Geister war es nicht gewöhnt. Aber Ronnie ließ sich jetzt nicht unterkriegen. Sein Wille war eine Befehlsgewalt: Entgegen allen Regeln natürlichen Verhaltens straffte und verknotete sie das widerspenstige Leinen zu einer Scheingestalt von Leben.

Das Leichentuch erhob sich.

Der Pathologe hatte sein kleines schwarzes Buch gefunden und war gerade dabei, es einzustecken, als die weiße Stoffbahn sich ihm ausgebreitet in den Weg stellte und sich streckte wie ein Mann, der soeben aus tiefem Schlaf erwacht ist.

Ronnie versuchte zu sprechen. Aber die einzige Stimme, die ihm zu Gebot stand, war ein in die Luft gehauchtes Flüstern des Tuchs, zu leicht, zu immateriell, um die Klagen erschrockener Männer zu übertönen. Und erschrocken waren sie. Der Pathologe rief zwar um Beistand, aber niemand kam. Lenny und sein Genosse entwischten Richtung Schwingtür. Ihre offenstehenden Münder lallten flehentliche Bitten an jeden ortsgebundenen Gott, der zuhören mochte.

Von allen Göttern verlassen, zog sich der Pathologe hinter den Obduktionstisch zurück.

»Geh mir aus den Augen«, sagte er. Ronnie umarmte ihn fest.

»Hilfe«, sagte der Pathologe beinah zu sich selber. Aber Hilfe war keine mehr da. Die lief, noch immer lallend, die Gänge hinunter und sah zu, daß ihr das in der Leichenhalle stattfindende Wunder nur ja im Rücken blieb. Der Pathologe war allein. In die gestärkte Umarmung eingewickelt, murmelte er zu guter Letzt einige Entschuldigungen, die er unter seinem Stolz hervorgekramt hatte.

»'s tut mir leid, wer du auch bist. Was du auch bist, 's tut mir leid.«

Aber in Ronnie war eine Wut, die mit Spätbekehrten rein gar nichts zu tun haben wollte; keinerlei Pardon oder Gnadenfrist waren zulässig. Dieser fischäugige Dreckskerl, diese Skalpellausgeburt, hatte seinen alten Körper zerschnitten und untersucht, als ob er eine Rinderseite wäre. Ronnie lief blaßblau an bei dem Gedanken an die ach-socoole Einschätzung, die dieser Schleimer für das Leben, den Tod und Bernadette gehabt hatte. Der Dreckskerl würde sterben, hier, mitten unter seinen obduzierten Überresten, und das sollte das Ende für sein abgebrühtes Gewerbe sein.

Die Zipfel des Leichentuchs gestalteten sich jetzt, von Ronnies Erinnerung geformt, zu halbwegs erkennbaren Armen. Die Wiederherstellung seiner alten Erscheinung in diesem neuen Medium kam ihm ganz natürlich vor. Zuerst schuf er Hände, dann Finger, sogar einen rudimentären Daumen. Er glich einem morbiden Adam, aus Leinen statt Lehm.

Noch während sie Gestalt annahmen, legten sich die Hände dem Pathologen um den Hals. Bis jetzt hatten sie keinen Tastsinn in sich, und Ronnie fiel es schwer abzuschätzen, wie stark auf die pulsierende Haut zu drücken sei, also gebrauchte er einfach alle Kraft, die er aufbringen konnte. Das Gesicht des Mannes wurde schwarz, und seine pflaumenfarbene Zunge stand aus seinem Mund heraus wie eine Speerspitze, scharf und hart. In seiner Begeisterung brach ihm Ronnie das Genick. Es knackte plötzlich entzwei, und in einem gräßlichen Winkel fiel der Kopf nach hinten. Die fruchtlosen Entschuldigungen hatten längst aufgehört.

Ronnie ließ den Pathologen auf den gefliesten Boden fallen und starrte auf die von ihm geformten Hände hinunter, mit Augen, die momentan nur zwei Nadelstiche in einem besudelten Stofflaken waren.

Er war sich seiner selbst sicher in diesem Körper, und Mannomann, er war stark; er hatte dem Dreckskerl das Genick gebrochen, ohne sich im mindesten anzustrengen. Als Bewohner dieser fremdartigen, blutlosen Körperstruktur hatte er eine neue Freiheit von den Zwängen des Menschseins gewonnen. Plötzlich war er für das Leben der Luft empfänglich, er spürte jetzt, wie sie ihn füllte und schwellte. Sicherlich konnte er fliegen wie ein Laken im Wind oder, wenn's ihm paßte, sich zu einer Faust verknoten und die Welt in Unterwerfung prügeln. Die künftigen Möglichkeiten schienen grenzenlos zu sein.

Und doch ... er ahnte, daß diese Gabe allenfalls vorübergehend Bestand hatte. Über kurz oder lang würde das Leichenlaken sein früheres Leben als untätiges Stück Tuch wiederaufnehmen wollen, und seine wahre, passive Natur wurde wiederhergestellt. Dieser Körper war ihm nicht geschenkt worden, bloß geliehen. Es lag an ihm, nach seinen besten rachsüchtigen Fähigkeiten davon Gebrauch zu machen. Er kannte die Prioritäten. Zuallererst Michael Maguire finden und ihn beseitigen.

Dann, wenn ihm die Zeit dazu noch reichte, würde er die Kinder aufsuchen. Aber es war unklug, als flatterndes Leichentuch Besuche zu machen. Weitaus besser, er arbeitete an dieser Illusion vom Menschsein und sah zu, ob er den Effekt verfeinern konnte.

Er hatte gesehen, was für verrücktes Zeug Falten bewirken konnten: Sie ließen Gesichter in einem zerdrückten Kissen oder auf dem zerknitterten Rücken einer an der Tür hängenden Jacke erscheinen. Aber noch etwas Ausgefalleneres gab es: das Turiner Linnen, in dem sich auf wunderbare Weise das Gesicht und der Körper Jesu Christi abgedrückt hatten. Bernadette hatte eine Postkarte von dem Linnen geschickt bekommen, mit allen Wundmalen von Lanze und Nägeln am richtigen Platz. Wieso könnte er nicht dasselbe Wunder vollbringen – kraft seines Wesens? War er nicht auch ein Auferstandener?

Er ging zum Leichenhallenausguß und drehte den rinnenden Hahn zu. Dann starrte er in den Spiegel, um seinen Willen Gestalt annehmen zu sehen. Schon zuckte und wallte das Leichentuch, als sein Wille ihm neue Formen abverlangte. Zuerst war da nur der primitive Umriß seines Kopfes, grob gestaltet wie der eines Schneemanns. Zwei Vertiefungen für die Augen und eine unförmige Knollennase. Aber er konzentrierte sich, zwang, willentlich, das Leinen dazu, sich bis an die Grenzen seiner Elastizität zu spannen. Und siehe da! Es funktionierte, es funktionierte wirklich! Die Fäden jammerten, fügten sich aber seinen Forderungen und bildeten in ausgezeichneter Wiedergabe die Nasenlöcher und dann die Augenlider; die Oberlippe – jetzt die untere. Wie ein anbetender Liebhaber skizzierte er aus dem Gedächtnis die Konturen seines verlorenen Gesichts und schuf sie in jeder Einzelheit neu. Jetzt machte er den Hals: eine luftgefüllte, aber täuschend stabil aussehende Säule. Darunter blähte sich das Leichentuch zu einem männlichen Rumpf. Die Arme waren bereits geformt, die Beine schlossen sich rasch an. Und damit war's getan.

Er war wiedergeschaffen, nach seinem eigenen Bild.

Die Illusion war nicht vollkommen. Erstens einmal war er bis auf die Flecken rein weiß, und sein Fleisch hatte die Struktur von Stoff. Die Falten seines Gesichts waren vielleicht zu tief eingeschnitten, muteten fast kubistisch an, und es war unmöglich, das Tuch dazu zu bewegen, den Anschein von Haaren oder Nägeln hervorzubringen. Aber er war so einsatzbereit für die Welt, wie es sich ein lebendes Leichentuch nur irgend erhoffen konnte.

Es war Zeit, hinauszugehen und seinem Publikum gegenüberzutreten.

»Dein Spiel, Micky.«

Maguire verlor selten beim Poker. Er war zu gewieft, und dieses verbrauchte Gesicht war zu undurchschaubar; seine müden, blutunterlaufenen Augen ließen nie irgend etwas nach draußen. Doch trotz seines formidablen Rufs als Gewinner mogelte er nie. Das war ein Abkommen mit sich selbst. Gewinnen hatte nichts Erhebendes, wenn Mogelei dabei war. Dann lief es bloß auf Stehlen hinaus; und das paßte zu den kriminellen Konsorten. Er war Geschäftsmann, schlicht und einfach.

Heute nacht hatte er im Zeitraum von zweieinhalb Stunden ein hübsches Sümmchen eingeschoben. Das Leben war erfreulich. Seit dem Tod von Dork, Henry B. und Glass war die Polizei zu sehr mit dem Phänomen Mord beschäftigt, um von den harmloseren Spielarten des Lasters noch groß Notiz zu nehmen. Außerdem wurden die Burschen ordentlich geschmiert; brauchten sich über nichts zu beklagen. Inspektor Wall, ein langjähriger Trinkkumpan, hatte Maguire sogar persönlichen Schutz vor dem geisteskranken Killer angeboten, der sich offenkundig auf freiem Fuß befand. Das Ironische an der Idee amüsierte Maguire ungemein.

Es war fast drei Uhr nachts. Zeit für schlimme Mädels und Jungs, ins Bett zu kommen und von Verbrechen für den morgigen Tag zu träumen. Maguire erhob sich vom Tisch und gab damit zu verstehen, daß das Spiel für heute nacht zu Ende sei. Er knöpfte die Weste zu und band sorgfältig seine Zitrone-mit-Eis-Seidenkrawatte.

»Nächste Woche wieder 'n Spielchen?« schlug er vor.

Die Verliererrunde war einverstanden. Sie waren es gewöhnt, an ihren Boß Geld zu verspielen, aber es gab keine Animosität zwischen den vieren. Eher schon einen Anflug von Traurigkeit: Sie vermißten Henry B. und Dork. Die Samstagabende waren eine so überaus ergötzliche Angelegenheit gewesen. Jetzt aber lag ein gedämpfter Ton über dem Ganzen.

Perlgut ging als erster. Er drückte seinen Stumpen in dem randvollen Aschenbecher aus.

»Nacht, Mick.«

»Nacht, Frank. Gib den Kids 'n Kuß von ihrem Onkel Mick, ja?«

»Mach' ich.«

Perlgut schlurfte davon, seinen stotternden Bruder im Schlepptau.

»G-g-g-gut Nacht.«

»Nacht, Ernest.«

Die Brüder polterten die Treppe hinunter.

Norton ging als letzter, wie immer.

»Lieferung morgen?« fragte er.

»Morgen ist Sonntag«, sagte Maguire. Sonntags arbeitete er nie; der Tag gehörte der Familie.

»Nee, heute is' Sonntag«, sagte Norton, ohne pedantisch sein zu wollen. Er gab bloß seinem natürlichen Impuls nach. »Morgen is' Montag.«

»Ja.«

»Lieferung Montag?«

»Wollen's hoffen.«

»Komm' Sie zum Lagerhaus?«

»Wahrscheinlich.«

»Ich hol' Sie dann ab: Könn' zusammen hinfahren.«

»Fein.«

Norton war ein guter Mann. Humorlos, aber verläßlich.

»Nacht dann.«

»Nacht.«

Seine Sieben-Zentimeter-Absätze waren stahlbeschlagen; sie hallten auf der Treppe wie die Pfennigabsätze einer Frau. Unten fiel die Tür ins Schloß.

Maguire zählte seinen Gewinn, leerte sein Glas Cointreau und schaltete das Licht im Spielzimmer aus. Der Rauch erkaltete bereits. Morgen mußte er jemanden veranlassen, hier vorbeizuschauen und das Fenster aufzumachen, etwas frischen Sohoduft hier reinzulassen. Salami und Kaffeebohnen, Menschenverkehr und Verrufenheit. Er liebte das, liebte es heiß und innig, wie ein Baby Mamis Brustwarze liebt.

Während er die Treppe zu dem im Dunkel liegenden Sexshop hinunterstieg, hörte er draußen auf der Straße Leute sich verabschieden, daran anschließend das Zuschlagen von Autotüren und die kraftvoll summende Abfahrt kostspieliger Wagen. Ein netter Abend unter guten Freunden, was konnte einer denn mehr verlangen?

Am unteren Treppenabsatz blieb er einen Moment lang stehen. Die blinkende Reklamebeleuchtung auf der Straßenseite gegenüber erhellte den Sexshop immerhin soweit, daß er die Reihen der Magazine ausmachen konnte. Ihre Hochglanztitelseiten glitzerten; silikonverstärkte Brüste und durchgewalkte Hintern quollen aus den Fotos hervor wie überreifes Obst. Wimperntusche-triefende Gesichter reckten sich ihm mit aufgeworfenen Lippen entgegen, stellten jegliche einsame Befriedigung in Aussicht, die Papier versprechen kann. Aber ihn ließ das kalt. Die Zeiten waren seit langem vorbei, in denen er irgend etwas von dem Zeug interessant gefunden hatte. Es war einfach Geld für ihn, und er wurde weder angeekelt noch erregt davon. Er war schließlich ein glücklich verheirateter Mann, mit einer Frau, deren Einbildungskraft kaum über Seite zwei im »Kamasutra« hinausreichte und deren Kinder ordentlich versohlt wurden, wenn sie auch nur ein fragwürdiges Wort in den Mund nahmen.

In der Ecke des Ladens, wo das Fesselungs- und Sado-Maso Material ausgebreitet war, erhob sich etwas vom Boden. Es fiel Maguire schwer, sich in dem intermittierenden Licht darauf zu konzentrieren. Rot, blau. Rot, blau. Aber Norton war es nicht, und auch keiner von den Perlguts.

Es war jedoch ein ihm bekanntes Gesicht, das ihn da vor dem Hintergrund von »Gefesselt-und-vergewaltigt«-Pornos anlächelte. Und jetzt sah er: Es war Glass, so klar wie der helle Tag und trotz der bunten Beleuchtung weiß wie ein Blatt Papier.

Er versuchte nicht, logisch zu ergründen, wie ein Toter ihn anstarren konnte. Er ließ bloß Mantel und Unterkiefer fallen und rannte los.

Die Tür war abgeschlossen, und der Schlüssel zu ihr war einer von zwei Dutzend an seinem Ring. Du lieber Heiland, warum hatte er so viele Schlüssel? Schlüssel zum Lagerhaus, Schlüssel zum Gewächshaus, Schlüssel zum Hurenhaus. Und nur dies zuckende Licht, um den richtigen herauszufinden. Rot, blau. Rot, blau.

Er fingerte unter den Schlüsseln herum, und dank irgendeines magischen Zufalls paßte der erste, den er probierte, mühelos ins Schloß und drehte sich wie ein Finger in heißem Fett. Die Tür war auf, die Straße lag vor ihm.

Aber Glass segelte lautlos hinter ihm heran, und ehe Maguire über die Schwelle treten konnte, flog ihm etwas ums Gesicht, irgendeine Art Tuch. Es roch nach Krankenhaus, nach Äther oder Desinfektionsmittel oder beidem. Maguire wollte aufschreien, aber eine Tuchfaust wurde ihm in den Rachen hinuntergestoßen. Er würgte an ihr, der Brechreflex versetzte seinen Organismus in Aufruhr. Als Reaktion darauf wurde der Griff des Attentäters nur noch fester.

Auf der Straßenseite gegenüber beobachtete ein Mädchen, das Maguire nur als Natalie kannte (Model sucht interessante Stellung bei strengem Zuchtmeister), den Kampf im Ladeneingang mit einem drogenbenebelten Ausdruck in ihrem stumpfsinnigen Gesicht. Mord war ihr ein- oder zweimal untergekommen, Vergewaltigung war ihr haufenweise untergekommen, und sie hatte nicht vor, sich in die Sache mit reinziehen zu lassen. Außerdem war es spät, und die Innenseiten ihrer Schenkel taten ihr weh. Gleichgültig entfernte sie sich die rosa erleuchtete Passage entlang und ließ die Gewalt ihren Lauf nehmen. Maguire merkte sich in Gedanken vor, das Gesicht des Mädchens an einem der nächsten Tage in Stücke schneiden zu lassen. Falls er überlebte, was von Sekunde zu Sekunde weniger wahrscheinlich schien. Das Rot, Blau, Rot, Blau war jetzt unbestimmbar, da sein luftloses Hirn farbenblind wurde, und obwohl er anscheinend den Möchtegern-Attentäter richtig zu fassen bekam, schien sich der Halt zu verflüchtigen: Tuch, leeres Tuch blieb zurück, das ihm wie Seide durch die schwitzenden Hände glitt.

Dann redete jemand. Nicht hinter ihm, es war nicht die Stimme seines Attentäters, sondern vor ihm. Zehn Meter weiter auf der Straße. Norton. Es war Norton. Er war aus irgendeinem Grund zurückgekommen, Gott lohn' es ihm, und er stieg gerade aus seinem Wagen und rief Maguire beim Namen.

Der Würgegriff des Attentäters löste sich abrupt, und die Schwerkraft bemächtigte sich Maguires. Er stürzte, die kreiselnde Welt vor Augen, schwer auf das Pflaster, sein Gesicht purpurn in dem gespenstischgrellen Licht.

Norton rannte zu seinem Boß und fummelte dabei zwischen dem Krimskrams in seiner Tasche nach einem Schießeisen. Der weißgekleidete Attentäter, nicht gewillt, es mit einem zweiten Mann aufzunehmen, verdrückte sich bereits die Straße hinunter. Genauso wie ein im Stich gelassenes Mitglied vom Ku-Klux-Klan schaute er aus, dachte Norton; eine Kapuze, eine Robe, ein Umhang. Norton fiel auf ein Knie, zielte mit beidhändig gehaltener Waffe auf den Mann und feuerte. Das Ergebnis war absolut verblüffend. Die Gestalt schien sich ballonartig aufzubauschen, wobei sich ihre Körperformen verloren und sie zu einer flatternden Masse aus weißem Tuch wurde, auf der der vage Abdruck eines Gesichts schwebte. Da war ein Geräusch wie das Flappen von Montagswäsche auf der Leine, ein Ton, der in dieser schmuddeligen Nebenstraße nicht am richtigen Platz schien. Norton war so perplex, daß er einen Moment reaktionslos blieb – und das Menschenlaken schien sich, illusorisch, in die Luft zu schwingen.

Zu Nortons Füßen kam Maguire stöhnend wieder zu

sich. Er versuchte zu sprechen, hatte aber Schwierigkeiten, sich via gequetschtem Kehlkopf und Hals verständlich zu machen. Norton beugte sich näher zu ihm. Maguire roch nach Erbrochenem und Angst.

»Glass«, schien er zu sagen.

Das reichte. Norton nickte, sagte: »Pscht.« Natürlich, das war das Gesicht auf dem Laken. Glass, der unkluge Buchhalter. Er war Zeuge gewesen, wie sie dem Mann die Füße brieten, Zeuge bei dem ganzen lästerlichen Ritual; überhaupt nicht nach seinem Geschmack.

So, so: Ronnie Glass hatte offenkundig ein paar Freunde. Freunde, die sich für Rache nicht zu schade waren.

Norton schaute auf, aber der Wind hatte das Gespenst über die Dächerspitzen empor- und davongetragen.

Das war ein schlimmes Erlebnis gewesen; der erste Vorgeschmack des Scheiterns. Die Trostlosigkeit jener Nacht war Ronnie durchaus gegenwärtig. Als zerknüllter Haufen hatte er in einer rattenüberlaufenen Ecke einer stillgelegten Fabrik südlich des Flusses gelegen und den Schreckensaufruhr in seinen Fasern beruhigt. Wozu taugte dieser von ihm beherrschte Trick, wenn er die Kontrolle über ihn verlor, sobald man ihn bedrohte? Er mußte sorgfältiger planen und seinen Willen anspannen, bis dieser keinen Widerstand mehr duldete. Schon fühlte er, daß seine Energie verebbte. Und gewisse Schwierigkeiten machten sich bemerkbar, als er zum zweitenmal seinen Körper wiederaufbaute. Für hingestümperte Fehlschläge blieb ihm absolut keine Zeit. Er mußte den Mann dort in die Enge treiben, wo er ihm unmöglich entwischen konnte.

Die polizeilichen Ermittlungen im Leichenschauhaus hatten sich einen halben Tag lang im Kreise bewegt und taten dies auch jetzt, mitten in der Nacht, noch. Inspektor Wall vom Yard hatte es mit jeder ihm bekannten Methode versucht. Sanfte Worte, grobe Worte, Versprechungen, Drohungen, Verlockungen, Überraschungen, sogar Schläge.

Und doch erzählte Lenny stets dieselbe Geschichte, eine lächerliche Geschichte, von der er felsenfest behauptete, daß sein Gehilfenkollege sie bestätigen würde, sobald er aus dem katatonischen Zustand heraus wäre, in dem er jetzt Zuflucht gesucht hatte. Aber der Inspektor konnte die Geschichte in keinster Weise ernst nehmen. Ein wandelndes Leichentuch? Wie sollte er das in seinem Bericht unterbringen? Nein, er wollte etwas Handfestes, selbst wenn es eine Lüge war.

»Kann ich 'ne Zigarette haben?« fragte Lenny zum x-ten Mal. Wall schüttelte den Kopf. »He, Fresco«, wandte er sich an seine rechte Hand, Al Kincaid. »Glaub', 's ist Zeit, daß du den Burschen noch mal durchsuchst.«

Lenny wußte, was mit einer neuerlichen Durchsuchung gemeint war; es war ein Euphemismus für Schläge. Aufrecht gegen die Wand, Beine gegrätscht, Hände auf dem Kopf: Wumm! Ruckartig zog sich ihm der Magen zusammen bei dem Gedanken.

»Hören Sie ...«, bat er inständig.

»Was, Lenny?«

»Ich hab's nicht getan.«

»Natürlich hast du's getan«, sagte Wall und bohrte dabei in der Nase. »Wir wollen wissen, weshalb. Hast du den alten Kacker nicht gemocht? Hat er dreckige Bemerkungen über deine Freundinnen gemacht, ja? Soll ja für ihn nicht ganz untypisch gewesen sein, soviel ich weiß.«

Al Fresco grinste süffisant.

»Hast ihn deswegen lahmgelegt?«

»Herr Gott im Himmel«, sagte Lenny, »glauben Sie, ich erzähl' Ihnen 'ne derartig beschissene Geschichte, wenn ich sie nicht mit meinen eigenen beschissenen Augen gesehn hätte?«

»Ausdrucksweise«, tadelte ihn Fresco.

»Leichentücher fliegen nicht«, sagte Wall im Brustton verständlicher Überzeugung.

»Wo ist denn dann das Leichentuch, häh?« argumentierte Lenny.

»Du hast es verbrannt, du hast es gefressen, woher soll'n ich das wissen, verdammter Scheiß?«

»Ausdrucksweise«, sagte Lenny ruhig.

Das Telefon läutete, ehe ihm Fresco eine reinhauen konnte. Der nahm den Hörer ab, sprach kurz und gab ihn an Wall weiter. Dann haute er Lenny eine rein: ein freundlicher Klaps, der ein bißchen Blut hervorlockte.

»Hör zu«, sagte Fresco und atmete in tödlicher Nähe zu Lenny, als wollte er ihm gleich die Luft aus dem Mund saugen, »wir wissen, daß du's getan hast, kapiert? Du warst der einzige Lebende in der Leichenhalle, kapiert? Wir wollen bloß wissen, warum. Das ist alles. Bloß, warum.«

»Fresco.« Wall hielt die Sprechmuschel zu, solange er mit dem Muskelpaket redete.

»Ja, Sir.«

»Es ist Mr. Maguire.«

»Mr. Maguire?«

»Micky Maguire.«

Fresco nickte.

»Er ist ganz durcheinander.«

»Ach wirklich? Wieso'n das?«

»Er glaubt, er ist überfallen worden. Von dem Mann in der Leichenhalle. Dem Pornographen.«

»Glass«, sagte Lenny, »Ronnie Glass.«

»Ronald Glass, wie der Mann behauptet«, sagte Wall und grinste dabei Lenny an.

»Das ist lächerlich«, sagte Fresco.

»Also, ich finde, wir sollten gegenüber einem aufrechten Mitglied der Gesellschaft unsere Pflicht tun. Sie etwa nicht? Sausen Sie doch bitte mal in die Leichenhalle runter, nur um sicherzugehn ...«

»Um sicherzugehn?«

»Daß der Dreckskerl noch da unten ist.«

»Ah.«

Fresco ging verwirrt, aber gehorsam.

Lenny kapierte nichts von dem Ganzen. Aber ihm war

schon alles piepegal. Was ging ihn das verdammt noch mal an? Durch ein Loch in seiner linken Hosentasche begann er, mit seinen Eiern zu spielen. Wall sah ihm geringschätzig zu.

»Laß das«, sagte er. »Sobald wir dich mal in 'ner hübschen, warmen Zelle untergebracht haben, kannst du an dir rumspielen, soviel du Lust hast.«

Lenny schüttelte langsam den Kopf und nahm die Hand aus der Tasche. War einfach nicht sein Tag heute.

Und schon war Fresco aus der Halle unten zurück, etwas atemlos.

»Er ist da«, sagte er, sichtlich aufgeheitert angesichts der Einfachheit seiner Aufgabe.

»Natürlich is' er da«, sagte Wall.

»Steif wie 'n Ölgötze.«

»Was is'n Ölgötze?« fragte Lenny.

Fresco sah verständnislos drein.

»Redensart«, sagte er gereizt.

Wall vom Yard hing wieder an der Strippe und redete mit Maguire. Der Mann am andern Ende hörte sich ordentlich verschreckt an, und Walls Versicherungen schienen wenig zu nutzen.

»Er ist hundertprozentig hier, und so, wie er sein soll, Micky. Du mußt dich geirrt haben.«

Wie eine leichte elektrische Ladung floß Maguires Angst durch die Telefonleitung.

»Ich hab' ihn gesehen, verdammt noch mal.«

»Also, er liegt da drunten mit einem Loch mitten im Kopf, Micky. Wie, bitte, kannst du ihn dann gesehen haben?«

»Weiß ich nicht«, sagte Maguire.

»Na also ...«

»Hör mal ... schau doch vorbei, wenn's dir irgendwie ausgeht, ja? Dieselben Bedingungen wie üblich. Ich könnte dir 'ne feine Arbeit zuschanzen.«

Wall besprach ungern Geschäftliches am Telefon; es machte ihn nervös.

»Später, Micky.«
»Okay. Kommst vorbei?«
»Mach' ich.«
»Versprochen?«
»Ja.«

Wall legte auf und starrte die Verdachtsperson an. Lenny war wieder mit Taschenbillard zugange. Primitives kleines Tier. Eine weitere Durchsuchung war eindeutig erforderlich.

»Fresco«, sagte Wall in taubensanftem Ton, »bringen Sie Lenny bitte bei, daß man vor Polizeibeamten nicht an sich selber rumfummelt?«

In seiner Festung in Richmond greinte Maguire wie ein Baby. Er hatte Glass gesehen, ohne jeden Zweifel. Da konnte Wall noch so sehr glauben, daß der Körper im Leichenschauhaus war, er wußte, daß es sich anders verhielt. Glass war draußen putzmunter auf Achse, frei und ungebunden, ungeachtet der Tatsache, daß er dem Dreckskerl ein Loch in den Kopf gepustet hatte.

Maguire war ein gottesfürchtiger Mann, und er glaubte an ein Leben nach dem Tod, obwohl er sich bis jetzt nie ernsthaft die Frage gestellt hatte, wie es dazu kommen sollte. Das war nun die Antwort, dieser nach Äther stinkende, stumpfgesichtige Hurensohn. So also sah's mit dem jenseitigen Leben aus. Es brachte ihn zum Weinen, machte ihm Angst vor dem Leben und Angst vor dem Sterben.

Die Dämmerung war längst einem friedlichen Sonntagmorgen gewichen. In der Sicherheit der »Ponderosa« und am hellichten Tag würde ihm nichts passieren. Das Anwesen war seine Burg, erbaut von seinen sauererrungenen Diebesgütern. Norton war hier, bis an die Zähne bewaffnet. Hunde befanden sich an jedem Eingang. Niemand, ob lebend oder tot, würde es wagen, seine Oberhoheit auf diesem Territorium anzugreifen. Hier, inmitten der Porträts seiner Idole – Louis B. Mayer, Dillinger, Churchill –, inmitten seiner Familie, umgeben von seinem guten Geschmack, seinem Geld und seinen Kunstgegenständen, hier war er sein eigener Herr. Wenn der verrückte Buchhalter ihn hier holen käme, würde man ihn, Gespenst hin oder her, auf der Stelle niederknallen. *Finis.*

War er denn nicht Michael Roscoe Maguire, der Begründer eines Imperiums? Mit nichts geboren, nur kraft seines Börsenmaklergesichts und seiner Einzelgängergesinnung emporgekommen. Dann und wann, zu bestimmten Anlässen und unter sehr kontrollierten Voraussetzungen mochte es vorkommen, daß er seine dunkleren Gelüste sehen ließ, wie etwa bei der Hinrichtung von Glass. Er hatte wahres Vergnügen an dem kleinen Szenarium gefunden. *Sein* war der Gnadenstoß gewesen, *sein* das grenzenlose Erbarmen des Todesstreichs. Aber sein gewaltbetontes Dasein lag jetzt mehr oder minder hinter ihm. Jetzt war er ein Bourgeois, abgeschottet in seiner Festung. Raquel erwachte um acht und machte sich an die Frühstücksvorbereitungen.

»Willst du irgendwas essen?« fragte sie Maguire.

Er schüttelte den Kopf. Der Hals tat ihm zu weh.

»Kaffee?«

»Ja.«

»Willst ihn hier drinnen?«

Er nickte. Er saß gern vor dem Fenster, das ihm Aussicht auf den Rasen und das Gewächshaus bot. Der Tag heiterte sich auf. Dicke, wollige Wolken stemmten sich gegen den Wind, ihr Schatten zog über das makellose Grün. Womöglich würde er anfangen zu malen, dachte er, wie Winston. Seine Lieblingslandschaften auf Leinwand übertragen. Vielleicht eine Ansicht des Gartens, sogar einen Akt von Raquel, in Öl verewigt, bevor ihr die Titten endgültig halt- und hoffnungslos herunterhingen.

Säuselnd war sie wieder neben ihm, mit dem Kaffee.

»Bist okay?« fragte sie.

Blödes Luder. Natürlich war er nicht okay.

»Klar«, sagte er.

»Du hast Besuch.«

»Was?« Kerzengrade setzte er sich auf in dem Ledersessel. »Wo?«

Sie lächelte. »Tracy«, sagte sie. »Sie möchte rein und knuddeln.«

Zischend ließ er aus den Mundwinkeln Luft ab. Blödes, blödes Luder.

»Willst du Tracy sehn?«

»Klar.«

Das kleine Malheur, wie er sie gerne nannte, war an der Tür, noch in ihrem Morgenrock.

»Hallo, Daddy!«

»Hallo, Herzi!« Sie tänzelte durch das Zimmer auf ihn zu. Im Ansatz schon der Gang ihrer Mutter.

»Mami sagt, du bist krank.«

»Geht mir schon besser«, sagte er.

»Da bin ich froh.«

»Ich auch.«

»Gehn wir heute wohin?«

»Vielleicht.«

»Auf den Jahrmarkt?«

»Vielleicht.«

Bezaubernd schob sie die Lippen vor, hatte die Wirkung perfekt unter Kontrolle. Raquels Tricks in Neuauflage. Er betete nur zu Gott, daß sie sich nicht zu etwas so Blödem entwickeln würde wie ihre Mutter.

»Mal schau'n«, sagte er und hoffte, damit ein Ja anzudeuten, wußte aber, daß er nein meinte.

Sie hievte sich auf seine Knie, und er ließ sie eine Zeitlang mit ihren Geschichten von den Mißgeschicken einer Fünfjährigen gewähren, bis er sie dann fortjagte. Vom Reden bekam er Halsschmerzen, und die Rolle des liebevollen Vaters lag ihm heute nicht allzusehr.

Wieder allein, sah er dem Walzer der Schatten auf dem Rasen zu.

Gleich nach elf begannen die Hunde zu bellen. Dann,

nach kurzer Zeit, waren sie wieder still. Er stand auf, um Norton zu suchen. Der war in der Küche und legte mit Tracy ein Puzzle. »Der Heuwagen«, aus zweitausend Einzelteilen. War Raquel eins von den liebsten.

»Nach den Hunden gesehn, Norton?«

»Nein, Boß.«

»Dann tun Sie's, verdammter Scheiß.«

Er gebrauchte relativ selten ordinäre Ausdrücke vor dem Kind, aber er war nahe am Explodieren. Norton reagierte schleunigst. Als er die Hintertür öffnete, konnte Maguire den Tag riechen. Es war verführerisch, aus dem Haus zu treten. Aber die Hunde bellten nun auf eine Weise, die das Blut in seinem Kopf zum Hämmern und seine Handflächen zum Kribbeln brachte. Tracy hielt ihren Kopf über das Puzzle gebeugt. Den Körper angespannt, erwartete sie einen Wutausbruch ihres Vaters. Er sagte nichts, sondern ging geradewegs zurück ins Wohnzimmer.

Von seinem Sessel aus konnte er sehen, wie Norton mit langen Schritten den Rasen überquerte. Die Hunde gaben jetzt keinen Laut mehr von sich. Norton verschwand hinter dem Gewächshaus. Langes Warten. Maguire fing gerade an, in helle Aufregung zu geraten, als Norton wieder auftauchte, achselzuckend zum Haus und zu Maguire hinaufschaute und dabei redete. Maguire entriegelte die Schiebetür, öffnete sie und trat auf den Terrassenvorplatz hinaus. Der Tag kam ihm mild entgegen.

»Was sagen Sie?« rief er Norton zu.

»Den Hunden geht's bestens«, erwiderte Norton.

Maguire spürte, wie sein Körper sich entspannte. Natürlich waren die Hunde okay; weshalb sollten sie nicht ein bißchen bellen, wozu sonst waren sie da? Er war verdammt nah dran, einen Narren aus sich zu machen, sich die Hosen vollzupissen, bloß weil die Hunde bellten. Er nickte Norton zu und trat vom Terrassenvorplatz auf den Rasen. Schöner Tag, dachte er. Mit schneller werdenden Schritten überquerte er den Rasen Richtung Gewächshaus, wo seine sorgsam gehegten Bonsai-Bäume gediehen. Pflichtbewußt wartete Norton an der Gewächshaustür und durchstöberte seine Taschen nach Pfefferminzbonbons.

»Brauchen Sie mich hier, Sir?«

»Nein.«

»Wirklich nicht?«

»Wirklich nicht«, sagte er großmütig. »Sie gehn wieder rauf und spielen mit dem Kind.«

Norton nickte.

»'n Hunden geht's bestens«, sagte er nochmals.

»Na, klar.«

»Muß der Wind gewesen sein, der sie unruhig gemacht hat.« Und es ging ein Wind. Warm, aber stark. Unruhig spielte er in der Reihe Blutbuchen, die den Garten einsäumten. Sie schimmerten und zeigten mit der fahleren Unterseite ihrer Blätter zum Himmel. Ihre Bewegung war beruhigend in ihrer Ungezwungenheit und Vornehmheit. Maguire sperrte das Gewächshaus auf und betrat sein Refugium. Hier in diesem künstlichen Eden befanden sich seine wahren Lieben, aufgepäppelt mit zärtlichem Zureden und Tintenfischdünger. Sein Sargent's-Wacholderbäumchen, das die Unbilden des Mount Ishizuchi überlebt hatte; seine blühende Quitte, seine Yeddo-Fichte (Picea Jesoensis), der Lieblingszwerg, den er nach mehreren mißlungenen Versuchen dazu abgerichtet hatte, an einem Stein festzuhaften. Alles Schönheiten, alles kleine Wunder von sich windenden Stämmen und kaskadenartig fallenden Nadeln oder Blättern, seiner innigsten Aufmerksamkeit würdig. Zufrieden werkelte er eine Zeitlang unbekümmert inmitten dieser Flora.

Die kampfwütigen Hunde hatten Ronnie unter ihre Fuchtel gebracht, als ob er ein Spielzeug wäre. Sie hatten ihn dabei erwischt, wie er verbotenerweise über die Mauer setzte, und ihn umzingelt, ehe er die Flucht ergreifen konnte. Zähnefletschend packten sie ihn, zerrissen ihn, spien ihn aus. Er entkam nur, weil Norton aufgekreuzt war und die Tiere einen Moment lang von ihrer Raserei abgelenkt hatte.

Nach ihrer Attacke war sein Körper an mehreren Stellen eingerissen. Er mußte seine ganze Konzentration aufbieten, um seine Gestalt vor dem Auseinanderfallen zu bewahren, und war verwirrt nur mit knapper Not einer Entdeckung durch Norton entgangen.

Jetzt kroch er aus dem Versteck. Der Kampf hatte ihn einige Energie gekostet, und das Leichentuch klaffte auf, so daß die Illusion kompakter Körperlichkeit zerstört war. Sein Bauch war aufgerissen, sein linkes Bein fast ganz abgetrennt. Die Flecken hatten sich vervielfältigt. Geifer und Hundescheiße kamen zum Blut hinzu.

Aber der Wille, der Wille war alles. Er war jetzt schon so nah dran. Dies war nicht der Zeitpunkt, nachzugeben und der Natur ihren Lauf zu lassen. Er existierte in Rebellion gegen die Natur, das war seine Daseinsform. Und zum erstenmal in seinem Leben (und Tod) verspürte er eine freudige Erregung. Widernatürlich dazusein: dem Organismus und dem gesunden Menschenverstand zum Trotz dazusein, war das gar so schlimm? Er war vollgeschissen, blutig, tot und wiederauferstanden in einem besudelten Stück Tuch – er war barer Unsinn. *Aber er war nicht nichts.* Keiner konnte ihm sein Sein absprechen, solange er den Willen dazu aufbrachte. Der Gedanke war köstlich, als würde sich einem ein neuer Sinn in einer blinden, tauben Welt auftun.

Er sah Maguire im Gewächshaus und beobachtete ihn eine Weile. Der Feind war gänzlich in sein Hobby vertieft; er pfiff sogar die Nationalhymne bei der Pflege seiner Blumenschützlinge. Ronnie rückte näher an das Glas heran und noch näher, seine Stimme ein ach-so-sanftes Ächzen im nachlassenden Gewebe.

Maguire hörte den Tuchseufzer am Fenster erst, als Ronnies Gesicht sich flach gegen das Glas drückte, die Züge verschmiert und entstellt. Er ließ die Yeddo-Fichte fallen. Mit abbrechenden Ästen ging sie auf dem Boden in Stücke.

Maguire versuchte, gellend zu kreischen, konnte aber nur ein abgewürgtes Jaulen aus seinen Stimmbändern herausquetschen. Überstürzt flüchtete er zur Tür, als das Gesicht, riesengroß vor Rachegier, das Glas zerbrach. Was als nächstes geschah, begriff Maguire nicht so recht: Diesen Rätselvorgang, bei dem sich der Kopf und der Körper über die physikalischen Gesetze hinwegzusetzen und durch die zerbrochene Scheibe zu fließen schienen, um sich in seinem Heiligtum wieder zusammenzufügen und die Gestalt eines menschlichen Wesens anzunehmen.

Nein, ganz menschlich war es nicht. Es hatte das Aussehen eines Schlaganfallopfers. Seine weiße Maske und sein weißer Körper hingen auf der rechten Seite schlaff herunter, und es zerrte sein zerrissenes Bein hinter sich her, während es auf ihn losfuhr.

Er öffnete die Tür und taumelte rückwärts in den Garten. Das Wesen folgte. Jetzt sprach es und hielt dabei die Arme nach ihm ausgestreckt.

»Maguire ...«

Es sagte seinen Namen mit einer so leis-gedämpften Stimme, daß er sich die Äußerung möglicherweise nur eingebildet hatte. Aber nein, es sprach erneut.

»Erkennst mich wieder, Maguire?« sagte es.

Und natürlich tat er das, selbst mit diesen vom Schlag gerührten, wellig sich blähenden Zügen war es offensichtlich Ronnie Glass.

»Glass«, sagte er.

»Ja«, sagte das Gespenst.

»Ich will nicht ...«, fing Maguire an, stockte dann. Was wollte er nicht? Mit diesem Horror sprechen? Bestimmt nicht. Wissen, daß er existierte? Das ebensowenig. Sterben? Am allerwenigsten.

»Ich will nicht sterben.«

»Wirst du aber«, sagte das Gespenst.

Maguire spürte den flappenden Luftschwall des Lakens, als es ihm ins Gesicht flog, oder vielleicht war es der Wind, der dieses unkörperliche Monster erfaßte und über ihn warf.

Was auch immer, die Umarmung stank nach Äther, Desinfektionsmittel und Tod. Leinenarme schlangen sich fest um ihn, das glotzende Gesicht wurde auf seines gepreßt, als wollte das Wesen ihn küssen.

Instinktiv langte Maguire um seinen Angreifer herum, und seine Hände fanden den Riß, den die Hunde in das Leichentuch gebissen hatten. Seine Finger krallten sich in den offenen Rand, und er zog daran. Befriedigt hörte er das Leinen entlang der Gewebebindung reißen, und der Umarmungsclinch ließ nach. Das Leichentuch warf und wand sich widerstrebend in seiner Hand, weit klaffte der zerflossene Mund in einem stillen Schrei.

Ronnie spürte eine höllische Qual, die er eigentlich mit Fleisch und Blut hinter sich gelassen zu haben glaubte. Aber da war sie wieder: Schmerz, Schmerz, Schmerz.

Er flatterte fort von seinem Verstümmler und stieß aus, was er an Schrei zustande brachte, während Maguire mit riesengroßen Augen über den Rasen davonwankte. Der Mann war dem Wahnsinn nahe, sicher war er geistig-seelisch so gut wie gebrochen. Aber das war nicht genug. Er mußte den Dreckskerl töten. Das war sein Versprechen an sich selbst, und er hatte vor, es zu halten.

Der Schmerz verschwand nicht, aber Ronnie versuchte, ihn zu ignorieren. Er verwandte all seine Energie darauf, Maguire durch den Garten Richtung Haus zu verfolgen. Aber er war jetzt so schwach. Der Wind gewann beinahe die Oberhand über ihn; in Böen fuhr er ihm durch die Figur und faßte ihn an den zerfransten Eingeweiden seines Körpers. Er sah aus wie eine im Kampf zerrissene Fahne, derart verunreinigt, daß sie kaum noch zu erkennen war, und so, als sei er gerade im Begriff, für heute Schluß zu machen.

Nur eben, nur eben ... Maguire.

Maguire erreichte das Haus und warf die Tür hinter sich zu. Das Laken drückte sich gegen das Fenster. Es flappte absurd, seine Leinenhände wischten über das Glas, sein fast verlorenes Gesicht forderte Rache.

»Laß mich rein«, sagte es. »Ich *will* da rein.«

Maguire wankte rückwärts durch das Zimmer in den Flur.

»Raquel ...«

Wo war das Weib?

»Raquel ...?«

»Raquel ...«

Sie war nicht in der Küche. Aus dem Hobbyraum kamen Gesangsfetzen von Tracy. Er guckte hinein. Die Kleine war allein. Sie saß mitten auf dem Boden, Kopfhörer über die Ohren gestülpt, und sang bei irgendeinem Lieblingslied mit.

»Mami?« gab er ihr mimisch zu verstehen.

»Oben«, antwortete sie, ohne die Kopfhörer abzunehmen.

Oben. Während er die Treppe hinaufstieg, hörte er die Hunde im hinteren Teil des Gartens bellen. Was trieb es gerade? Was trieb der Kacker gerade?

»Raquel ...?« Seine Stimme war so schwach, daß er sie kaum selber hören konnte. Es war, als wäre er vorzeitig in seinem eigenen Haus zum Gespenst geworden.

Auf dem oberen Treppenabsatz: kein Geräusch.

Er wankte in das braungekachelte Badezimmer und knipste das Licht an. Die Beleuchtung war vorteilhaft, und er hatte sich in ihr immer gern betrachtet. Der milde Schein nahm dem Alter einiges von seiner Schärfe. Aber jetzt weigerte sich die Beleuchtung zu lügen. Sein Gesicht war das eines alten und gehetzten Mannes.

Er riß den Wäschelüftungsschrank auf und tastete suchend zwischen den warmen Handtüchern herum. Da! Ein Schießeisen kuschelte in duftender Behaglichkeit, gut versteckt, nur für dringende Notfälle. Die Berührung ließ seinen Speichel fließen. Er griff sich die Waffe und überprüfte sie. Alle Funktionen okay. Dieses Schießeisen hatte Glass schon einmal erledigt und konnte es wieder tun. Und wieder. Und wieder.

Er öffnete die Schlafzimmertür.

»Raquel ...«

Sie saß auf der Bettkante und hatte Norton zwischen den Beinen stecken. Beide noch angezogen. Eine von Raquels üppigen Brüsten in Strippermanier aus dem BH gezwängt und Norton in den aufnahmewilligen Mund gedrückt. Raquel schaute sich um, blöde wie immer, und kapierte nicht, was sie getan hatte.

Ohne nachzudenken, feuerte er.

Die Kugel überraschte sie mit offenem Mund, begriffsstutzig wie immer, und pustete ihr ein beachtliches Loch in den Hals. Norton zog sich heraus, er war ja schließlich kein Nekrophiler, und rannte Richtung Fenster, wobei nicht recht klar war, was er vorhatte. Flucht war ausgeschlossen.

Die nächste Kugel erwischte Norton mitten im Rücken, jagte durch seinen Körper und schlug ein Loch ins Fenster.

Erst dann, als der Tod ihres Lovers eingetreten war, kippte Raquel hintenüber aufs Bett, die Brust bespritzt, die Beine weit gespreizt. Maguire sah zu, wie sie fiel. Die häusliche Obszönität ekelte ihn nicht an; sie war irgendwie erträglich. Titten und Blut und Mund und verpfuschte Liebe und alles; es war irgendwie erträglich, durchaus. Vielleicht wurde er langsam gefühllos.

Er ließ das Schießeisen fallen.

Die Hunde hatten zu bellen aufgehört.

Er schlüpfte aus dem Zimmer auf den Flur und schloß dabei leise die Tür, um das Kind nicht zu beunruhigen. Bloß nicht das Kind beunruhigen. Während er an die letzte Stufe trat, sah er das einnehmende Gesicht seiner Tochter vom unteren Treppenabsatz zu sich heraufstarren.

»Daddy.«

Mit einem verdutzten Ausdruck starrte er sie an.

»Es war jemand an der Tür. Hab' ihn am Fenster vorbeigehn sehn.«

Unsicher begann er, die Treppe hinunterzugehen, jeweils nur eine Stufe. Langsam, nur schön langsam, dachte er.

»Ich hab' aufgemacht, aber da war niemand.«

Wall. Wall mußte das sein. Der würde wissen, was am besten zu tun war.

»War es ein großer Mann?«

»Ich hab' ihn nicht richtig gesehn, Daddy. Bloß sein Gesicht. Es war noch weißer als deines.«

Die Tür! O lieber Gott, die Tür! Wenn sie sie offengelassen hatte. Zu spät.

Der Fremde kam in die Diele, und sein Gesicht zerknitterte sich zu einer Art Lächeln, das Maguires Meinung nach so ungefähr das Schlimmste war, was er je gesehen hatte.

Es war nicht Wall.

Wall war aus Fleisch und Blut. Der Besucher war eine zerzauste Stoffpuppe. Wall war ein Finsterling. Dieser hier lächelte. Wall war Leben und Gesetz und Ordnung. Dieses Wesen nicht.

Es war Glass, wer sonst.

Maguire schüttelte den Kopf. Tracy, die das hinter ihr in der Luft schwebende Wesen nicht sah, mußte ihn mißverstehen.

»Was hab' ich denn falsch gemacht?« fragte sie.

Ronnie segelte an ihr vorbei die Treppe hinauf, jetzt mehr ein Schatten als irgend etwas auch nur weitläufig Menschenverwandtes. Tuchfetzen zottelten hinter ihm her. Maguire hatte keine Zeit, Widerstand zu leisten, noch Willenskraft übrig, dies zu tun. Er öffnete den Mund, um irgend etwas zur Verteidigung seines Lebens vorzubringen, doch Ronnie stieß den verbliebenen, zu einem Leinenseil gewrungenen Arm in Maguires Schlund. Der würgte daran, aber Ronnies Armschlange wand sich weiter, am protestierenden Kehlkopfdeckel vorbei und drängte sich Bahn brechend die Speiseröhre hinunter und in Maguires Magen hinein. Maguire konnte sie dort spüren, ein Völlegefühl wie beim Sichüberessen, nur daß sich die Schlange mitten in seinem Körper bäumte und herumwarf, ihm die Magenwand zerkratzte und sich in dessen Schleimhaut festkrallte. Es ging alles so schnell. Maguire blieb keine Zeit, an Ersticken zu sterben. Letztendlich hätte er sich möglicherweise gewünscht, auf diese Weise zu verscheiden, so gräßlich es auch gewesen wäre. Statt dessen spürte er, wie sich Ronnies Hand in seinem Bauch krampfend zusammenzog und tiefer grub, nach einem ordentlichen Halt an seinem Grimmdarm, seinem Duodenum suchte. Und als die Hand soviel zu fassen bekommen hatte, wie sie konnte, zog der Dreckarsch seinen Arm heraus.

Der Exitus war rasch, aber für Maguire wollte der Augenblick kein Ende nehmen. Er krümmte sich zusammen, als das Ausweiden begann, spürte, wie ihm die Eingeweide wogend den Hals heraufschäumten und sich ihm das Innere nach außen kehrte. Durch den Hals gingen ihm die Lichter aus und hinaus, in einem verquirlten Schwall aus Körpersäften, Kaffee, Blut, Säure.

Ronnie zog an den Gedärmen und zerrte Maguire, dessen entleerter Rumpf in sich zusammenklappte, Richtung Treppenabsatz. An einer Strecke seiner Innereien entlanggeschleift, erreichte Maguires Körper die oberste Stufe und kippte vornüber. Ronnie ließ los, und Maguire stürzte, den Kopf in Gedärm vermummt, zum unteren Treppenabsatz, wo noch immer seine Tochter stand.

Sie schien, ihrem Gesichtsausdruck nach, nicht im geringsten alarmiert. Aber schließlich wußte Ronnie, wie leicht Kinder einen täuschen konnten.

Nachdem seine Aufgabe nun vollständig erledigt war, begann er, die Treppe hinunterzuwackeln, löste dabei die Umwicklungen von seinem Arm und versuchte kopfschüttelnd, ein Fitzchen an menschlicher Erscheinung wiederzuerlangen. Die Bemühung hatte Erfolg. Bis er bei der Kleinen am unteren Treppenabsatz ankam, war er imstande, ihr etwas zu offerieren, das weitgehendst einem Anflug von Menschlichkeit glich. Sie reagierte nicht, und ihm blieb nur übrig, hier zu verschwinden und zu hoffen, daß sie mit der Zeit lernen würde zu vergessen.

Sobald er weg war, ging Tracy nach oben, ihre Mutter suchen. Raquel reagierte nicht auf ihre Fragen, ebensowenig der Mann auf dem Teppich beim Fenster. Aber an ihm war etwas, das sie faszinierte. Ein dickes, rotes Schlangenvieh, das sich aus seiner Hose herausquetschte. Das brachte sie zum Lachen; es war so ein dummes kleines Dingsbums.

Das Mädchen lachte noch immer, als Wall vom Yard auftauchte, zu spät, wie üblich. Zwar nahm er die Totentänze, an die das Haus sich mit Mordsschwung gewagt hatte, in Augenschein, doch war er, im ganzen gesehen, froh, bei dieser speziellen Party ein verspäteter Ankömmling gewesen zu sein.

Im Beichtstuhl von St. Mary Magdalene war das Leichentuch von Ronnie Glass nunmehr bis zur Unkenntlichkeit verrottet. Nur sehr wenig Gefühl war noch übrig in ihm, bloß das Verlangen, sich von diesem verwundeten Körper zu trennen. So stark war dieses Verlangen, daß er wußte, er würde ihm nicht mehr sehr lange widerstehen können. Dieser Körper hatte ihm gute Dienste geleistet; er konnte sich über ihn nicht beklagen. Aber jetzt war Ronnie mit seinem Atem am Ende. Er konnte das Unbelebte nicht länger beleben.

Allerdings wollte er beichten, wollte so überaus dringend beichten, es dem Vater sagen, dem Sohn und dem Heiligen Geist, welche Sünden er begangen hatte in Gedanken, Worten und Werken. Da half nur eines: Wenn Pater Rooney nicht zu ihm kam, dann ging eben er zu Pater Rooney.

Er öffnete die Beichtstuhltür. Die Kirche war fast leer. Es war jetzt Abend, schätzte er, und wer hatte da Zeit zum Kerzenanzünden, wenn es Essen zu kochen, Liebe zu kaufen, Leben zu haben gab? Nur ein griechischer Blumenhändler, der im Mittelgang um einen Freispruch für seine Söhne betete, sah das Leichentuch in Richtung Sakristei torkeln. Es sah aus wie einer von diesen verfluchten jugendlichen Spinnern, den Kopf mit einem verdreckten Laken verhängt. Dem Blumenhändler war diese Art gottlosen Verhaltens zutiefst zuwider – er brauchte bloß zu schauen, wohin es seine Kinder gebracht hatte. Er wollte dem Bürschchen eine kleine Abreibung verpassen und ihm beibringen, im Haus des Herrn solch dämliches Bettlerspiel zu unterlassen.

»He, du!« sagte er, zu laut.

Das Leichentuch wandte sich um und blickte den Blumenhändler an, mit Augen, die wie zwei in warmen Teig gedrückte Löcher aussahen. Das Gesicht des Gespenstes war so jammervoll, daß dem Floristen die Worte auf den Lippen gefroren.

Ronnie probierte den Drücker der Sakristeitür. Das Rütteln brachte ihn nicht weiter. Die Tür war abgesperrt.

Von drinnen fragte jemand atemlos: »Wer is'n das?« Es war Pater Rooneys Stimme.

Ronnie versuchte zu antworten, brachte aber kein Wort heraus. Ihm blieb nichts weiter übrig, als zu rütteln und zu klappern wie jedes achtbare Gespenst sonst auch.

»Wer is'n das?« fragte der gute Pater wieder, diesmal etwas ungehalten.

Nehmen Sie mir die Beichte ab! wollte Ronnie sagen, nehmen Sie mir die Beichte ab, denn ich habe gesündigt.

Die Tür blieb zu. Pater Rooney war beschäftigt. Er machte Fotos für seine Privatsammlung. Sein Objekt war eine seiner Lieblingsdamen, Natalie mit Namen. Eine Tochter des Lasters, wie ihm jemand erzählt hatte, aber das konnte er nicht glauben. Sie war zu entgegenkommend, zu engelhaft, und sie hatte einen Rosenkranz um ihren kecken Busen geschlungen, als wäre sie bloß einem Nonnenkloster entsprungen.

Das Hantieren am Türdrücker hatte jetzt aufgehört. Gut, dachte Pater Rooney, wer immer das war, der kommt schon wieder. Nichts war so dringend. Pater Rooney bedachte die

Frau mit einem Lächeln, was Natalie mit aufgeworfenen Lippen erwiderte.

In der Kirche schleppte sich Ronnie zum Altar und beugte das Knie. Drei Reihen dahinter erhob sich der Blumenhändler aus seiner Andacht; diese Entweihung versetzte ihn in Wut. Der Junge war offensichtlich betrunken, so wie der rumtaumelte. Der Mann hatte nicht vor, sich von einer armselig hingeschluderten Totenmaske Angst einjagen zu lassen. Den Entweiher in ausgereiftem Griechisch verfluchend, griff er nach dem vor dem Altar knienden Gespenst.

Es war nichts unter dem Laken: überhaupt nichts.

Der Blumenhändler spürte, wie das lebende Tuch in seiner Hand zuckte und ließ es mit einem winzigen Aufschrei fallen. Dann verdrückte er sich rückwärts gehend den Mittelgang entlang und bekreuzigte sich dabei fortwährend von oben bis unten wie eine verrückt gewordene Witwe. Wenige Meter vor der Kirchentür wandte er sich um und nahm schleunigst Reißaus.

Das Leichentuch lag, wo der Blumenhändler es hatte fallenlassen. Ronnie, der in den Falten weilte, schaute auf von dem zerknüllten Haufen und richtete den Blick auf die Herrlichkeit des Altars. Der erstrahlte sogar im düsteren Zwielicht des kerzenerleuchteten Kirchenschiffs, und angerührt von seiner Schönheit, war Ronnie gewillt, die Illusion von sich abzutun. Ohne Beichte, aber auch ohne Angst vor Strafe kroch sein Geist davon.

Nach etwa einer Stunde entriegelte Pater Rooney die Sakristeitür, geleitete die keusche Natalie aus der Kirche und sperrte den Vordereingang ab. Auf dem Rückweg spähte er in den Beichtstuhl, um zu überprüfen, ob sich Kinder versteckt hatten. Leer, die ganze Kirche war leer. Maria Magdalena war eine Vergessene.

Als er pfeifend auf Umwegen zur Sakristei zurückschlenderte, fiel ihm Ronnie Glass' Leichentuch ins Auge. Unordentlich breitete es sich über die Altarstufen, ein trister Haufen schäbigen Tuchs. Ideal, dachte er und hob es auf. Auf dem Sakristeiboden waren einige verfängliche Flecken. Genau das richtige zum Aufwischen.

Er schnüffelte an dem Tuch, er war ein leidenschaftlicher Schnüffler. Es roch nach tausenderlei: nach Äther, Schweiß, Hunden, Eingeweiden, Blut, Desinfektionsmittel, leeren Zimmern, gebrochenen Herzen und Verlust. Faszinierend. Genau das ist das Erregende am Pfarrbezirk von Soho, dachte er. Jeden Tag etwas Neues. Geheimnisse auf der Eingangsstufe, auf der Altarstufe, Verbrechen, so zahlreich, daß ein Ozean Weihwasser nötig wäre, um sie abzuwaschen. Käufliche Laster an jeder Ecke, vorausgesetzt, man hatte den Blick dafür.

Er klemmte das Leichentuch unter seinen Arm.

»Möcht' wetten, du hast was zu erzählen«, sagte er und löschte dabei die Votivkerzen aus, mit Fingern, die zu heiß waren, um die Flamme zu spüren.

Inhaber der Original- bzw. Übersetzungsrechte

Ambrose Bierce, Eine Mittelzehe des rechten Fußes
Mit freundlicher Genehmigung der Kossodo Verlag AG, Anières, Schweiz

Fritz Leiber, Der Rußgeist
Smoke Gost © 1941 Street & Smith Publications, Inc., renewed © 1969 Fritz Leiber

Graham Greene, Nicht weit von Edgware Road
A Little Place off the Edgware Roade © 1947 Graham Greene, renewed © 1975 Graham Greene

Robert Bloch, Besessen von Edgar Allan Poe
The Man Who Collected Poe © 1951, 1979 Robert Bloch

John D. MacDonald, Die Legende von Joe Lee
The Legend of Joe Lee © 1964 John D. MacDonald

Donald E. Westlake, Das ist der Tod
This is Death © 1978 Donald E. Westlake

Philip José Farmer, Die Offenbarung des Johannes. Der Verfilmung erster Teil
The Making of the Revelation Part I © 1979 Philip José Farmer

Harlan Ellison, Die Lachspur
Laugh Track © 1984 The Kilimanjaro Corporation

Clive Barker, Bekenntnisse eines (Pornographen) – Leichentuchs
Confessions of a (Pornographer's) Shroud © 1984 Clive Barker
Mit freundlicher Genehmigung der Droemerschen Verlagsanstalt Th. Knaur Nachf., München

AtV

Band 1038 **Das blanke Entsetzen**

Spanische Horrorgeschichten

300 Seiten
16,90 DM
ISBN 3-7466-1038-9

Stellen Sie sich vor, Sie träumen einen grausigen Traum: Verfolgt von dem Wahn, einen alten Fluch erfüllen zu müssen, bringen Sie den Menschen um, den sie lieben. Dann, um ihn nie mehr verlieren zu können, präparieren Sie ihn nach allen Regeln der Kunst. Endlich erwachen Sie, vom Alpdruck befreit – doch plötzlich überfällt Sie die wahnhafte Vorstellung, einen alten Fluch erfüllen zu müssen.

Fünfzehn der bedeutendsten spanischen Autoren von heute, darunter Antonio Molina, Soledad Puértolas, Javier Tomeo, schreiben brillant und böse über etwas, das älter ist als jede Literatur und stärker als wir alle: die Angst und ihre zerstörerische Macht.

AtV

Band 1045 **Jef Geeraerts**
Coltmorde

Thriller

Aus dem Niederländischen von Alexander und Christiane Pankow

348 Seiten
14,90 DM
ISBN 3-7466-1045-1

Ein pensionierter General der Rijkswacht, der belgischen Polizei, wird tot aufgefunden, außerdem eine Anwaltswitwe und ein Homosexueller. Der General scheint die Schlüsselfigur in diesem blutigen Drama zu sein. Wegen dessen gehobener gesellschaftlicher Position muß Major Velge die Ermittlungen unter äußerster Geheimhaltung durchführen. Mit Hilfe modernster Abhör- und Überwachungsmethoden stößt Velge bald auf dunkle, perverse Familiengeheimnisse.

AtV

Band 1050

Alexandre Dumas
Die Bartholomäusnacht

»La Reine Margot«

Roman

Aus dem Französischen von Christine Hoeppener

Mit 16 Szenenfotos aus dem gleichnamigen Film von Patrice Chéreau, der in Deutschland unter dem Verleihtitel »Die Bartholomäusnacht« im September 1994 Premiere hatte

721 Seiten
19,90 DM
ISBN 3-7466-1050-8

Zu den Hochzeitsfeierlichkeiten ihres jungen Königs Henri de Navarre mit der 19jährigen Marguerite de Valois sind Protestanten aus ganz Frankreich nach Paris, in die Machtmetropole der Katholiken, geströmt. Das Fest wird für sie zur Falle: in der Nacht zum 24. August 1572, der »Bartholomäusnacht«, werden in den düsteren Gängen des Louvre und in den Straßen der Stadt Tausende von ihnen niedergemetzelt. Die schöne, leichtlebige Marguerite, vom Volk Margot genannt, gerät in den Strudel dieser Auseinandersetzungen, in den Konflikt zwischen Macht und Liebe, mörderischer Staatsräson und tiefer Leidenschaft.

AtV

Band 1001 **Amy Myers**

Mord im Rampenlicht

Kriminalroman

Aus dem Englischen von Elga Abramowitz

Deutsche Erstveröffentlichung

265 Seiten
12,80 DM
ISBN 3-7466-1001-X

**Eines Nachts im Jahre 1894 bergen Polizisten eine Leiche aus der Themse: ein Chor-Girl aus dem berühmten »Galaxy-Theater«. Der Mörder hat ihr die Arme gekreuzt und über der Brust zusammengebunden. Kurz darauf werden zwei weitere Chormädchen auf dieselbe Art ermordet. Im »Galaxy« breitet sich Angst aus. Verunsichert ein neuer Ripper London? Gehört er zur Theatergruppe? Oder ist er einer der reichen Herren, welche die auffallend hübschen Galaxy-Mädchen galant umwerben?
Auguste Didier, der charmante französischen Meisterkoch, der seit einiger Zeit die Gäste des Theaterrestaurants mit seiner Kunst verwöhnt, unterstützt Inspektor Rose von Scotland Yard wieder tatkräftig bei seinen Ermittlungen und zeigt viel Herz für die Damen vom Theater.**

AtV

Band 1033

Amy Myers
Mord im Club

Kriminalroman

Aus dem Englischen von Gerald Kirk

Deutsche Erstveröffentlichung

279 Seiten
14,90 DM
ISBN 3-7466-1033-8

Auf dem jährlichen Fest von Plums Club wird Colonel Worthington ermordet. Aber wer sollte es ausgerechnet auf den alten Langweiler abgesehen haben? Der berühmte Schauspieler Gaylord Erskine, dem die Damenwelt zu Füßen liegt, würde eher als Ziel eines Mordanschlags in Frage kommen. Doch Inspektor Rose von Scotland Yard und der charmante französische Chefkoch und Amateurdetektiv Auguste Didier, der zur Zeit im Club arbeitet, entdecken, daß jeder der Gentlemen ein Motiv hätte, Worthington aus der Welt zu schaffen. Da geschieht ein zweiter Mord. – Ein Historiokrimi aus dem viktorianischen England – spannend und amüsant, wie immer bei Amy Myers.

AtV

Band 1081

Amy Myers
Mord im Dienstbotenzimmer

Kriminalroman

Deutsche Erstveröffentlichung

265 Seiten
12,00 DM
ISBN 3-7466-1081-8

Butler Greeves war ein schmächtiger Mann auf Stockbery Towers, einem Herrensitz in Kent zum Ende des vorigen Jahrhunderts. Aber beliebt war er nicht. War er ein Erpresser? Ein Heiratsschwindler? Eines Tages wird er vergiftet gefunden. Wer von den Dienstboten hätte ihn ermorden wollen? Oder haben auch der Herzog nebst Gattin und ihre zur Jagd angereisten Gäste ein Motiv? Zuerst einmal verdächtigen alle den Chefkoch Auguste Didier. Was der Halbfranzose dem englischen Gaumen an französischer Küche zumutet, daran kann man sich schon leicht vergiften. So ist der charmante Auguste gezwungen, selbst Nachforschungen anzustellen, um seinen Hals aus der Schlinge zu ziehen. Ein spannender und amüsanter Krimi aus dem viktorianischen England.

AtV

Band 1082 **Amy Myers**

Mord als Vorspeise

Kriminalroman

Aus dem Englischen von Irmhild und Otto Brandstädter

Deutsche Erstveröffentlichung

308 Seiten
14,90 DM
ISBN 3-7466-1082-6

Der Verein zur Verehrung literarischer Genies versammelt sich dieses Mal im englischen Badeort Broadstairs, um drei Tage lang seinem Genius des Jahres – Charles Dickens – zu huldigen, der hier häufig seine Ferien verbrachte. Nur ein exzellentes Festbankett, zubereitet von Meisterkoch Auguste Didier, konnte den Prince of Wales dazu bewegen, das Opfer der Ehrenpräsidentschaft über diese Zusammenkunft auf sich zu nehmen. Das Festbankett wird ein Erfolg, aber bei der anschließenden Lesung aus »Oliver Twist« sinkt der Vorlesende mitten in der Mordszene tot zu Boden. Vergiftet. War etwa die Vorspeise schuld?

AtV

Band 1042

Sam Reaves
Die Angst wird dafür sorgen

Kriminalroman

Aus dem Amerikanischen von Reinhard Ulbrich

Deutsche Erstveröffentlichung

412 Seiten
16,90 DM
ISBN 3-7466-1042-7

Cooper, der eiskalte Taxifahrer von Chicago, in einer Rolle, die ihm überhaupt nicht gefällt: Er muß tatenlos zusehen, wie seine Freundin in die allergrößten Schwierigkeiten gerät. Als ihr zwielichtiger Jugendfreund Tommy auftaucht, hilft sie ihm, einen stadtbekannten Porno-Verleger zu erpressen, ohne daß Cooper davon erfährt. Doch die Erpressung endet in einer Katastrophe, und Diana fällt skrupellosen Gangstern in die Hände. Als Cooper von der Sache erfährt, ist es beinahe zu spät. Worum ging es bei dieser Erpressung? Wenn das Cooper nicht bald herausfindet, ist das Leben seiner Freundin keinen Cent mehr wert.